伊勢物語を読み解く

表現分析に基づく新解釈の試み

山口佳紀［著］

三省堂

伊勢物語を読み解く　―表現分析に基づく新解釈の試み―　目次

凡例

（一）『伊勢物語』の本文としては、新編日本古典文学全集所収のものを採用する。

（二）『伊勢物語』以外の作品を引用する場合、新編日本古典文学全集所収のものは、原則としてそれを採用する。

（三）右の（二）に見えない作品について、歌を引用する場合は、新編国歌大観によることを原則とする。

（四）右の（一）～（三）に該当しない場合は、その都度、出典名を注記することにする。

（五）本文の表記は、依拠した出典の本文そのままではなく、表記を平仮名から漢字に改めたり、続け書きされている和歌を句ごとに分けて表記したり、句点を読点に変えたりするなど、一定程度手を加えてある。また、理解に支障がないと判断した場合、付けられているルビを省略することがある。

（六）現代語訳は、所拠の注釈書の内容に依拠せず、著者の解釈に従って施したものである。

（七）書名は、『和名類聚抄』を『和名抄』とするなど、簡略化した場合が多い。一方、作者名がはっきりしてよいというような場合は、『頼政集』を採らず、『源三位頼政集』のほうを採用するなど、配慮を加えた。

（八）鎌倉時代以降の作品を引用する場合は、原則として成立年代や作者の生没年などを示し、いつ頃成立したものか分かるようにした。

（九）長文の作品から一部を引用するような場合は、「新編全集三八ページ」のように出典の該当ページを示し、検索の便をはかった。また、言及した論文について、出典の該当ページを「佐竹昭広［一九六〇］（一九七ページ）」のように示した箇所もある。

（一〇）各章の末尾には、［引用論文］として、各章中に引用した論文・著書・注釈書などを一覧にして掲げた。

序章　本書のはじめに

一　『伊勢物語』はよく読めているか

『伊勢物語』は注釈の歴史も古く、かなり深く読み込まれているように思われている。しかし、一段一段読み進めていくと、そこに記された表現の真意が誤解されてきたのではないかと思われる箇所が少なくない。そして、その箇所をどう解釈するかは、当該章段全体の趣旨に対する理解を左右する問題にもなっていることがある。ところで、その誤解の原因がどこから来るかと考えてみるに、言語表現そのものの分析が十分でないということに帰せられる場合が、かなり存するのである。本書では、日本語学の立場から、改めて『伊勢物語』の幾つかの章段を読み解き、新たな解釈を提示してみたい。

二　語学研究と古典文学の解釈

日本語学のうちでも、日本語史研究は、過去の日本語で書かれた文献に主たる資料を求める。日本語文献の中でも、とりわけ有用なのは文学作品である。他の種類の文献に比べて、表現対象が広く多様であり、また表現者の意図によってさまざまな変化を見せるから、過去の日本語の姿をうかがうのに、有力な材料を提供する。

それに比べると、他の種類の文献は、多様な期待には応えにくい。たとえば、土地の譲り状のようなものも言語資料にはなり得るが、そこに現れる言語は概して単調であるから、多くは期待できない。また、古辞書は、ある面で多くの情報を提供してくれるが、ほとんどの場合、単語が単独で現れ、文脈を欠いている。したがって、どのような文脈で使われるはずの単語なのかが分からず、その意味で、研究に役立てにくい場合が少なくない。

その点、文学作品は、飽くまでも相対的な問題ではあるが、さまざまな要求に応じられるような内容を有している。しかし、これを言語資料として役立てようとすれば、そこに何が書いてあるかが分かることが必須である。ところが、古典文学作品の読解については、文学研究者の領分であると考えられるようになっており、ほとんど古典文学研究者の業績に依存しているのが現状である。もし、その読解に誤りがあれば、その影響は必然的に語学研究に及ぶことになる。したがって、語学研究者は、自らの問題として、古典文学作品の読解に当たる必要がある。

かつての国学研究のように、文学研究と語学研究とが未分化であった時代には、そのような問題は生じにくかった。しかし、近代に入って、両者の違いが次第に厳しく意識されるようになると、それぞれに専門分化し、互いの業績を参照することも少なくなってくる。

『伊勢物語』に即して言えば、語学的な業績が読解に十分に活用されていない一例として、「遅く～」という言い方の問題を挙げることが出来る。

◎昔、紀の有常《ありつね》がり行《い》きたるに、歩《あり》きて、遅く来けるに、詠みてやりける。

君により　思ひならひぬ　世の中の　人はこれをや　恋と言ふらむ

返し、

ならはねば　世の人ごとに　何をかも　恋とは言ふと　問ひし我しも

［昔、紀の有常のもとに男が行ったところ、有常があちこち出歩いていて、なかなか帰って来なかったので、詠んで贈った歌。

あなたのお蔭で、ある心持ちを習い覚えることが出来ました。世の中の人はこの気持を恋と言っているのでしょうか。

返歌。

恋というものを知りませんので、世の人ごとに「何を恋と言うのですか」と尋ねた私なのですがね。その私があなたに恋の心を教えるとは。］

（伊勢物語・三八段）

この「遅く来けるに、詠みてやりける」について、最近の注釈書でも、次のような注が付けられている。

・有常が現在出向いている女の家を探し求めて業平が歌を贈ったという説もあるが、「おそく来けるに」は、「有常が遅く帰って来た所に」の意であるから、主人公の男（業平）は、自宅に帰ってから、有常邸に歌を贈ったのであろう。おそらくは翌日になってからのことと思われる。

（片桐洋一［二〇一三］）

しかし、「遅く来けるに」は、〈遅く帰って来たところに〉の意ではなく、〈なかなか帰って来なかったので〉の意である。

「遅く～」という言い方は、〈ある事態が期待した時刻より遅れて実現した〉ということを示すものではなく、〈ある事態が実現するはずの時刻になっても実現しない〉ということを表すものである。そのことを示す最も分かりやすい例は、次の例である。

・夜明ヌレバ、介《すけ》、朝《あした》遅ク起《おき》タレバ、郎等粥《かゆ》ヲ食《くは》セムトテ、其ノ由ヲ告ゲニ寄テ見レバ、血肉《ちじし》ニテ死《しに》テ臥《ふし》タリ。

［夜が明けた時に、太郎の介が朝になってもなかなか起きてこなかったので、郎等が粥を食べさせようと思って、そのことを告げるために寄って見たところ、血だらけになって死んで横たわっていた。］

（今昔物語集・巻二五・平維茂郎等被殺語第四）

右の文の「朝遅ク起タレバ」が、〈朝遅くに起きたので〉の意ではなく、〈朝になってもなかなか起きてこなかったので〉の意であることは、明らかである。なぜならば、当人はすでに死んでいたのであるから、起きてくるはずがないのである。

この問題を初めて本格的に取り上げ、真意を明らかにしたのは、岡崎正継［一九七三］であった。その後、坂本信男［一九八二］・柳澤良一［一九九九］・山口明穂［二〇〇四］・小田勝［二〇一〇］などが、相次いでこの問題を取り上げて、考察を広げている。

『伊勢物語』の注釈書の中でも、森野宗明［一九七二］は、「〈おそく+動詞〉は、現代語の『なかなか……しない』にあたる否定的な意味を含んで用いられるのが普通。」と注しているから、すでに一部には気が付かれている現象であった。しかし、この注はほとんど埋もれてしまったようで、以後もその点をはっきり意識しないような現代語訳になっているものが多い。

有常が外出していて家へおそく帰ってきたので、　（森本茂［一九六二］）

有常はほかに回わっておそく来たので、　（永井和子［二〇〇八］）

有常が外出して、あちこち歩きまわって遅く帰ってきたので、　（鈴木日出男［二〇一三］）

『伊勢物語』の場合も、〈有常がなかなか帰って来なかったので〉の意で、業平らしき男は、訪ねた有常邸でしびれを切らし、外出先に歌を贈ったものであろう。留守宅で主人の外出先が分かるのか、という疑問も生じようが、貴人の外出先がどこか留守宅で分からず、行方不明の状態になっているということのほうが、かえって考えにくい。

もっとも、この問題について言えば、『伊勢物語』に限ったことではなく、たとえば『万葉集』についても同じようなことが起こっている。

・猟高《かりたか》の　高円山《たかまとやま》を　高みかも　出で来る月の　遅く照るらむ　〈遅将光〉

［猟高の高円山から出て来るはずの月がなかなか出て来て照らないのは、高円山が高いからでしょうか。］　（万葉六・九八一）

この歌の場合、月はまだ照っていない。そして、その理由について、高円山が高いからか、と疑っているのである。しかし、諸注の現代語訳は次のようになっている。

猟高の高円山が高いからであろうか、やっと出て来た月がこんなに遅く照っている。　（伊藤博［一九九六］）

猟高の高円山が高いからか、出てくる月が遅く照っているのだろう。　（佐竹昭広・他［二〇〇〇］）

猟高の高円山が高いからでしょうか、出て来た月がこのように遅く照っているのは。（稲岡耕二［二〇〇二］）

猟高の高円山が高いからか、出て来る月が遅くなって照らすのだろう。（多田一臣［二〇〇九］）

いずれも、月はすでに照っているものとして解釈している。しかし、これは誤りであると言ってよい。文学作品は言語によってイメージを描くものであるから、言語の用法に対して誤解があれば、解釈に打撃を受けることは必定である。場合によっては、致命的な打撃があることも覚悟すべきであろう。

三　本書の方針

右に述べたのは一例に過ぎないが、語学研究が古典文学解釈に貢献できる側面は少なくないはずである。現に、『伊勢物語』で言えば、日本語学（国語学）の方面で顕著な業績のある研究者が、渡辺実［一九七六］・竹岡正夫［一九八七］・小松英雄［二〇一〇］のような注釈書・著書において、その解釈に立ち向かい、それぞれに大きな成果を上げている。しかし、改めて『伊勢物語』の注釈書を見てみると、未だ十分とは言いがたい状況である。本書で取り上げようというのは、語学研究の視点から見て、従来の読解に問題があると思われる章段である。筆者は、次のような方針を採ることにした。

（一）　テキストとしては、新編日本古典文学全集所収の『伊勢物語』を採用する。これは、学習院大学蔵『伊勢物語』（三条西家旧蔵・天福本系統・定家自筆本を室町時代に書写）を底本として、福井貞助が校訂し、表記に手を加えたものである。ただし、新編全集所収のテキストそのままではなく、さらに、平仮名表記を漢字に改めたり、続け書きされている和歌を句ごとに分けて表記したりするなど、一定程度手を加えてある。これは、読解を目標とする以上、読者に対して、より読みやすいテキストを提供する必要があると考えたからである。

（二）『伊勢物語』の成立に複雑な問題があることは、周知の事実である。現存の諸本に、無視できない大きな違いの見られる場合が存することも、よく知られている。そこで、本書では、一つのテキストを読むということに徹することにして、成立論的な問題にはなるべく関わらないことを原則とした。

（三）実際にこの作業を行ってみたところ、和歌の解釈において、従来の見方と対立することが多くなった。これは、特に和歌を中心に考察しようとしたからではない。目標としたのは、飽くまでも各章段全体の理解であったが、結果的に和歌の解釈を問題にすることが多くなったということである。和歌（特に短歌）では、表現が切り詰められているから、それだけ読者の解釈に揺れが生じやすいということであろう。

（四）本書では、『伊勢物語』の用例についても、また、それ以外の文献の用例についても、出来る限り現代語訳を付けることにした。これは、従来の専門書には余りないやり方であるが、それらの中には、著者がその用例をどう理解したか分からない用例が挙げられていて、そもそも挙例としてふさわしいのかどうか疑わしいという場合も少なくない。もとより、本書の現代語訳は、筆者がそのように理解したということを示すものであって、その理解が正しいかどうかは別問題である。したがって、それ自体も批判の対象に含まれるべきものである。

本書の内容が従来の研究に多くを負っていることは、言うまでもない。ただし、これまで信ずべきものとして通用している見方についても、なるべくその根拠にまで遡って検討し、合理的と思われる解釈を追求しようと考えるものである。

［引用論文］

伊藤　博〔一九九六〕『万葉集釈注・三』（集英社）

稲岡耕二〔二〇〇二〕『〈和歌文学大系〉万葉集㈡』（明治書院）

岡崎正継〔一九七三〕「『御導師遅く参りければ』の解釈をめぐって」（『今泉忠義博士古稀記念国語学論叢』桜楓社、『中古中世語論攷』〈和泉書院、二〇一六〉所収）

小田　勝〔二〇一〇〕「源氏物語の文法—解釈文法の復権のために—」（日本語学二九巻一号）

片桐洋一〔二〇一三〕『伊勢物語全読解』（和泉書院）

小松英雄〔二〇一〇〕『伊勢物語の表現を掘り起こす—《あづまくだり》の起承転結—』（笠間書院）

坂本信男〔一九八二〕「道綱母『嘆きつゝ』詠歌の受容—解釈と再検討—」（立教大学日本文学四九号）

佐竹昭広・他〔二〇〇〇〕『〈新日本古典文学大系〉万葉集・二』（岩波書店）

鈴木日出男〔二〇一三〕『伊勢物語評解』（筑摩書房）

竹岡正夫〔一九八七〕『伊勢物語全評釈』（右文書院）

多田一臣〔二〇〇九〕『万葉集全解・2』（筑摩書房）

永井和子〔二〇〇八〕『〈笠間文庫〉伊勢物語』（笠間書院）

森野宗明〔一九七二〕『〈講談社文庫〉伊勢物語』（講談社）

森本　茂〔一九八二〕『伊勢物語全釈』（大学堂書店）

柳澤良一〔一九九九〕「百人一首『嘆きつつひとり寝る夜の明くる間は…』の和歌をめぐって—道綱母は門を開けたか—」（北陸古典研究一四号）

山口明穂〔二〇〇四〕『日本語の論理―言葉に現れる思想―』（大修館書店）
渡辺　実〔一九七六〕『〈新潮日本古典集成〉伊勢物語』（新潮社）

第一章　第九段（東下り）

一　「都鳥」とは何か

『伊勢物語』の諸段の中でも、ひときわ有名なのはいわゆる「東下り」を扱った第九段であるが、その中でも「都鳥」が登場する末尾部分は、この一段中のハイライトとでも言うべき箇所である。

ところで、そこで「都鳥」と呼ばれている鳥が今の何という鳥に該当するのか、これまでもさまざまに議論されており、定説を得ないという問題がある。現今は、ユリカモメとする説が優勢であるが、そもそも「都鳥」という語が現れるあたりの文章に対する従来の読み方には疑問があって、それは当然、結論にも影響するのである。ここで、改めて読み直してみることにするが、途中を省略して本文の必要な部分を示すと、次のようになっている。

◎昔、男ありけり。その男、身を要《えう》なきものに思ひなして、「京にはあらじ、東《あづま》の方に住むべき国求めに」とて、行きけり。もとより友とする人、一人二人《ひとりふたり》して行きけり。……なほ行き行きて、武蔵の国と下総《しもつふさ》の国との中に、いと大きなる河あり。それを角田河《すみだがは》と言ふ。その河のほとりに群れ居て、「思ひやれば、限りなく、遠くも来にけるかな」と、わび合へるに、渡守《わたしもり》、「はや舟に乗れ。日も暮れぬ」と言ふに、乗りて渡らむとするに、みな人ものわびしくて、京に思ふ人なきにしもあらず、さる折《をり》しも、しろき鳥の嘴《はし》と脚《あし》とあかき、鴫《しぎ》の大きさなる、水の上に遊びつつ、魚《いを》を食《く》ふ。京には見えぬ鳥なれば、みな人見知らず。渡守に問ひければ、「これなむ都鳥」と言ふを聞きて、

名にし負はば　いざ言問はむ　都鳥　我が思ふ人は　ありやなしやと

と詠めりければ、舟こぞりて泣きにけり。

［昔、男がいた。その男は自分の身を無用なものだと思い込んで、「京には居るまい、東国のほうに住めそうな国を探しに行こう」と思って、行った。古くからの友人一人二人と一緒に行った。……さらに旅を続けたところ、武蔵の国と下総の国との間に、たいそう大きな川がある。それを角田河《すみだがわ》と呼ぶ。その川のほとりに集まり座って、「京に思いを馳《は》せると、この上もなく遠くに来てしまったものだなあ」と、嘆き合っていると、角田河の渡し場の船頭が、「早く舟に乗りなさい。日も暮れてしまいそうだ」と言ったので、舟に乗って渡ろうとしたのだが、一同は何となくつらい思いがして、京に愛する人がいないわけでもないので、感慨に耽っている。ちょうどそんな折も折、「しろき鳥の嘴《はし》と脚《あし》とあかき」、鴫《しぎ》と同じくらいの大きさの鳥が、水上に遊びながら魚を食っている。京には見られぬ鳥なので、一同は見ても何という鳥か分からない。船頭に尋ねると、「これが都鳥だよ」と言うのを聞いて、

「都鳥」という名をもっているのならば、さあ尋ねてみよう、都鳥よ、私の愛する人は都で無事でいるのかどうかと。

と詠んだので、舟に乗っていた人は、みな泣いてしまったのだった。］

（伊勢物語・九段）

以下、ここで「都鳥」と呼ばれているのは何か、考えてみることにする。

二　ミヤコドリとユリカモメ

現在ミヤコドリと呼ばれている鳥がいるが、『伊勢物語』に出て来る「都鳥」は、それとは異なり、ユリカモメであると考える人が少なくない。その主たる理由は、「しろき鳥の嘴《はし》と脚《あし》とあかき」と述べられている特徴が、ユリカモメのほうにほぼ一致するからである。

今、中村登流《のぼる》『野鳥検索小図鑑［水辺の鳥］』（講談社、一九八四年）に記されているそれぞれの特徴を引用してみる（傍線は筆者）。

（A）ミヤコドリ（チドリ目ミヤコドリ科）

全長45㎝。マガモより少し小さい。丸型の頭にやや長めの頸、長くて頑丈なくちばし、長めの足をもつ。頸全体と背面は黒、胸から腹面が白い。くちばしと足は紅赤色。眼の虹彩は赤い。飛んでいる時は腰から尾まで白く、尾の先が黒い。また翼の後半分に白色大紋が出る。

（B）ユリカモメ（チドリ目カモメ科）

全長40㎝。翼開長92㎝。ウミネコより小さいカモメ。体はスマートで一見白い鳥。先のとがった翼。冬羽は頸から腹面全体、上尾筒、尾羽が白く、背と翼の背面が明るい青灰色。くちばしと足が鮮やかな紅赤色。眼の後方に黒い小黒紋がある。飛んでいる時に翼の前縁が白く、特に翼先で幅広い。翼先の後縁が黒い。若鳥は翼背面が褐色を帯び、頭頂から眼の所に暗色帯がある。尾羽の先に黒帯が出る。夏羽は頭頂が黒色になる。くちばしの赤色は黒ずんでくる。

なるほど、この記述によれば、『伊勢物語』の「都鳥」は、（A）ミヤコドリでなく、（B）ユリカモメのほうに似ている。

ただし、北野鞠塢《きくう》［一八一四］は、「しろきとり」の「し」は「く」の誤写であり、実は「黒き鳥」の意であって、（A）ミヤコドリに一致するという説を唱えている。しかし、同じ歌を載せる『古今集』（羇旅・四一一）の詞書でも、「しろきとり」となっているから、この解釈は強引に過ぎる。

なお、それが（B）ユリカモメだとして、「京には見えぬ鳥」とあるのは、海鳥だからだろうと説明されている。しかし、ここで問題になるのは、古代の文献には「都鳥」の名がかなり見えるのに、「みな人見知らず」と言っていることをどう考えるべきか、ということである。以下、その点について説明する。

三　「都鳥」の古例

次の①は、「都鳥」の最も古い例である。

①**舟競《ふなぎほ》ふ　堀江の川の　水際《みなきは》に　来居つつ鳴くは　都鳥かも〈美夜故杼里香蒙〉**　（万葉二〇・四四六二）

右は大伴家持の歌で、天平勝宝八年（七五六）四月、難波の堀江における作である。「都鳥かも」の「かも」は、一般に〈疑問〉の意と解されている。そこから、次のような発言も出て来る。

この短歌だけでは、水鳥であることぐらいしかわかりません。〈都鳥だろうか〉と結ばれているのは、奈良に住む家持は、名前を知っているだけで、鳴き声も聞き慣れていなかったからなのでしょう。

（小松英雄〔二〇一〇〕）

次の発言もこれに似ている。

舟が先を競って上る堀江の川の水際に来てとまって鳴くのは都鳥であろうか、という歌であるが、みやこどりをよく知らない様子であり、この「都鳥」も、どの鳥をさすか定かではない。（近藤さやか〔二〇一一〕）

ところで、木下正俊〔一九八八〕は、この「かも」について次のように述べている。

ただここで忘れてならないのはこのカモは疑問であって詠嘆ではないということである。このような何々ハ（体言）カモという構造の歌には、

馬並めて　高の山辺を　白妙に　にほはしたるは　梅の花かも（10・一八五九）

秋風の　吹き漂はす　白雲は　織女の　天つ領巾《ひれ》かも（10・二〇四一）

などあり、疑う気持が比較的に少なく推定に近い場合もあるが、強いものも一部にはあり、この歌などそのいずれとも決し難い。

確かに、〈～ハ＋体言＋カモ〉の構文における「かも」は、〈疑問〉の意と考えられる例が多い。『万葉集』にはその種の例が、当該の例を除いて一一例あるが、一〇例までは〈疑問〉の意に使われている。

㋐馬並《な》めて　高《たか》の山辺《やまへ》を　白たへに　にほはしたるは〈者〉　梅の花かも〈鴨〉

［（馬並《な》めて）高《たか》の山辺を真っ白に彩っているのは、梅の花だろうか。］（万葉一〇・一八五九）

㋑**見渡せば　春日の野辺《のへ》に　霞立ち　咲きにほへるは〈者〉　桜花かも〈鴨〉**

［見渡すと、春日野のあたりに霞が立って咲き輝いているのは、桜の花だろうか。］（万葉一〇・一八七二）

㋒**あしひきの　山に白きは〈者〉　我が宿に　昨日の夕へ　降りし雪かも〈疑意〉**

［（あしひきの）山に白く見えるのは、我が家に昨日の夕方降った雪だろうか。］（万葉一〇・二三二四）

右の㋐～㋒は、遠方の景色に対する判断であるために、確信が持てないと、疑念を表明している例である。

㋓**暁《あかとき》の　家恋《いへごひ》しきに　浦廻《うらみ》より　梶の音するは〈波〉　海人娘子《あまをとめ》かも〈可母〉**

［夜明けの、家が恋しい時分に、湾内から梶の音が聞こえてくるのは、漁夫の娘の舟であろうか。］（万葉一五・三六四一）

右は、海人娘子を直接見ているわけではなく、音だけからの判断であるために、断定を避けて、疑問の表現をとった例である。

㋔**この夕へ　降りくる雨は〈者〉　彦星の　早漕ぐ舟の　櫂《かい》の散りかも〈鴨〉**

［この夕方に降ってくる雨は、彦星が急いで漕いでいる舟の櫂《かい》の滴であろうか。］（万葉一〇・二〇五二）

㋕**秋風の　吹き漂はす　白雲は〈者〉　織女《たなばたつめ》の　天つ領巾《ひれ》かも〈毳〉**

［秋風が吹いて空に漂わせている白雲は、織女星のための天飛《あまと》ぶ領巾《ひれ》であろうか。］（万葉一〇・二〇四一）

㋖君を待つ　松浦《まつら》の浦の　娘子《をとめ》らは〈波〉　常世の国の　海人娘子《あまをとめ》かも〈可忘〉

［（君を待つ）松浦《まつら》の浦の乙女たちは、常世の国に住む漁夫の娘であろうか。］（万葉五・八六五）

㋗秋の夜の　月かも〈疑意〉君は〈者〉　雲隠り　しましく見ねば　ここだ恋しき

［あなたは秋の夜の月であろうか。雲に隠れるようにちょっとでも姿が見えないと、こんなにも恋しいことよ。］（万葉一〇・二二九九）

㋘玉梓《たまづさ》の　妹は〈者〉玉かも〈髭〉　あしひきの　清き山辺に　撒けば散りぬる

［（玉梓《たまずさ》の）妻は玉なのであろうか。（あしひきの）清らかな山辺にお骨を撒いたら散らばってしまったことよ。］（万葉七・一四一五）

㋙玉梓の　妹は〈者〉花かも〈可毛〉　あしひきの　この山陰に　撒けば失せぬる

［（玉梓の）妻は花なのであろうか。（あしひきの）この山辺にお骨を撒いたら消えてしまったことよ。］（万葉七・一四一六）

右の㋔～㋙は、たとえば㋗の例で言えば、「君が月であること」のように、現実にはあり得ないような事態であるために、〈疑問〉の「かも」が用いられたものである。

問題になるのは、次の例である。

㋚山辺《やまのへ》の　五十師《いし》の御井《みゐ》は〈者〉　おのづから　成れる錦を　張れる山かも〈可母〉（万葉一三・三二三五）

この例は、いずれの注釈書においても、「山辺《やまのべ》の　五十師《いし》の御井《みい》は　天然に　織りなされた錦を　張り広げた山だな」（新編日本古典文学全集）などと現代語訳されており、「かも」は〈詠嘆〉と理解されているものである。ただし、この例は〈五十師の御井は…山かも〉と主述関係がずれているように感じられて、古来より不審とされている。曽倉岑［二〇〇五］は、これについて、「吉野の宮は…川並の　清き河内そ」（万葉六・九二三）が〈吉野の宮は…川並の　清き河内にある〉の意であるのと同様に見て、問題の例を〈五十師の御井は…山にある〉の意と解する説を出している。従うべきである。

そうだとしても、これを疑問文と解すると、何が疑問とされているのか説明しにくい。やはり、詠嘆文と解するのが自然である。すなわち、次のような意味になる。

山辺の五十師の御井は、天然に織りなされた錦を張り広げた山にあることだなあ。

したがって、〈～ハ＋体言＋カモ〉の構文において、「かも」は〈疑問〉の場合だけでなく、〈詠嘆〉の場合もあり得るのであり、問題の①の歌についても、「都鳥なのだなあ」の意と解することが可能である。この歌は、奈良の都を離れて難波の堀江にいた家持が詠んだものである。①の歌の直前には、次の歌が記されている。

・**堀江より　水脈《みを》遡《さかのぼ》る　梶の音《おと》の　間なくそ奈良は　恋しかりける**

［難波の堀江を通って水脈を遡る舟の梶の音が絶え間なく聞こえるように、絶え間なく奈良は恋しいことだ。］

（万葉二〇・四四六一）

その家持が「都」を名にもつ「都鳥」の姿を見て、またその声を聞いて、都を懐かしむ気持を詠んだのが問題の①の歌である。その気持は、「かも」を〈疑問〉と見るよりも、〈詠嘆〉と解した方が、より明確になるのではないか。もしこの見方が正しいならば、家持は「都鳥」をよく知らなかったという解釈は、根拠を失うことになる。

また、仮に①の歌の「かも」が〈疑問〉だとしよう。その場合でも、鳥が遠くにいて、声も明瞭には聞こえないために、断定を避けた表現になったとも考えられるのであって、「都鳥」をよく知らなかったためとは限らないだろう。

ところで、ここに登場する「都鳥」が今の何に当たるか、生態から見て分からないだろうか。

伊藤博［一九九八］は、御厨正治「都鳥考」（合歓木第四十七号）の説として、次のような考え方を紹介している。すなわち、『万葉集』に初出の「みやこどり」を棲息環境的に考察すると、そこは「舟競《ふなぎほ》ふ」騒々しい「堀江」であって、人影まれな海辺を好むミヤコドリの棲める環境ではないことは一目瞭然であり、むしろ、カモメ類のユリカモメが塵芥をあさるのに好適な場所である、というのである。

一方、東光治［一九四三］は、『万葉集』の「都鳥」はユリカモメでなくミヤコドリのほうで、飛びつつ鳴くのではなくて、汀《みぎわ》に下りて鳴くとあるのは、ミヤコドリの生態としてふさわしいと述べている。

結局のところ、家持の歌の表現自体から、その「都鳥」がミヤコドリなのか、それともユリカモメなのかを判定することは、困難と言わなければならない。しかし、以下に挙げる平安時代の例を見ても、家持が「みやこどり」のことをよく知らなかったというのは、おそらく誤りである。

四　『伊勢物語』以後の「都鳥」

さて、『万葉集』の例に続くのは、問題の『伊勢物語』の例である。したがって、これ以降の例は、『伊勢物語』の影響下に成立したものである可能性を考慮する必要がある。厳密に言えば、『古今集』にも同じ歌が収められているわけであるが、ここでは、『伊勢物語』で代表させて話を進めたい。

②**和泉へ下り侍りけるに、都鳥のほのかに鳴きければ、**
言問はば　ありのままに　都鳥　都のことを　我に聞かせよ
（和泉式部集・六七二）
［和泉の国へ下りました時に、都鳥がかすかに鳴いたので詠んだ歌。「私が尋ねたら、都鳥よ、ありのままに都のことを私に聞かせなさいね。」］

右の②は、「言問はば」の語句の存在から、『伊勢物語』の影響のもとに成立した歌であることが明らかである。

③**旅雪、公通卿十首**
舟渡す　角田河原《すみだかはら》に　降る雪の　色にまがへる　都鳥かな
［旅の雪を詠んだ歌。藤原公通卿家で行われた各人十首ずつ詠む会で詠んだ歌一首。「渡し舟のある角田河の河原に降っている雪の色と区別が付かない都鳥だな。」］
（源三位頼政集・二九六）

右の③は、「角田河原」とあるだけでなく、「都鳥」の色を白と捉えており、『伊勢物語』の影響が露わである。なお、この③は他の例に比べて、かなり時代が下る例である。

④八十島《やそしま》の　都鳥をば　秋の野に　花見て帰る　たよりにぞとふ　（曽禰好忠集・五四六）

この④は、作者がどこに立っているのか、どのような状況なのか、分かりにくい歌である。ただし、「八十島」の語から考えると、港にいるようである。また、「秋の野に花見て帰る」という表現からすると、秋の野に行き、それから港に立ち寄ったということになるのだろうか。

神作光一・島田良二［一九七五］は、右の歌の「大意」を次のようにまとめている。

多くの島々にいる都鳥を、秋の野の花を見て帰るついでに、たずねて、都の人達はどう暮しているかと聞いてみよう。

「都鳥」に都の人達の安否を問うということならば、『伊勢物語』の影響を受けた歌ということになる。

また、川村晃生・金子英世［二〇一一］は、次のように現代語訳している。

島々に住む都鳥を、秋の野に花を見て帰るついでに訪ねるよ。

その上で、「ここで『都鳥』を『とふ』というの」は、『古今集』『伊勢物語』の「名にし負はば」の歌を「念頭に置き、都のことを聞きたいという気持ちか」と補足している。

というわけで、『伊勢物語』の影響下にある歌のようでもあるが、歌の趣旨が明確でなく、はっきりしたことは言いにくい。

⑤めづらしく　鳴きも来たるか　都鳥　いづれの空に　年を経ぬらむ
［珍しくも鳴きながら都に来たことだ。都鳥は、一体どこの空で年月を過ごしていたのだろうか。］
（古今和歌六帖・二・都鳥・一二四五）

この⑤は、都で珍しく都鳥の鳴く声を聞いて、今までどこで過ごしていたのだろうかと、訝っている歌である。名が「都鳥」であるから、当然都にいるはずなのに、という気持が言外にある。しかし、『伊勢物語』との直接的な関係は感じられない。

⑥天徳三年の春、能登守になりて下るに、一条大納言の家の人々詠む、
越《こし》の海に　群れはゐるとも　都鳥　都の方ぞ　恋しかるべき
（源順集・二九七）
［天徳三年〈九五九〉の春、能登守になって下った時に、一条大納言の家の人々が詠んだ歌。「越の海に群れてはいても、都鳥はその名のとおり都の方向が恋しいに違いない。」］

⑥も、「都鳥」が都を離れたところにいることに興趣をおぼえて詠んだ歌であるが、これについても、『伊勢物語』との直接的な関係は考えなくてよさそうである。

次は、散文の例である。

⑦**渚より都鳥連ねて立つ折に、浜千鳥の声々鳴くを聞きて、あるじの君、**

都鳥　友を連ねて　帰りなば　千鳥は浜に　鳴く鳴くや経む

［渚から都鳥が並んで飛び立つ時に、浜千鳥がそれぞれに鳴くのを聞いて、あるじの君が次のように詠んだ。

「都鳥が友と連れ立って帰ってしまったら、千鳥は浜に取り残されて、鳴きながら日を過ごすのだろうか。」］

（宇津保物語・吹上・上・新編全集①四〇五ページ）

右は、紀州の吹上の浜における場面で、歌では、都から来た人を「都鳥」に、地元の人を「千鳥」に喩えている。しかし、散文の部分では、現実に都鳥が渚を飛び立つさまを語っている。このあたりには、「都鳥」の語が、歌の部分および散文の部分を併せて、全七回出て来る。

⑧**ただ、侍従、こもきとて、尼君のわが人にしたる二人をのみぞ、この御方に言ひ分《わ》きたる。見目も心ざまも、昔見し都鳥に似たることなし。**

［ただ、侍従・こもきと言って、尼君が自分付きにしていた二人だけを指定して、このお方に仕えさせた。その二人も、顔立ちといい人柄といい、尼君が昔知っていた都の女房とは似ても似つかない。］

（源氏物語・手習・新編全集⑥三〇四ページ）

横川僧都の妹尼は、宇治で入水し失踪した浮舟を救い、手厚く看護した。妹尼は、他の人を近づけず、自分が召し使っている二人の女（侍従・こもき）だけを浮舟に仕えさせたが、その二人も、妹尼が昔知っていた都の女房とは似ても似つかないというのである。ここでは、「都鳥」という語が都人の比喩として用いられている。これは、⑦に見える「都鳥」の使い方に似ている。

以上、②③⑤～⑧を見ると、「都鳥」はいずれも都を離れた場面で取り上げられていることが分かる。また、④からは都では珍しかったことがうかがえる。しかし、これらの用例の内容から見ると、「都鳥」に対する都人の知識が曖昧なものであったとは考えにくいのではないか。

⑨鳥は、異所《ことどころ》のものなれど、鸚鵡《あうむ》いとあはれなり。人の言ふらむことをまねぶらむよ。郭公《ほととぎす》。水鶏《くひな》。鴫《しぎ》。都鳥。鶸《ひは》。ひたき。山鳥、友を恋ひて、鏡を見すれば、慰むらむ。心若う、いとあはれなり。谷隔てたるほどなど、心苦し。

［鳥は、異国の鳥ではあるが、鸚鵡《おうむ》がとても興味深い。人が言うことを真似て物を言うそうだよ。郭公《ほととぎす》。水鶏《くいな》。鴫《しぎ》。都鳥。鶸《ひわ》。ひたき。山鳥は、友を恋しがって、鏡を見せると、友かと思って慰められるそうだよ。心が幼く、とても可哀想だ。友と谷を隔てている時などのことを想像すると、気の毒に感じられる。］

（枕草子・三九段・鳥は）

右の⑨は、「あはれなる」鳥、あるいは「をかしき」鳥を列挙した箇所であるが、これ以降には、「山鳥」「鶴」「頭赤き雀」「斑鳩《いかるが》の雄鳥《をどり》」「たくみ鳥」「鷺」「鴛鴦《をし》」「千鳥」「鶯」「郭公《ほととぎす》」について述べている。

「鸚鵡《あうむ》」に関しては、「人の言ふらむことをまねぶらむよ」とあり、推量形で述べているが、実物を知らなかったのか、習性だけが伝聞であったのか、分かりにくい。「山鳥」については、「友を恋ひて、鏡を見すれば、慰むらむ」とあり、これも推量形で述べているが、これは習性だけが伝聞であったものであろう。「鷺」について述べた部分には、「いと見目も苦し」とあって、実物を見ていることが分かる一方、「『ゆるぎの森にひとりは寝じ』と争ふらむ、をかし」と、その習性を推量形で述べている。

右のように、不確実なことは推量形で述べるという清少納言の叙述の仕方から見て、特に断りを入れていない「都鳥」に対して、何の知識ももたなかったと考えることは、かえって難しいであろう。

以上のように、古代の文献においては、都人が「都鳥」についてある程度知識を有していたことが知られる。それなのに、『伊勢物語』では、「男」の一行が「都鳥」を全く知らなかったかのように記している。

五　「都鳥」の叙述と色名「あか（赤）」

すでに、東光治［一九四三］は、『万葉集』の「都鳥」と『伊勢物語』の「都鳥」とは別種の鳥であった、という解釈を打ち出している。前者はミヤコドリ、後者はユリカモメだというのである。多くの論考は、両者が同じ種類の鳥であるという前提に立っている。しかし、その前提があるために、この問題の決着がなかなか付かないのではあるまいか。東光治の考え方は、『伊勢物語』のこの一節を読むのに大きな助けになると思われる。

今、このあたりの文章をもう一度読み直してみることにする。一番問題になるのは、「都鳥」の形状を描写した部分である。

・**しろき鳥の嘴《はし》と脚《あし》とあかき、鴫《しぎ》の大きさなる、水の上に遊びつつ、魚《いを》を食《く》ふ。**

ここでは「都鳥」の形状がかなり詳しく述べられているが、これはなぜであろうか。一行が「見知ら」ぬ鳥だから詳しく述べる必要があった、と考えるのが、常識的な答えであろう。しかし、「見知ら」ぬ鳥だということが大事であるならば、単に「見知らず」と述べるだけで十分だったのではないか。

この「都鳥」に関する詳しい記述は、そこに見られた鳥が京都の人々が「都鳥」と呼んだ鳥とは異なることを読者に知らせるためのものだったと考えてはどうか。

すなわち、京都の人々が「都鳥」と呼んだ鳥と、東国の人々が「都鳥」と呼んだ鳥とは異なっており、次のような関係であった、と考えてみるのである。

・京都の人々が「都鳥」と呼んだ鳥

　今のミヤコドリ（チドリ目ミヤコドリ科）。『万葉集』に現れる「都鳥」もこの系列に属すると考える。

・東国の人々が「都鳥」と呼んだ鳥

　今のカモメ（チドリ目カモメ科）、すなわちユリカモメ・カモメ・ウミネコなどの類。ただし、ユリカモメに限定できるかどうか分からない。

『伊勢物語』で「都鳥」と呼ばれている鳥が今の何に当たるかを決めるのに際して、くちばしと脚の色について、ユリカモメは〈red〉だが、カモメやウミネコは〈yellow〉なので、後者は「しろき鳥の嘴《はし》と脚《あし》とあかき」とある叙述に合わないと考えるのが普通であろう。しかし、その判断は適切でない。

なぜならば、古代日本語においては、〈red〉だけでなく、〈yellow〉も、アカ（赤）の範囲に入ることがあったと考えられるからである。〈yellow〉を意味するキ（黄）の確例は、一〇世紀前半まで下る。下記がその例である。

○キハダ（黄肌）

・蘗木……一名黄木出兼名苑和名岐波多　（本草和名）〈九一八年頃〉

・蘗　兼名苑云、黄蘗補麦反一名黄木和名岐波太　（和名抄・道円本）〈九三一～九三八年〉

○キカハ（黄皮）

・橘皮　本草注云、橘皮一名甘皮和名太知波奈乃加波、一云木加波　（和名抄・道円本）

・甘皮　本草云、橘皮一名甘皮和名木加波、其色黄之義也　（和名抄・道円本）

○キウリ（黄瓜）

・胡瓜　孟詵食経云、胡瓜寒不可多食、動寒熱発瘧病和名曽波宇里、俗云木宇利　（和名抄・道円本）

○キバム（黄ばむ）

・黄疸　病源論云、黄疸音旦、一云黄病、岐波無夜万比身体面目爪甲及小便、尽黄之病也。　（和名抄・道円本）

・物ものたまはで、橘を見給へば、それも実を取りて、黄ばみたる色紙に書き入れたり。

古への　忘れがたさに　住み馴れし　宿をばえこそ　離れざりけれ

［兼雅《かねまさ》は、何もおっしゃらないで橘をご覧になったが、それについても実の部分を取り出すと、実の代わりに黄ばんだ色紙が入っていて、次のような歌が書いてあった。「昔のことを忘れかねているので、住み馴れたこの宿を離れられないでいることよ。」］（宇津保物語・蔵開・中・新編全集②五一〇ページ）〈一〇世紀後半〉

○キナリ（黄なり）

・事果てがたになる夕暮に、好茂《よしもち》、胡蝶楽《こてふらく》舞ひて出で来たるに、黄なる単衣《ひとへ》脱ぎてかづけたる人あり。折にあひたる心地す。

［今日の行事も終わり方になった夕暮れ時に、好茂が胡蝶楽を舞って出て来たが、彼に黄色の単衣を脱いで与えた人がいる。胡蝶楽に用いる造花の山吹にぴったりで、時宜を得た感じがした。］

（蜻蛉日記・中・天禄元年三月）〈一〇世紀後半〉

佐竹昭広［一九八〇］の説くところによれば、古代日本語における基本的な色名は、アカ（赤）・シロ（白）・アヲ（青）・クロ（黒）の四種であり、上代の文献にはキ（黄）の確実な語例がほとんどない。そして、〈yellow〉は、赤色の範疇に入るものだったというのである。

『万葉集』で特に問題になるのは、次の例である。

・沖つ国　うしはく君が　染屋形　黄染乃屋形　神が門《と》渡る

（万葉一六・三八八八）

この例は、かつて第三句「染屋形《そめやかた》」・第四句「黄染乃屋形《きそめのやかた》」と読まれていた。しかし、佐竹論文によれば、「染」字は「漆」字の俗体「柒」の誤写でヌリ（塗）と読むべきもの、「黄」字はニ（丹）と読むべきものであり、第三句は「柒屋形《ぬりやかた》」、第四句は「黄柒乃屋形《にぬりのやかた》」であるという。この考え方は、多くの支持を集めている。この説に従って訳すと、次のような歌意になる。

沖の国を領有・支配する王の乗っている屋形船。その丹塗りの屋形船が神聖な海峡を渡って行く。

一方、伊原昭［一九六七］・上森鉄也［二〇〇四］は、上代語におけるキ（黄）の存在を積極的に認めようとする立場である。

上森は、右の例について、『万葉集』で色名ニ（丹）は普通「丹」字で表記されており、「黄」字で表記された例はないから、やはり「黄柒乃屋形《きぬりのやかた》」と読むべきであるとする。しかし、ニヌリ（丹塗）の語例は他にもあるが、キヌリ（黄塗）の語例は他に見出だすことが出来ないという難点がある。したがって、この歌の「黄」字をニと読むべきかキと読むべきかについては、はっきりした決め手がないと言えよう。

次に、上森が注目する下記の例を見たい。

……然れども　我が大君の　諸人を　誘《いざな》ひ給ひ　良き事を　始め給ひて　久我祢《くがね》かも　確《たし》けくあらむと　思ほして　下悩ますに……

［……しかしながら、我が大君が、諸人を仏の道にお誘いになり、大仏建立というすばらしい事業をお始めになったが、黄金が確かにあるのだろうかとお思いになって、お心を痛めていらっしゃったところ……］

（万葉一八・四〇九四）

他の箇所では「金」字で表記される語が、ここでは「久我祢」と音仮名で表記されている。「銅」「銀」「鉄」はそれぞれアカカネ・シロカネ・クロカネと読まれており、アカは〈赤〉、シロは〈白〉、クロは〈黒〉の意であることからすれば、「金」「黄金」を表すクガネにおいて、クの部分は〈黄〉の意であると考えてまず間違いがない。右の例によれば、上代語に、色名としてのク（黄）およびその母音交替形としてのキ（黄）がなかったとは言えないことになるのである。

その場合、ク（黄）はいわゆる被覆形、キ（黄）はいわゆる露出形ということになるであろう。なお、上森は、「金」にコガネの訓もあることから、被覆形がクとコと二種類あるというのは不審であると述べているのだが、クガネは上代の語形、コガネは中古以降の語形で、時代による変化であるから、不審とするまでもない。

もう一つ注目してよいのは、次の例である。

・同月廿三日仁、東南角仁有雲、本朱末黄、稍具五色止奏利。

（同じ月の廿三日に、東南《たつみ》の角《すみ》に有る雲、本朱《もとあけ》に末《すゑ》黄に、稍く《やをや》五色《いついろ》を具《そな》へつと奏《まを》せり。）

（続日本紀宣命・四二詔）

右に出て来る「朱」字は、アケと読むべきものであろう。また、それとは区別する形で「黄」字を用いているのであるから、この「黄」字はキと読んでよいものと思われる。これを二（丹）と読んでしまうと、「朱」字も「黄」字も、いずれも赤色系統を表すことになってしまう。ここは、「五色」（青・黄・赤・白・黒）の一部として表現しているわけであるから、「朱」字が五色の「赤」に対応するものであるならば、「黄」字は五色の「黄」に対応するものでなければならない。すなわち、この「黄」字は、キと読むべきである。

ただし、宣命の言葉は多分に漢文訓読の影響を受けており、また、「五色」という捉え方も中国文化の移入によってもたらされたものであることに注意する必要がある。

以上のことから、上代には色名キ（黄）が存在しなかったとまで言うのは、明らかに行き過ぎであると考えられる。しかし、上代における色名キ（黄）は使い方が限られており、用例が多くないことも事実である。また、伊原によれば、平安時代の和歌においても、キ（黄）はほとんど使われていない。このような状態を見ると、古代日本語において、キ（黄）は、アカ（赤）に対抗するほどには色名としての地位を確立していなかったと考えるべきである。したがって、〈yellow〉は、キ（黄）ではなく、アカ（赤）と表現されることがしばしばあった、と見るのが穏当である。

以上によって、「しろき鳥の嘴《はし》と脚《あし》とあかき」という表現から、それはユリカモメであって、カモメやウミネコではないと主張することは、困難なのである。

六　「都鳥」と『伊勢物語』の叙述

上記の検討によれば、『伊勢物語』に登場する「都鳥」は、現今に言うミヤコドリではなく、カモメの類ではないかということになる。ただし、ユリカモメと限定することまでは出来ない。

しかし、当時の都人が「都鳥」と呼んでいたのは、今で言うミヤコドリであった。だから、「角田河《すみだがは》」で出逢った鳥が「都鳥」であるとは毛頭考えなかった。一方、東国の船頭は、都人が「都鳥」を知らないことに奇異の念を抱き、「これなむ都鳥」と答えたのであった。そこで、「男」は、自分たちの言う「都鳥」とは違うのだなと思いながらも、〈もしあの鳥が「都鳥」という名を負っているなら、都にいる自分の思い人が無事かどうか、さあ尋ねてみよう〉と詠んだのである。

そうなると、この物語の書き手は、都人が「都鳥」と呼ぶ鳥と、東国の人が「都鳥」と呼ぶ鳥とは食い違っているということを、読者には是非とも示さなければならない。そのために、「しろき鳥の嘴《はし》と脚《あし》とあかき、鴫《しぎ》の大きさなる」という詳しい記述が必要だったのである。

鳥の名称に関する、こうした食い違いは、「男」たちの一行に、自分たちが都から遥かに離れた異郷にあることを、ますます強く意識させたであろう。

［引用論文］

伊藤　博［一九九八］『万葉集釈注・十』（集英社）
伊原　昭［一九六七］「万葉集巻第十六の三八八八の歌の黄について」（国語と国文学四四巻九号）
上森鉄也［二〇〇四］「上代における『黄』について」（皇学館論叢三七巻一号）
川村晃生・金子英世［二〇一二］『曽禰好忠集注解』（三弥井書店）
神作光一・島田良二［一九七五］『曽禰好忠集全釈』（笠間書院）
北野鞠塢［一八一四］『都鳥考』（玉山堂）
木下正俊［一九八八］『万葉集全注・巻二十』（有斐閣）
小松英雄［二〇一〇］『伊勢物語の表現を掘り起こす―《あづまくだり》の起承転結―』（笠間書院）
近藤さやか［二〇一二］「『伊勢物語』の都鳥」（鈴木健一編『鳥獣虫魚の文学史・鳥の巻』三弥井書店）
佐竹昭広［一九八〇］『万葉集抜書』（岩波書店）
曽倉　岑［二〇〇五］『万葉集全注・巻十三』（有斐閣）
東　光治［一九四三］『続万葉動物考』（人文書院）

第二章　第一〇段（たのむの雁）

一　問題の所在

第一〇段は、次のようになっている。

◎昔、男、武蔵《むさし》の国までまどひ歩《あり》きけり。さてその国にある女をよばひけり。父は「こと人にあはせむ」と言ひけるを、母なむあてなる人に心つけたりける。父はなほ人《びと》にて、母なむ藤原なりける。さてなむあてなる人にと思ひける。このむこがねに詠みておこせたりける。住む所なむ入間《いるま》の郡《こほり》、みよし野の里なりける。

みよし野の　たのむの雁《かり》も　ひたぶるに　君《きみ》が方《かた》にぞ　よると鳴くなる

むこがね、返し、

わが方《かた》に　よると鳴くなる　みよし野の　たのむの雁《かり》を　いつか忘れむ

となむ。人の国にても、なほかかることなむやまざりける。

「昔、男は武蔵の国までさまよって行った。そして、その国に住んでいた女に求愛した。女の父は「他の人と結婚させよう」と言ったが、母は高貴な身分の人と結婚させたいと望んだ。父は並の身分の人だったが、母は藤原氏の出身だったのだ。それで高貴な人にと思ったのだ。母がこの花婿候補の男に詠んで寄こした歌は、次のようであった。住んでいる所は、入間の郡のみよし野の里であった。

みよし野の田の面《たも》に降りている雁も、ひたすらにあなたに心を寄せていると鳴いているのが聞こえます。

花婿候補は、返歌として、

私に心を寄せていると鳴いているのが聞こえる、みよし野の田の面《たも》に降りている雁のことを、いつ忘れることがありましょうか。決して忘れません。

と詠んだ。京を離れた他国でも、やはりこのような色好みの業は止まなかったのである。」

（伊勢物語・一〇段）

この段は、極めて平明で、特に何の問題もないかのように見える。しかし、二つの歌の解釈には問題がないであろうか。

右の段に含まれる二つの歌で特に問題になるのは、なぜここで雁が持ち出されたのか、他の鳥ではいけなかったのか、という点である。従来の諸注に、その点に疑問をもったものは見当たらない。小松英雄［二〇一〇］は、『伊勢物語』に対する従来の解釈に疑問を呈し、数々の問題提起を行っているが、この点は特に問題視していない。

また、これらの歌では、雁が「ひたぶるに君《きみ》が方《かた》による」とか、「わが方《かた》による」とか鳴いたことになっているが、雁の声はそんなふうに聞こえるものであろうか。

たまたまその時には雁が鳴いていたのであろうとか、人によってはそんなふうに聞こえたのであろうとかいうのは、理由になるまい。たまたま雁が鳴いていたとしても、その状況における和歌表現の景物としてふさわしいからこそ、取り上げられたわけであろう。また、雁の鳴き声をどう聞くかということも、それなりの伝統が存したはずなのである。

二　雁の鳴き声

雁は、古くは「カリカリ」と鳴いていると聞かれていた。『万葉集』には、次のような歌がある。

・**ぬばたまの　夜渡る雁は　おほほしく　幾夜を経てか　己《おの》が名を告《の》る**

［（ぬばたまの）夜に空を渡る雁は、心細そうに、いったい幾夜続けて自分の名を告げるのか。］

（万葉一〇・二一三九）

すでに言われていることであるが、雁が「名告《なの》る」（名を告げる）という表現が成り立つのは、当時の人がその鳴き声を「カリカリ」と聞いていたからである。

これに似ているのは、時鳥について「名告る」という表現を用いたケースである。

・**暁《あかとき》に　名告り鳴くなる　ほととぎす　いやめづらしく　思ほゆるかも**

［暁に名を告げて鳴いているのが聞こえる時鳥のように、あなたのことはひとしお懐かしく思われます。］

（万葉一八・四〇八四）

・卯の花の　共にし鳴けば　ほととぎす　いやめづらしも　名告り鳴くなへ

（万葉一八・四〇九一）

［卯の花が咲くと同時に鳴いているので、時鳥はいよいよ心をひかれます、名を告げて鳴くというだけでなく。］

この場合も、当時、時鳥の鳴き声を「ホトトギス」と聞いていたことに基づく。なお、伊藤博［一九六八］は、「名告り鳥」としての時鳥について詳細に論じている。

平安時代には、「名告る」に次のような例がある。

・ねぶたしと思ひて臥したるに、蚊の細声にわびしげに名告りて、顔のほどに飛びありく。羽風さへその身のほどにあるこそいと憎けれ。

［眠いと思って横になっている時に、蚊がかすかな声で心細そうに名を告げて、顔のあたりを飛び回る。羽が立てる風までもその体相応にあるのは本当に憎らしい。］

（枕草子・二六段・憎きもの）

この例は、蚊の声を「カー」と聞いていたことを表す。したがって、雁の場合も、その名と鳴き声とは一致していたと考えてよい。

平安時代には、雁の鳴き声を「カリカリ」と聞いていたことを示す確実な用例が出て来る。以下の例がそれである。

・**行き帰り　ここもかしこも　旅なれや　来る秋ごとに　かりかりと鳴く**

［雁は、行く時も帰る時も、どこもかしこも旅だからであろうか、毎年秋ごとに「仮だ仮だ」と鳴いている。］

（後撰集・秋下・三六二）

・**秋ごとに　来れど帰れば　頼まぬを　声に立てつつ　かりとのみ鳴く**

［雁は、毎年秋になると来るけれども結局帰ってしまうので、頼りにしてはいないのだが、雁自身も声に出して「仮だ」とばかり鳴いている。］

（後撰集・秋下・三六三）

・**ひたすらに　我が思はなくに　おのれさへ　かりかりとのみ　鳴き渡るらむ**

［私だってひたすら雁に執着しているわけではないのに、雁自身までもわざわざ「仮だ仮だ」ばかり鳴き渡るのは、どうしてだろうか。］

（後撰集・秋下・三六四）

・**来るたびに　かりかりとのみ　鳴くなるを　故郷《ふるさと》にては　いかにとぞ聞く**

［雁は来る度に「仮だ仮だ」とばかり鳴いているのが聞こえるが、故郷ではどんなふうに鳴いていると聞いているのかしら。］

（久安百首・三四四）

・**世の中を　かりかりとのみ　鳴く声に　見はてぬ夢ぞ　いやはかななる**

［雁が世の中は「仮だ仮だ」とばかり鳴いている声を聞いていると、最後まで見終わらない夢のようにはかないこの世が、ますますはかないものに思われる。］

（藤原教長集・三七九）

ここで注目すべきことは、右の諸歌では、鳴き声としての「かり」に〈かりそめ〉の意の「仮《かり》」が掛詞になっている点である。すなわち、少なくとも和歌においては、「かり」は雁の鳴き声であるというだけでなく、「仮《かり》」

をも意味することが多かったということである。このことを踏まえることによって初めて、上記に問題とした『伊勢物語』における二つの歌の真意を知ることが出来よう。

①雁は普通「仮《かり》」と鳴くものだが、みよし野の田の面《たも》に降りている雁《かり》も（そして娘も）、「仮《かり》」ではなく、「ひたすらあなたに心を寄せている」と鳴いているのが（言っているのが）聞こえます。

②「（ひたすら）私に心を寄せている」と鳴いているのが（言っているのが）聞こえる、みよし野の田の面《たも》に降りている雁《かり》のことを（そしてあなたの娘のことを）、いつ忘れることがありましょうか。決して忘れません。

したがって、その鳥は他の鳥でなく、雁でなくてはならなかった。

また、雁の声が「ひたぶるに君《きみ》が方《かた》による」「（ひたぶるに）わが方《かた》による」と聞こえるという表現は、普通は「仮《かり》」と聞こえるということを前提にして、初めて成り立つ表現だったと考えるべきである。「ひたぶるに君《きみ》が方《かた》による」と聞こえるというのは、方言的な聞きなしではないかという考え方も出来そうであるが、藤原氏の家系であることを自負する母親が、都から来た貴人である男に対して、和歌に方言を使うことなど考えられない。

なお、竹岡正夫［一九六七］のように、「寄ると鳴くなる」の「と」は、鳴き声の擬音を受けているのでなく、次の歌の例などの如く、「と言って」「と思って」の意であるとする考え方もある。

・**折りつれば　袖こそにほへ　梅の花　ありとやここに　鶯の鳴く**

（古今集・春上・三二）

［梅の枝を折ったので、私の袖は梅の香りがしている。それなのに、梅の花がここにあると思うのだろうか、鶯が私の傍らにまで来て鳴いている。］

しかし、その考え方であると、そもそもなぜここで雁が取り上げられたのかという疑問には、答えられない。

三　和歌における鳥の声の聞きなし

雁の声を「ひたぶるに君《きみ》が方《かた》による」と聞くというのは、飽くまでも母親の個人的・臨時的な聞きなしであって、一般的な聞き方とは無関係に捉えてよいという見方もありそうである。しかし、和歌に行われる鳥獣などの声の聞きなしは、一般的な聞き方を前提に置くのが普通である。今、鳥の声で考えてみる。

［烏の場合］

・烏とふ　大軽率鳥《おほをそどり》の　まさでにも　来まさぬ君を　自来《ころく》〈許呂久〉とぞ鳴く

（万葉一四・三五二一）

［烏という大変慌て者の鳥が、本当にはいらっしゃらないあなたのことを、自分からやって来ると鳴いている。］

「ころく」の「ころ」は、鳥名「からす（烏）」の「から」と関係があり、「から」は烏の鳴き声の擬音語であろうと考えるのが、通説である。「から」と「ころ」とは母音交替の関係にあるから、「から」が鳴き声であるならば、「ころ」も鳴き声と考えるのが順当である。「ころく」には、「ころ」にさらに「く」が加わっているが、「く」は語頭の「こ」と同じくカ行音であるから、「ころく」全体を擬音語と見ても不自然ではない。これを「自来《ころく》」（自分からやって来るの意）と聞きなしたわけである。

なお、これを「児ろ来《こく》」の意と解するのが多数説である。しかし、「児」の意であれば、コ甲類であるはずだが、原文の「許」はコ乙類を表す文字である。また、「児ろ《こ》」という語は女性を指す語であって、男性を指した例は見当たらない。したがって、これについては、佐竹昭広〔一九八〇〕（一九七ページ）の唱える「自来《ころく》」説が正しい。「からす（烏）」の「す」は、よく言われるように、「ほととぎす（時鳥）」「うぐひす（鶯）」「きぎす（雉）」「きりぎりす（蟋蟀）」など、鳥名・虫名の末尾に現れる接尾辞である。したがって、本来「ほととぎ」「うぐひ」「きぎ」「きりぎり」の部分が擬音語であり、「からす（烏）」も「から」の部分は擬音語であると見て、問題はない。文献的には遅れるが、「かけす」も同類と見てよいだろう。

・〔雉の場合〕

・**春の野の　繁き草葉の　妻恋ひに　飛び立つ雉《きじ》の　ほろろとぞなく**

〔春の野原に繁茂している草葉が隙間がないように、絶え間がない妻への恋心から、飛び立つ雉がほろほろと鳴くように、私はほろほろと泣いている。〕（古今集・雑体・一〇三三）

上記で触れたように、雉の鳴き声は「きぎ」であったと見られるが、右の歌では、「ほろろ」となっている。他にも、雉の鳴き声を「ほろろ」「ほろほろ」で表した例は、少なくない。

・**妻恋ひに　なれるきぎすの　さま見れば　我さへあやな　ほろろとぞなく**

〔妻恋の季節になってほろほろと鳴いている雉の様子を見ていると、自分までもどうしたわけかほろほろと涙が出ることだ。」

・仮の世と　思ふなるべし　花のまに　朝立つ雉《きじ》の　ほろろとぞなく
（藤原清輔集・四三六）

［この世を仮の世と思っているからに違いない。今桜の花が真っ盛りというのに、朝飛び立つ雉がほろほろと鳴いている（泣いている）ことだ。」

・狩りしけるに、鳥の立てる跡に卵《かひご》の有りけるを見て、供に侍る者の歌の上《かみ》を言へりければ、末をつけたりける
（和泉式部続集・一九三）

源　義光

ほろほろと　鳴きてや雉の　立ちつらむ　卵《かひご》もわれも　かへるまじとて

［狩りをした時に、鳥が飛び立った跡に卵があったのを見て、供をしていた者が歌の上句を言ったので、下句を付けた歌。源義光。「ほろほろと鳴きながら雉が飛び立ってしまったのだろうか、卵も孵らないだろうし、自分ももとの所には帰るまいと思って。」」
（続詞花集・物名・九四五）

・み狩野に　朝立つ雉の　ほろほろと　なきつつぞふる　身を恨みつつ

［御猟地で朝飛び立つ雉がほろほろと鳴くように、私はほろほろと泣きながらこの世を過ごしている、そうした定めの身を恨みながら。」
（源賢集・四六）

これらは、涙がこぼれ落ちるさまを表す擬態語「ほろろ」「ほろほろ」と掛詞になっている。なお、右に示したような擬音語「ほろろ」「ほろほろ」は、もともとは雉の鳴き声を写したものではなく、羽根を打ち合わす時に出る音であったという見方があるが、右のような諸例では鳴き声を表していることが明瞭なので、そうした語義変化については、今は問題にしなくてよい。

［千鳥の場合］

・塩の山　さしでの磯に　棲《す》む千鳥　君が御代をば　やちよとぞ鳴く

［塩の山のさしでの磯に棲む千鳥は、あなたのお歳が八千代までありますようにと鳴いている。］

（古今集・賀・三四五）

ここでは、千鳥の鳴き声を「八千代」と聞きなしている。ただし、千鳥の普通の聞き方は「ちよ」であったと思われる。山口仲美［一九八九］の指摘したように、後世の文献ではあるが、次のような例がある。

・チドリハ多クアツマリテ、チヨチヨト鳴ク。

（小野蘭山『大和本草批正』巻十五）〈一八一〇年頃〉

・富士谷ノ成章歌袋に、鴨川のわたりに、冬のよるよる（＝毎晩）むらがり立ゐして、ちよちよとなく鳥あり。

（鹿持雅澄『万葉集品物解』）〈一八二七年〉

『古今集』の歌の真意は、〈千鳥は普通「ちよ」と鳴くものであるが、さしでの磯に棲む千鳥は、あなたの御寿命を寿《ことほ》いで「千代（まで）」どころではなく、「八千代（まで）」と鳴いているよ〉といったものであろう。

この『古今集』の歌に影響を受けたと思われる歌が、平安末期以降多く出現する。

・やちよとぞ　千鳥鳴くなる　塩の山　さしでの磯の　跡を尋ねて

［「八千代まで」と千鳥が鳴いているのが聞こえることだ、塩の山のさしでの磯にかつて棲《す》んでいた千鳥の跡を尋ねて行くと。］

（藤原隆信集・二六二）〈一一八二年頃〉

・頼もしな　佐保の川風　神《かみ》さびて　汀《みぎは》の千鳥　やちよとぞ鳴く

［頼もしいことだな、佐保川に吹く風が神々しい趣が感じられて、水際の千鳥が「八千代まで」と鳴いている。］

（秋篠月清集・一五八三）〈一二〇四年〉

・君が代を　やちよと告ぐる　さ夜千鳥　島のほかまで　声聞こゆなり

［あなた様の御寿命が八千歳まで続きますと教えてくれる夜の千鳥の声は、島の外まで聞こえます。］

（拾遺愚草・一九〇六）〈一二一六年〜一二三三年頃〉

なお、鎌倉時代以降の和歌などでは、千鳥の鳴き声を次のように「千代」と表現した例もある。

・夕されば　潮干の潟に　鳴く千鳥　声をば千代に　八千代とぞ鳴く

［夕方になったので潮が引いた干潟で鳴いている千鳥は、その声を聞くと、千代に八千代にと鳴いている。］

（宝治百首・冬・二二三六）〈一二四八年〉

・我が君を　数へあげてや　浜千鳥　千代千代といふ　声のみのする

［我が主君の寿命を数え上げているのであろうか、浜千鳥が千代千代と言っている声ばかりがすることだ。］

（山科言継集・三〇六）〈一五五四年頃〉

・「網代《あじろ》の波はけふ見ねど、千代千代と鳴く鳥は河州に群れゐるを」とて、又御かはらけめす。

［（平城上皇は）「網代に立つ波は今日は見えないけれど、千代千代と鳴く鳥は河州に群れているよ」とおっしゃって、またかわらけの酒のお酌をするようにと仰せつけられた。］

（上田秋成・春雨物語・血かたびら・新編全集四三〇ページ）〈一八〇八年頃〉

しかし、「八千代」と表現した例が圧倒的に多いのは、『古今集』の「塩の山」の歌が余りにも有名であったためであろう。

［鶯の場合］

・梅の花　見にこそ来つれ　うぐひすの　ひとくひとくと　厭《いと》ひしもをる

［私は梅の花を見に来ただけなのに、鶯が「人が来る、人が来る」と言って、嫌がっているよ。］

（古今集・誹諧歌・一〇一一）

・この時過ぎたるうぐひすの鳴き鳴きて、木の立ち枯らしに、「ひとくひとく」とのみ、いちはやく言ふにぞ、簾《すだれ》下ろしつべくおぼゆる。

［この時節はずれの鶯がしきりに鳴いて、立ち枯れの木にとまって、「人が来る、人が来る」とばかり勢いよく言うので、外から見えないように簾を下ろしたほうがよいように思われる。］

（蜻蛉日記・中・天禄二年六月）

この「ひとくひとく」が「人来人来《ひとくひとく》」の意味を担っていることは明らかであるが、その背景にいかなる擬音語が存在したかについて犀利な考察を展開したのは、亀井孝〔一九五九〕である。亀井論文のうち、本論にとって必要な部分を摘記すれば、次のようなことになる。すなわち、この「人来《ひとく》」は［pitoku］という音形に還元されるであろうが、その背後には鶯の鳴き声を［p-t-k-］で表す擬音語があり、それは、鳥のさえずりを表す後世の擬音語であるピーチク［piːtʃiku］に連なるものである。

また、次に示すように、かつて鶯は「日月星《ひつきほし》」と鳴くとされた。

・**やあ。是に鶯が有。扨《さて》も扨《さて》もよい鳥哉。あれは世間に重宝する。三光とやらいふとりであらふ。なんでもさいてくれふ。**

［やあ、ここに鶯がいる。何ともまあよい鳥だなあ。あれは世間で珍重する三光とかいう鳥であろう。何としても黐竿《もちざお》で捕らえてやろう。］

（続狂言記・巻一・五・鶯）〈一七〇〇年〉

・**俗語には日月星となく鶯を三光を鳴と云也。**

（乾貞恕・蠅打・古典文庫貞門俳論集・上三七ページ）〈一六六四年〉

その「日月星《ひつきほし》」の「日月《ひつき》」［pituki］の部分も、やはり今日のピーチク［piːtʃiku］に繋がるものだというのである。従うべき見解である。

・**心から　花の滴《しづく》に　そほちつつ　うくひずとのみ　鳥の鳴くらむ**

［自分から進んで花の滴に濡れていながら、どうして乾かないのはつらいとばかり鳴いているのだろうか。］

（古今集・物名・四二二）

こまつひでお［一九六六］は、この歌が物名《もののな》として鳥名「うぐひす」を隠し、「憂《う》く干《ひ》ず」と掛けられているというだけでなく、「うぐひす」自体が鶯の鳴き声でもあったことを述べている。まことに鋭い指摘であった。「鳥」が「うぐひす」と「鳴く」と表現している以上、「うぐひす」自体が鳴き声を表しているのでないと、辻褄が合わない。その上で、『古今集』の歌は、「憂《う》く干《ひ》ず」と鳴いていると捉え直したわけである。

現に次のような歌がある。

・いかなれば　春来るからに　うぐひすの　己れが名をば　人に告ぐらむ

［どういう訳で、春が来るや否や、鶯が自分の名前を人に告げるのだろうか。］

（承暦二年内裏歌合・美作守匡房）〈一〇七八年〉

すなわち、鶯が自分の名を「うぐひす」と人に告げたことになっている。当時の人は、鶯が「うぐひす」と鳴いていると捉えていたのである。

以上、和歌における鳥の声の聞きなしは、当時一般的・伝統的に行われた聞き方を前提にして、これに手を加えて文学的な表現に仕立て上げたものだと考えてよいことが分かろう。

四　時鳥の声の聞きなし

ところで、山崎正伸［二〇一三］は、鳥声が一般的な聞き方とは無関係に人語に聞きなされた例として、『日本紀略』（弘仁四年〈八一三〉四月二十二日）に載せられた、次の二首の歌の例を挙げている。

①今日の日の　池のほとりに　ほととぎす　平《たひ》らは千代《ちよ》と〈多比良波知与止〉　鳴くは聞きつや（藤原園人）
②ほととぎす　鳴く声聞けば　歌主と　共《とも》に千代《ちよ》にと〈度毛爾千世爾度〉　我も聞きたり（嵯峨天皇）

嵯峨天皇が皇太弟（後の淳和天皇）の離宮である南池院に行幸した時のことである。

第一首は右大臣藤原園人が天皇に奉った歌であり、第二首は天皇がそれに和した歌である。このうち第一首は、〈今日のこのめでたい日の池のほとりで、時鳥が「天下の太平は千年も続くであろう」と鳴いていますが、陛下はそれをお聞きになりましたか〉の意である。

第二首については、そもそも時鳥の鳴き声を示す部分はどこからどこまでか、という問題があり、「共に千代に」であると考える向きもあるが、鳴き声に相当するのは「千代に」だけで、〈歌主と共に「千代に」と我も聞きたり〉という構文であると思われる。すなわち、この一首は、〈時鳥の鳴く声を聞くと、私も歌主であるあなたと共に「〈天下の太平は〉千年も続くであろう」と聞いています〉の意である。

さて、この聞きなしが時鳥の声の一般的な聞き方と無関係であるかどうかを判断するためには、古代において、時鳥の声は一般にどのような聞き方がなされていたかという点に触れる必要がある。

これについては、山口佳紀［二〇一七］で詳しく検討したことがあるが、ここではその結果を簡単に紹介しておきたい。

まず挙げるべきなのは、時鳥は「ホトトギス」と鳴いているという受け取り方が存在したということである。すでに触れたように、『万葉集』には時鳥について「名告る」と表現した例があり、奈良時代には時鳥は「ホトトギス」と鳴いているという考え方があったことが分かる。

次に、時鳥の鳴き声のもう一つの聞き方として、「時過ぎにけり」があった。この聞き方の存在を指摘したのは、後藤利雄［一九七五］であった。

・**信濃《しなぬ》なる　須我《すが》の荒野《あらの》に　ほととぎす　鳴く声聞けば　時過ぎにけり**〈登伎須疑尓家里〉（万葉一四・三三五二）

［信濃にある須我の荒野で時鳥が鳴いている声を聞くと、あれから時が過ぎてしまったなあと聞こえることだ。］

時鳥の鳴き声の聞きなしとしては、他に「本《もと》つ人《ひと》」があったのではないかと思われる。「本つ人」は〈昔なじみ〉の意であるが、この語を含む次の歌は、現代では歌意が明瞭でなくなっている。

・**ほととぎす　なほも鳴かなむ　本つ人**〈母等都比等〉**かけつつもとな　我《あ》を音《ね》し泣くも**（万葉二〇・四四三七）

［時鳥よ、もっと鳴いて欲しい。「本つ人（昔なじみ）よ」と言って、むやみに私を泣かせることよ。］

この歌は、普通「ほととぎすよ　もっともっと鳴いておくれ　亡《な》き人の　名を呼んでむやみに　わたしを泣かせるよ」（新編日本古典文学全集）の意であると理解されている。この「かけつつ」の「かく」は、「君が名かけて〈伎美我名可気弖〉」（万葉一四・三三六二・或本歌）などと同じく、〈言葉に出して言う〉の意であろう。しかし、時鳥が亡き人の名そのものを呼ぶとは考えにくい。また、「作者にゆかりの人の名に聞きなすのである」（新日本古典文学大系）というのもそれに似た意見であるが、どのように聞きなしたのか、具体性がなく、納得しがたい。むしろ、時鳥は「本つ人」と鳴くという聞き方があったと見るべきではないか。そのように考えると、歌意が理解しやすい。

また、それとは別の聞きなしとして、時鳥は「しでの田長《たをさ》」と鳴くと考えられていたことが挙げられる。

・いくばくの　田を作ればか　ほととぎす　しでの田長を　朝な朝な呼ぶ

（古今集・雑体・一〇一三）

［いったいどれほどの田を作ったからというので、しでの田長（稲の実った田を作る人々の頭《かしら》）を毎朝呼ぶのだろうか。］

「しでの田長」を呼ぶということは、「しでの田長」と鳴いているということである。

以上、古代における時鳥の鳴き声の聞き方として、「ほととぎす」「時過ぎにけり」「本つ人」「しでの田長」の四種が存在したであろうことを述べた。もとより、この四種しかなかったかどうかは、今は問題にしない。この四種の聞き方のうち、『日本紀略』に載せられた二首の歌との関係が問題になるのは、「時過ぎにけり」である。「時過ぐ」という語句は、文脈によってやや異なる意味合いをもつが、たとえば次の歌では〈最盛期が過ぎる〉という意味になる。

・**桜花　時は過ぎねど　見る人の　恋ふる盛りと　今し散るらむ**

［桜の花は最盛期を過ぎたわけでもないのに、今が最も見る人に惜しまれる時だと思って散っているのだろう。］

（万葉一〇・一八五五）

『日本紀略』の歌では、「平《たひ》らは千代《ちよ》」「（平《たひ》らは）千代《ちよ》に」と聞いている。これは、「時過ぎにけり」という聞き方の存在を前提にして考えると、よく理解できる。一般に、時鳥は「時過ぎにけり」と鳴くものだが、この鳴き方は、最盛期を過ぎてしまったと詠嘆しているように聞こえる。しかし、それは決して今の晴れの場にふさわしいものではない。そこで、この二人の詠者は、一般的な聞き方を反転させて、この南池院では時鳥が〈天下の太平が千載に続くであろう〉と鳴いているのが聞こえると表現したのである。

次は、鎌倉末期の例であるが、発想においては右に連なるものである。

・**神垣や　みむろの山の　ほととぎす　ときはかきはの　声と聞かばや**

［（神垣や）みむろの山の時鳥よ、「ときはかきは」と鳴いている声だと聞きたいものだ。］

（続千載集・神祇・八九三）

時鳥の声を、「ときはかきは（永久不変）」と鳴いている声だと言うのだが、これも「時過ぎにけり」という聞き方を前提にしたものと考えられる。

五　雁の声の聞きなし

以上、『伊勢物語』第一〇段における二首の歌の読み方をめぐって、私見を述べた。

この歌には、他に例のないような雁の声の聞きなしが見える。すなわち、「ひたぶるに君《きみ》が方《かた》による」とか、「わが方《かた》による」とか鳴いたことになっているのである。しかし、和歌における鳥の声の聞きなしは（鳥の声に限らないのだが）、一般的・伝統的な聞き方に依拠しており、一見孤立的に見える場合でも、一般的・伝統的な聞き方の存在を前提にして、それに何らかの手を加えたものである。したがって、この段の歌の場合も、雁の声は一般には「かり（仮）」と聞かれていることを前提にして、表現されたものだと解釈すべきである。

なお、第一の歌においては、「たのむの雁」という部分に、「田の面《たも》」と「頼《たの》む」の掛詞が行われているが、なぜそのように、音の異なる掛詞が可能であったか、という問題がある。それについては、山口佳紀［二〇一六］で論じたので参照されたい。

［引用論文］
伊藤　博［一九六八］「名告り鳴く」（『万葉集研究』第二十二集、塙書房）
亀井　孝［一九五九］「春鶯囀」（国語学三九集、『亀井孝論文集3』〈吉川弘文館、一九八四年〉所収）

後藤利雄［一九七五］『東歌難歌考』（桜楓社）
こまつひでお［一九六六］「うめ に うくひす」（文芸言語研究言語篇〈筑波大学〉一〇）
小松英雄［二〇一〇］『伊勢物語の表現を掘り起こす―《あづまくだり》の起承転結―』（笠間書院）
佐竹昭広［一九八〇］『万葉集抜書』（岩波書店）
竹岡正夫［一九八七］『伊勢物語全評釈』（右文書院）
山口仲美［一九八九］『ちんちん千鳥のなく声は―日本人が聴いた鳥の声―』（大修館書店、講談社学術文庫〈二〇〇八年〉所収）
山口佳紀［二〇一六］「古代の歌における掛詞と『類音』」（『論集上代文学』第三十七冊、笠間書院）
山口佳紀［二〇一七］「古代の歌における時鳥の鳴き声」（『論集上代文学』第三十八冊、笠間書院）
山崎正伸［二〇一三］「『伊勢物語』解釈再考」（二松〈二松学舎大学大学院〉二七集）

第三章　第一二段（盗人）

一　この章段の文章

次に、第一二段を取り上げることにしたい。この段は、以前から注釈家を悩ませているものの一つである。

◎昔、男ありけり。人の娘を盗みて、武蔵野《むさしの》へ率《ゐ》てゆくほどに、盗人《ぬすびと》なりければ、国の守《かみ》にからめられにけり。女をば草むらのなかに置きて、逃げにけり。道来る人、「この野は盗人あなり」とて、火つけむとす。女わびて、

武蔵野は　今日はな焼きそ　若草の　夫《つま》もこもれり　我もこもれり

と詠みけるを聞きて、女をばとりて、ともに率て去《い》にけり。

（伊勢物語・一二段）

極めて有名な章段であって、一見、何も問題がないかのようである。しかし、丁寧に読んでいくと、何が起こったのか明瞭でない箇所が幾つかあって、この段全体の読み取りを難しくしているのである。

以下、順次述べていきたい。

二　問題の所在

「男」は人の娘を盗んで武蔵野へ連れて行った。そこで、「国の守にからめられにけり」とあるから、普通に考えれば、男は国司に捕らえられたのである。ところが、その次に「女をば草むらのなかに置きて、逃げにけり」とあるから、男は一人で逃げたことになる。一度捕えられたはずの男が逃げたとはどういうことか。

大津有一・築島裕［一九五七］は、「からめられにけり」に注を付して、次のように記している。

　捕えられてしまった。次に「逃げにけり」（男が逃げ出した）とあり、前後矛盾するようだが、ここは結着から先に記したと見るべきか。

右で「結着から先に記した」というのは、契沖『勢語臆断』（一六九二年頃）に「落-着よりまづかきたる也」（『契沖全集』〈岩波書店、一九七四年〉第九巻三五ページ）とある考え方に従うものである。

ここで問題になるのは、最後に「女をばとりて、ともに率て去にけり」とあることである。この文は主語が明記されていないので、誰の行為であるかがはっきりしない。しかし、「結着から先に記した」ということであれば、要するに、男は捕らえられたのであるから、主語は男ではあり得ず、「国の守」か「道来る人」か、どちらかということになろう。先掲の大津有一・築島裕［一九五七］は、「（女をば）とりて」に対しては「国司が捕縛して」という注を加え、「ともに率て去にけり」に対しては「別に捕えた男と一緒に引立てて行った」という注を付けている。

この「結果を先に記す」式の考え方は、現在でも続いていて、たとえば片桐洋一［二〇一三］は、次のように説明している。

まだ逮捕されていないが、黙って人の女を連れて行ったのだから盗人に違いないので、逮捕された…という結果を前に書くのは、物語的書き方である。最後に、男と女を一括して「女をばとりて、ともにゐていにけり」というように「女」で二人を代表させて説明を終わるのである。

ただし、そうなると、その前に「女わびて、〈歌〉、と詠みけるを聞きて」とあることをどう意味づけることが出来るのか。関根賢司［二〇〇四］は、次のように述べる。

男に逃げられた女は「わびて」しかし健気にも歌を詠むことによって、発見され、捕らえられはしたが、火に焼かれることもなく命だけは助けられて生き延びることができた、という結末から考えれば、この段も、歌の力によって救われ、幸福を与えられる〈歌徳説話〉の一種あるいは亜種であると見なすことができる。

しかし、「命だけは助けられて生き延びることができた」という程度のことで、女は「歌の力によって救われ、幸福を与えられ」たと言えるものであろうか。男は一度は、女をその場に置いて一人で逃げようとしたのだが、女の詠う歌を聞いてその真情に感動し、一人で逃げるのをやめて、女を連れて去っていった、とあって初めて、「歌の力によって救われ、幸福を与えられ」たということになるのではないか。

その点、折口信夫［一九七〇］の解釈のほうが、正解に近いところにあるように思える。

「女をば」、塗籠本は、「この女をは」とし、火をつけようとした人が、この女をとらえて、というつもりでいっているようである。（塗籠本は、芥川の段の異説みたいなつもりであろうか。）しかし、「ともにゐていにけり」に重点をおくと、そうもきめられない。この歌を聞いて、女をうっちゃって逃げようとした男が、女をいとしがって、連れていった、ともとれる。「とりて」を軽く、「つれ出して」くらいにとって、そう解せると思う。「ともに」がそうとるとわかるが、そうとらぬと、「ともに」は、役人と女か、男も女もか、わからない。

ただし、はなはだ歯切れが悪いのは、文法的な説明が出来るのかどうか、という問題が解決していないからであろう。森野宗明［一九七二］は、この考え方を取り上げて、「逃げた男が、女を捨てていくのをあわれと考えて、つれて行ったとみる説もあるが、これは無理だろう」と一蹴している。

渡辺実［一九七六］は、次のように、解釈の筋を通すことを諦めたような注を付けている。

この歌は、もともと野遊びの民謡らしい。おそらく野で逢う男女が野焼きを怨《えん》ずる情を歌ったもの。それを使って作った段だが、筋の作りに難があり解釈を分れさせている。男は女を捨てて逃げ、歌を聞いて女の心に感じ再び連れて行った（折口信夫）、男を捕えた国の守が女をも捕え、二人を連行して行った（大津有一）など。それぞれ一理あるが、辻褄《つじつま》を合わせるのは無理だろう。おそらくこの段は、六段と同趣向の創作で、「つまもこもれり」の民謡を女の作に使い、駈落ちしてつかまり、男と割《さ》かれて連れもどされる女を考えた作者の工夫を面白く読めばよいのだと思う。

「筋の作りに難があり」というような評価は、文脈全体に対する十分な検討を済ませてからでも遅くない。

三　動詞の将然相

問題は、まず「国の守《かみ》にからめられにけり」をどう理解するかにある。この文は、動詞の用法のうち、金田一春彦［一九五三］の言う「将然態」を表すもので、〈捕まえられそうになった〉の意と見るべきではないか。金田一は、「将然態」について、次のように述べている。

これは「ある動作・作用がまだ起らないが起る前の状態にある」ということを意味する言い方である。

すなわち、〈～しようとする〉の意である。すでに北山谿太［一九五一］は、『源氏物語』において、そうした用法による動詞の例が多くあることを指摘している。北山の言うのは、たとえば次のような例である。

・**暗うなれば、端近うて（碁を）打ち果て給ふ。御簾《みす》巻き上げて、人々皆挑み念じ聞こゆ。**

［暗くなったので、（姉妹の姫君は）端近くに出て、碁を打ち終えようとなさる。御簾を巻き上げて、女房たちは皆張り合って勝利をお祈り申し上げる。］

（源氏物語・竹河・新編全集⑤七九ページ）

これについて、北山は以下のように述べる。

「うち果て給ふ」とあるから、碁をうち果て給うたといふ意味かと思へば、さうではない。暗くなったので、端近くに出て、うち果てようとし給ふといふ意。さればこそ、御簾まきあげて、侍女達が自分の主人に勝たせようと挑み念じ奉るのである。

（一七九ページ）

また、桜井光昭［一九七六］は、これを「特殊未来」と呼んで、平安時代の古典から多くの用例を集めている。ただし、「未来」と言うと、テンス（時制）の問題であるかのような印象を与えるが、これはアスペクト（ある事象のもつ過程のどの部分を問題にするかについての文法的カテゴリー）に属するから、その用語は避けたほうがよい。なお、金田一の「将然態」も必ずしも望ましい用語ではない。「態」は、現在では「受動態」「能動態」などヴォイスを表す時に用いられているからである。アスペクトは「相」と訳すのが普通であるから、「将然相」と呼ぶのが適切であろう。

さて、将然相を表す動詞の例が、『伊勢物語』にも幾つもある。その例を若干挙げてみる。

・「**限りなく、遠くも来にけるかな**」と、**わびあへるに、渡し守、「はや舟に乗れ。日も暮れぬ。」と言ふに、**
［「この上もなく遠くに来てしまったものだなあ」と、嘆き合っていると、角田河《すみだがわ》の渡し場の船頭が、「早く舟に乗りなさい。日も暮れてしまいそうだ。」と言ったので、］
（伊勢物語・九段）

「日も暮れぬ」は、〈日も暮れてしまった〉の意ではない。〈日も暮れてしまいそうになった〉の意である。日が暮れてしまえば、もう舟は出ないから、船頭が「男」たちに向かって乗船をせかす必要はないわけである。

・**男はこの女をこそ得めと思ふ、女はこの男をと思ひつつ、親のあはすれども、聞かでなむありける。**
［男はこの女を妻にしようと思ったし、女はこの男を夫にしようと思っていて、両方の親がそれぞれ別の人と結婚させようとしたけれども、両人は聞き入れずにいたのであった。］
（伊勢物語・二三段）

「親のあはすれども」は、〈両方の親がそれぞれ別の人と結婚させたけれども〉の意ではない。〈両方の親がそれぞれ別の人と結婚させようとしたけれども〉の意である。そうでないと、直後の「聞かでなむありける」が意味をもたなくなる。

したがって、「からめられにけり」は、〈捕縛されそうになった〉の意、「逃げにけり」は〈逃げてしまおうとした〉の意であると考えれば、文脈はスムーズに展開していることになるのである。

末尾の「女をばとりて、ともに率《ゐ》て去にけり」も、当然〈男は女の手を取って、一緒に連れて行った〉の意になる。「去にけり」は、〈いずこにか去っていった〉というニュアンスであるから、〈追っ手が男と女をともに連れて行った〉という解釈は、ふさわしくない。

実を言うと、この問題は、すでに紹介した桜井論文が早くに解決していたのである。桜井論文には次のような箇所がある。

イ（＝からめられにけり、山口注）、ロ（＝逃げにけり、山口注）ともに特殊未来と解すべきである。すなわち、イは、「からめられぬべかりけり（＝逮捕サレテシマイソウニナッタ）」の意である。ロも、逃げてしまったあとならば、「この野は、ぬす人あなり」という発言は、誤解ないし遅れた情報に基づくことになるが、「にげなむとしけり（＝逃ゲテシマオウトシタ）」の意なら、現在、盗人が野中にいることになる。とすれば、女の和歌に感動した盗人が、一旦は捨てようとした女を連れて行ったという解釈が成立する。

桜井の使う「特殊未来」という用語は、すでに述べた理由によって使いにくいが、『伊勢物語』のこの段に対する解釈は、正鵠を射ているものと思われる。

四　この章段の読み方

この章段の解釈は長く混迷に陥り、なかなか解決に到達しなかった。中には、折口信夫［一九七〇］のように、正解に近いところまで来ていたものもあったが、文法的な説明がつかないために、放置されたままになってしまった。また、「筋の作りに難があり」という評価を下すものもあった。しかし、読者は、作者の手腕を問題にする前に、自分の読み方のほうに何か問題があるのではないかと考えるべきである。

その点、桜井光昭［一九七八］の解釈は、まことに理に適っていると思われる。今、その考え方に従って、この一段を現代語訳してみる。

昔、男がいた。彼が人の娘を盗んで、武蔵野へ連れて行った時に、彼は盗人だということで、国司に捕縛されそうになった。そこで、男は女を草むらの中に置き去りにして、逃げ出そうとした。道をやって来た追っ手の人々は、「この野には盗人がいるそうだ」と言って、火をつけようとした。女が悲しんで、

武蔵野は、今日は焼かないで下さい。（若草の）夫も隠れているし、私も隠れている。

と詠んだのを男が聞いて、女の手を取って、一緒に連れて去ったのであった。

実にスムーズな筋の展開と言える。

しかし、桜井論文以後も、この解釈を採る注釈書は見当たらない。

福井貞助［一九九四］・秋山虔［一九九七］もそうであり、比較的最近の注釈書である鈴木日出男［二〇一三］も、通説に従って、男は女を草むらの中に置いて逃げ、残された女が歌を詠んだのを、追っ手が聞き付けて女を捕らえ、すでに捕まえてあった男ともども連れ去った、と解釈した上で、次のような解説を付けている。

女を盗み出して東国に逃げのびていこうとする話は、そのほとんどすべて、逃げて行く途次で命を落とすとか捕縛の身になるとか、あるいは辺境での生活環境に堪えがたく絶命するとかの、きわめて悲惨な結末にいたるのが、共通した型になっている。ただし、『更級日記』にとりこまれている竹芝伝説はきわめて例外的で、都から皇女を連れ出した男が、その地で幸運を得たという。しかし現実には東国は、都人の容易になじむことのできない、はるかに遠い世界ということになる。それにもかかわらず、東国へと歩を進める逃避行の物語は、そのようにならざるをえない人間の切実な運命を語ろうとするのである。

しかし、鈴木の解説は、通説的解釈を前提にしており、到底そのままでは受け入れられない。また、この段の男女が「悲惨な結末」に至ったかというと、逃げかかった「男」を「女」は歌によって引き戻し、共に逃げ去ったのであるから、この逃避行は成功したと言うべきであろう。

ただし、その後の二人が幸せになったかどうかは、書かれていないから、分からないとしか言えない。そもそも、この段における語り手の関心は、「武蔵野は」の歌に込められた真情の力によって、「女」が「男」を取り返したというところにあるのであり、その後の二人がどうなったかまでには及ばないのである。

［引用論文］

秋山　虔［一九九七］『〈新日本古典文学大系〉伊勢物語』（岩波書店）
大津有一・築島裕［一九五七］『〈日本古典文学大系〉伊勢物語』（岩波書店）
折口信夫［一九七〇］「伊勢物語」（『折口信夫全集ノート編・第十三巻』、中央公論社）
片桐洋一［二〇一三］『伊勢物語全読解』（和泉書院）
北山谿太［一九五一］『源氏物語の語法』（刀江書院）
金田一春彦［一九五五］「日本語動詞のテンスとアスペクト」（名古屋大学文学部研究論集X〈文学4〉、金田一春彦編『日本語動詞のアスペクト』〈むぎ書房、一九七六年〉所収）
桜井光昭［一九七八］「平安時代語の時の表現」（国語学一一二集）
鈴木日出男［二〇一三］『伊勢物語評解』（筑摩書房）
関根賢司［二〇〇四］「伊勢物語論への試み—第一二段を中心に—」（室伏信助編『伊勢物語の表現史』、笠間書院）

福井貞助［一九九四］『〈新編日本古典文学全集〉伊勢物語』（小学館）
森野宗明［一九七二］『〈講談社文庫〉伊勢物語』（講談社）
渡辺　実［一九七六］『〈新潮日本古典集成〉伊勢物語』（新潮社）

第四章　第二二段（千夜を一夜に）

一　問題の所在

第二二段は、次のような文章である。

◎昔、はかなくて絶えにける仲、なほや忘れざりけむ、女のもとより、

　憂きながら　人をばえしも　忘れねば　かつ恨みつつ　なほぞ恋しき

と言へりければ、「さればよ」と言ひて、男、

　あひ見ては　心一つを　かはしまの　水の流れて　絶えじとぞ思ふ

とは言ひけれど、その夜去《い》にけり。古《いにし》へ、ゆくさきのことどもなど言ひて、

　秋の夜の　千夜《ちよ》を一夜《ひとよ》に　なずらへて　八千夜《やちよ》し寝ばや　飽く時のあらむ

返し、

　秋の夜の　千夜を一夜に　なせりとも　ことば残りて　鳥や鳴きなむ

古へよりもあはれにてなむ通ひける。

［昔、深い結びつきもなく絶えてしまった仲だが、やはり相手の男のことが忘れられなかったのであろうか、女のもとから、

あなたのことを私につらい思いをさせる人だとは思いますが、それでも忘れることが出来ないので、一方では恨めしく思いながら、やはり恋しいことです。

と言ってきたので、「やはり思った通りだ」と言って、男は、

「あひ見ては　心一つを　かはしまの　水の流れて　絶えじとぞ思ふ」

とは言ったけれど、その夜に女のもとに行ったのだった。そこで、過ぎ去った日のことや、将来のことなどを語って、男は、

長い秋の夜の千夜を一夜と見なして、それを八千夜重ねて共に寝たならば、満足することがあるでしょうか。

と詠んだが、それに対する女の返歌は次のようなものだった。

たとえ、長い秋の夜の千夜を一夜と見なして夜を重ねましても、言いたい言葉が言い尽くせないうちに、夜明けの鳥が鳴くことでしょう。

こうして男は、以前よりもしみじみとした愛情を感じながら、女のもとに通ったのだった。］

（伊勢物語・二二段）

この段には、四首の歌が含まれているが、第二の歌の解釈が問題である。そこで、右の現代語訳では、第二の歌は原文のままにしてある。この一首の意味は、すでに確定されたかのようであるが、実は未解決の問題を含ん

でいるのである。

二　従来の解釈と問題点

改めて問題の歌を掲示してみる。

・あひ見ては　心一つを　かはしまの　水の流れて　絶えじとぞ思ふ

この歌に対する従来の解釈の多くは、以下に示すようなものである。それらの諸注は、「(心一つを) 交《か》はし」と「川島《かはしま》」とが掛詞を形成していると認める点では一致している。ただし、「心一つ」の意味、あるいは「心一つを交はし」の意味の解し方において、若干の違いが認められる。

あひみそめて後は、ふたつなき心をたがひにかはすといふ心につづけたり。

〈契沖『勢語臆断』・『契沖全集』〈岩波書店、一九七四年〉第九巻五七ページ〉〈一六九二年頃〉

これは、一方に「二心《ふたごころ》」という言葉を念頭に置いて、「心一つ」を〈他の人を思う気持をもたないこと、純粋にその人のことだけ思うこと〉の意に解しているのである。

お互いに夫婦となったうえは全身全霊を捧げあって、川中の島をめぐって水が分れ流れても、また合流していつまでも絶えることがなく流れるように、いつまでも仲絶えることのないようにしたいと思うよ。

〈阿部俊子〔一九七九〕〉

右の注釈書では、「心一つ」について「心全体、全心」の意と説明している。

お互いに夫婦となったからには、ただもう真心《まごころ》を交して、ちょうど川の水が中洲《なかす》に塞《せ》かれて別れても、ふたたびいっしょに流れるように、絶えることがあるまいと思いますよ。（福井貞助〔一九六四〕）

右の注釈書の場合は、「心一つ」について特に説明がないが、「真心《まごころ》」と訳しているところを見ると、上記の書と同様な考え方をしているのであろう。

お互いに一旦契りを結んだ仲であるからには、心を一つに交わして、川のなかの島に隔てられ二つに分かれた水が再び合流するように、私たちの仲は絶えたきりにはなるまいと思う。（秋山虔〔一九九七〕）

いったん夫婦となったからには、ただ心を一つに交わして、ちょうど川の水が川中の島に塞《せ》かれて二つに分かれても、ふたたびいっしょに合流するように、私たちの仲も絶えることがあるまいと思う。（鈴木日出男〔二〇一三〕）

右の両書は、そのまま「心を一つに交わして」とそのまま現代語訳しているので、どのように考えたのかはよく分からない。おそらく〈心を一つにして〉のような意味にとったのであろう。

〈一旦夫婦となったからは、心をもっぱら交わしあって、川の中の島で別れ別れになった水が再び合流していつまでも流れて行くように、再び仲絶えず愛し合いたいものだ〉「川島」に「交わし」を懸ける。（渡辺実〔一九七六〕）

右の書では、「心をもっぱら交わしあって」とあるが、これもまた分かりにくい訳である。

以上、諸注が「心一つ」あるいは「心一つを交はし」の部分をどう理解したかに関しては、幾らか違いがあるようだが、歌意全体については、ほぼ同じような読み取りを行っている。

しかし、次の注釈書は、「心一つを交はし」の理解が他と異なり、したがって歌意の捉え方もかなり違ってきている。

この場合「心ひとつをかはす」とは、今はあい逢えないが、心だけは互いに通わす、とより解しようがあるまい。／歌は、心だけはかわしたい、具体的に言えば、仲よく文通はしたい、ということだったけれども、おそらく男のほうで恋しさに堪えかねて、女の許に出かけていったのである。

（石田穣二〔二〇〇四〕）

すなわち、この歌に含まれた「心一つ」あるいは「心一つを交はす」の意味は、必ずしも明確になっていないと言わなければならないのである。そこで、まずは「心一つ」とはどのような意味に使われる言葉なのかを考えてみたい。

三　「心一つを交はす」の意味

手始めに、『日本国語大辞典・第二版』において、「心一つ」の項目がどのように解説されているかを紹介する（用例文の注意すべき箇所に傍線を施した）。

『日本国語大辞典・第二版』「心一つ」の項

1多くあるわけではない、ただ一つの心。たった一つの自分の心。たった一つの心なのに思うままにならないという嘆きの意をこめて使われることが多い。＊古今〔905～914〕恋一・五〇九「伊勢の海に釣りするあまのうけなれや心ひとつを定めかねつる〈よみ人しらず〉」（下略）

2人知れず、ひそかに、自分の心の中だけで、考え、感じるさま。＊伊勢物語〔10C前〕三四「いへばえにい

はねば胸にさわがれて心ひとつに嘆くころ哉」（下略）

3他人のおもわくには関わりなく、自分の考えだけに固執するさま。ひとりよがりな、独断的な態度。＊宇津保物語〔970～999頃〕忠こそ「御まへなる人〈略〉くちひそむも知らず、上中下すげなき遊びを、心ひとつやりてこと心なし」（下略）

4もっぱら、その事だけを考えること。一つのことを思いつめること。＊伊勢物語〔10C前〕二三「あひ見ては心ひとつをかはしまの水の流れて絶えじとぞ思ふ」（下略）

5他の考え方を切り捨てて残った、たった一つの考え方。その考えだけ。＊源氏〔1001～14頃〕松風「さりとも、かうつたなき身にひかされて、山がつのいほりにはまじり給はじと思ふ心ひとつをたのみ侍りしに」（下略）

以上のとおりである。なお、同辞典では6以下8まであるが、6～8は平安時代以前の用例が掲出されてないため省略した。これを見ただけでも、「心一つ」にはかなりいろいろな使い方のあることが察せられよう。ただし、実際の用例を見ていくと、右の分類は十分でないところがある。そこで、「心一つ」の用例を整理し直してみると、以下のようになる。

Ⅰ（他の気持を排除して）ある一つの気持で占められた心。一途な心。（「二心《ふたごころ》」に対立するような状態にある、一途な心を表現するものである。）

・**黒髪の　白《しら》くるまでと　結びてし　心一つを　今解かめやも**

［黒髪が白髪になるまでもと結んでおいた一筋の心を、今解き緩めたりすることがあろうか。］

・女郎花《をみなへし》　秋の野風に　うちなびき　心一つを　誰に寄すらむ

（万葉一一・二六〇二）

［女郎花は、秋の野を吹く風のまにまにあちらこちら靡《なび》いているが、一途な心は誰に寄せているのだろうか。］

（古今集・秋上・二三〇）

Ⅱ（他の対象を排除して）ただその気持だけ。ただその心のみ。

・（明石入道は明石君に）「……さりとも、かうつたなき身に引かれて、山がつの庵《いほり》にはまじり給はじと思ふ心一つを頼みはべりしに、……」と言ひ放つものから、

［明石入道は明石君に「……今はこうであっても、このような不運な私に引きずられて、木こりの仮小屋のような粗末な家で、一緒にお暮らしになることはあるまいと思う自分の心だけを頼りにしておりましたところ、……」と、きっぱり言ったものの、］

（源氏物語・松風・新編全集②四〇五ページ）

・サレバ、花厳経ニハ「三界唯心」ト説キ、普賢経ニハ「我心自空」トノタマヘリ。タダ心ヒトツニヨリテ、罪ヲモホロボシ、仏道ニモイルベキナリ。

［だから、華厳経には「三界唯心」と説いているし、普賢経には「我心自空」とおっしゃっている。ただ自分の心だけで、罪を滅ぼすことも出来るし、仏道に入ることも出来るのだ。］

（法華百座聞書抄・［表］三二三行）

Ⅲ（他の人の心を排除して）ただ自分の心だけ。（心を精神活動の場所として捉える用法である。人知れず悩む、または独断的に考えるという場合に用いる。）

・**言へば得《え》に　言はねば胸に　さわがれて　心一つに　嘆くころかな**　（伊勢物語・三四段）

［口に出して言おうとすればうまく言えないし、言わないでいると自分の胸の中で思い乱れて、ただ自分の心の中だけで嘆いているこの頃だなあ。］

・**忍びてと思へば、はらからといふばかりの人にも知らせず、心一つに思ひ立ちて、明けぬらむと思ふほどに出で走りて、**　（蜻蛉日記・中・天禄元年七月）

［石山詣でをこっそりと行おうと思ったので、妹のような身近な人にも知らせず、自分の心だけで思い立って、夜が明けたかと思う時分に走るように家を出て、］

Ⅳ（他の人の心を排除して）ただ自分の心だけ。（心を働きかけの対象として捉える用法である。思うに任せない、思い通りにならないという場合に用いる。）

・**伊勢の海に　釣する海人の　浮けなれや　心一つを　定めかねつる**　（古今集・恋一・五〇九）

［私の心は伊勢の海で釣りをしている浮きだからか、そういうわけでもないのに、たかが自分の心一つをしっかりと定めかねている。］

・**時しもあれ、秋の頃にさへありければ、いとも心細う覚えて、心一つを慰めわぶる夕暮にかく言ふ。**　（平中物語・一）

［折しも、とりわけもの悲しい秋の頃だったので、とても心細い思いがして、自分の心一つさえ慰めかねる夕暮れ方に、次のような歌を詠んだのであった。］

V（身を排除して）ただ心だけ。（「身」と「心」の対立を前提として、「身」はAでないが、「心」はAであるというような場合に用いる。）

・**長保二年十二月に皇后宮（定子）失せさせ給ひて、葬送の夜、雪の降りて侍りければ、つかはしける**

一条院御製

野辺までに　心一つは　通へども　我が行幸《みゆき》とは　知らずやあるらむ

（後拾遺集・哀傷・五四三）

［長保二年〈一〇〇〇〉十二月に皇后宮（定子）がお亡くなりになって、葬送の夜に雪が降りましたので、贈った歌。一条院御製。「身は宮中にとどまるものの、心だけは鳥辺野まで行き帰りするのだが、宮は私の行幸だとは気が付かないでいるのだろうか。」］

・**ふるさとに　心一つを　とどめ置きて　草の枕を　幾夜結びつ**

（堀河百首・旅・一四七〇）

［この身は旅をしていても、心だけは故郷にとどめて置いて、いったい幾晩、草を枕に寝たことだろうか。］

以上を見ると分かるように、「心一つ」というのは、「一つ」という語を含んでいることにより、他の何かを排除した表現になっている。そして、その排除したものが何であるかによって、意味が異なってくるのである。

さて、問題の箇所は、「心一つを交はし」となっている。その場合、「心一つ」については、右のI〜Vのどれを当てはめたらよいであろうか。ここは、やはりVの「（身を排除して）ただ心だけ」の意であると考えるのが妥当であろう。すなわち、〈身を交わすことなく心だけを交わす〉の意であると考えられ、石田穣二［二〇〇四］の考え方を採用すべきであると見られるのである。この歌の直後には、

・とは言ひけれど、その夜去《い》にけり。

とある。歌の意味を右のように考えることによって、ここが「言ひけれど」と逆接になっていることの意味も了解しやすくなるのである。つまり、男は「身を交わすことなく、心だけを交わそう」と言ったけれど、実際には、その夜、男は女のもとを訪ねて行った、というわけである。このことも、石田はすでに指摘している。

従来は、「心一つ」を[Ⅰ]の意に解したものが多い。すると、〈一度二人が結びついたからには、一途な心を交わし合って、水が川中の島で別れても再び合流して関係が絶えないように、二人のつながりが絶えないようにしたいと思います〉の意になるであろう。しかし、それであると、この歌の直後に、「とは言ひけれど、その夜去《い》にけり」とあることの意味が分からなくなる。やはり石田のように、[Ⅴ]で考えるのが妥当であると思われる。

そこで、この歌全体に対する石田の現代語訳を見ると、次のようになっている。

　お互いに愛し合ってきた仲ですから、今後も心だけはかわして、その川島のめぐりを水の流れて絶えないようにこれから先もこうしたつながりは絶やすまいと思います。

ここで改めて問題になることがある。「お互いに愛し合ってきた仲」であることを理由として、なぜ「心だけはかわ」す「つながり」でいたいということになるのか、という点である。言い方を変えれば、なぜ身も心も交わす仲でありたいということにならないのか、ということである。そう考えると、まだ問題が残っていると考えざるを得ない。

四　「あひ見ては」と「あひ見では」

ここに至って、問題になるのは、第一句をこれまで「あひ見ては」と読んできたことの妥当性である。なぜなら、他に「あひ見では」と読む可能性も存するからである。

「あひ見ては」であれば、〈一旦逢った以上は・一度逢ったからには〉の意で、「あひ見」は既定の事態を表すから、過去に二人が結びついた事実を指す。それであると、すでに述べたように、後に「身は交わさずに心だけを交わして、いつまでも二人の仲を絶やさずにいたい」と続いていく意味が分かりにくい。

これに対して、次のように「あひ見では」であるとすればどうか。

・あひ見では　心一つを　かはしまの　水の流れて　絶えじとぞ思ふ

「～では」に関しては、第十五章で少し詳しく扱うことになるが、そこで［C型］と呼ぶことにした用法がある。これは、〈～せずに・～することなくて〉の意を表すが、「～では」の前句と後句とを一まとめにして提示する言い方である。たとえば、次がそれである。

・初声は　今朝ぞ聞きつる　うぐひすの　鳴かでは過ぎぬ　花のもとにて

［鶯の初声は、今朝聞くことが出来たことよ、鶯が鳴かずには通り過ぎることの出来ない花のもとで。］

（一条摂政御集・一五六）

「鳴かでは過ぎぬ」において「ぬ」が否定しているのは、直上の「過ぎ」だけでなくて、「鳴かで・過ぎ」全体である。「は」はその上接成分「鳴かで」を強調しつつ、上下を一まとめにする機能を果たしている。

次の場合も同様である。

・**いとおぼつかなきまで音せぬ人に、十二月晦日《つごもり》の日、**
嘆かでは　いづれの日をか　過ぐししと　今日だに問ひて　人は知れかし
［とても気がかりになるほど便りをくれない人に、十二月晦日《つごもり》の日に、「いったいどの日に嘆かずに過ごしたことがあったかと、せめて今日だけでもあなたは私に聞いてくれて、私のつらかった日々を知って欲しい。」］（和泉式部集・六五六）

右の歌の前半部は、「いづれの日をか　嘆かでは過ぐししと」と同義であるが、「は」は上接の「嘆かで」を強調しながら、「嘆かで」と「過ぐし」とを一体化しているのである。

そこで、問題の歌にこの［C型］を当てはめて解釈してみると、以下のような意味になると考えられる。

これからは、直接逢ってあなたを見るのではなく、心だけを交わす仲となって、水が川中の島で一度分かれてもまた一緒になるように、二人の仲が絶えることのないようにしたいと思うことだ。

二人は一度結婚したのだが、その後何ということもなく別れたのであった。そういう仲であれば、過去の失敗を繰り返すことのないように、心だけを交わす仲でいたいと言うのも、当然ではないだろうか。しかし、男はそうは言ったものの、我慢できないで女に逢いに行ったのであったというふうに、文脈は展開するのである。

［引用論文］

秋山　虔［一九九七］『〈新日本古典文学大系〉伊勢物語』（岩波書店）
阿部俊子［一九七九］『〈講談社学術文庫〉伊勢物語全訳注』（講談社）
石田穣二［二〇〇四］『伊勢物語注釈稿』（竹林舎）
鈴木日出男［二〇一三］『伊勢物語評解』（筑摩書房）
福井貞助［一九九四］『〈新編日本古典文学全集〉伊勢物語』（小学館）
渡辺　実［一九七六］『〈新潮日本古典集成〉伊勢物語』（新潮社）

第五章　第二三段（筒井筒）

一　問題の所在

第二三段は、有名な章段が多い『伊勢物語』の中でも、とりわけ世に知られた章段である。いわゆる「筒井筒」の段である。この段の前半には、極めて難解な歌が含まれている。そこで、以下に前半の文章を紹介することにする。

◎昔、田舎わたらひしける人の子ども、井のもとに出でて遊びけるを、おとなになりにければ、男も女も恥ぢかはしてありけれど、男はこの女をこそ得めと思ふ、女はこの男をと思ひつつ、親のあはすれども、聞かでなむありける。さて、この隣りの男のもとより、かくなむ、

筒井つの　井筒にかけし　まろがたけ　過ぎにけらしな　妹《いも》見ざるまに

女、返し、

くらべこし　振り分け髪も　肩過ぎぬ　君ならずして　誰《たれ》か上ぐべき

など言ひ言ひて、つひに本意のごとく逢ひにけり。

［昔、田舎で暮らしていた人の子どもが、井戸の傍らに出て遊んでいたのだが、男も女も大人になってしまったので、互いに意識し恥ずかしがって会わなくなっていた。それでも、男はこの女を妻にしようと思ったし、女はこの男を夫にしようと思っていて、両方の親がそれぞれ別の人と結婚させようとしたけれども、両人は聞き入れずにいたのであった。そうこうしているうちに、この隣りの男のもとから女に次のような歌が送られてきた。

「筒井つの　井筒にかけし　まろがたけ　過ぎにけらしな　妹《いも》見ざるまに」

女は次の歌を返した。

「くらべこし　振り分け髪も　肩過ぎぬ　君ならずして　誰《たれ》か上ぐべき」

などと歌を交わし続けて、とうとう元からの願いどおりに結婚した。］

（伊勢物語・二三段・前半）

男の歌は、次のようなものである。

・**筒井つの　井筒にかけし　まろがたけ　過ぎにけらしな　妹《いも》見ざるまに**

一般に「筒井筒」という語が流布しているが、実際に使われているのは「筒井つ」である。末尾の「つ」は「と（処）」と同源の語であろう。なお、末尾は「筒井つ」か「筒井づ」か分からないが、一応清音と考え「つ」と表記しておく。

類例を挙げると、次のケースがそれである。

「こもりど|（隠り処）」―「こもりづ|（隠り処）」

これは、いずれも〈人目に付かない奥まった所〉の意である。

・こもりどの〈**隠処**〉　**沢泉なる　岩根をも　通して思ふ　我が恋ふらくは**

［人目に付かない谷間の湧水にある岩さえも水が貫くように、激しく思っているのだ、私の恋は。］

（万葉一一・二四四三）

・こもりづの〈**隠津**〉　**沢立水《たつみ》なる　岩根ゆも　通して思ふ　君に逢はまくは**

［人目に付かない谷間の湧水にある岩さえも水が貫くように、激しく思っているのだ、あなたに逢いたいという気持は。］

（万葉一一・二七九四）

すなわち、「筒井つ」とは「筒井処《つ》」すなわち、〈筒井（筒の形に作った井）のある処〉が原義であり、転じて〈筒井（そのもの）〉の意になったものと思われる。「ゐど（井戸）」という語も、もともとは「井処《ゐど》」、すなわち〈井のある処〉の意であったが、後に「井《ゐ》」と同義語になった。

なお、内田美由紀［二〇一四］（一八二ページ）には、「筒井」は大和郡山の南で、奈良街道沿いにある地域の名とする説が唱えられている。「筒井」は佐保川流域にあり、「津」は〈船着き場・港〉の意であるから、「つつゐつ」は〈筒井津〉ではないかというのである。もし、それが正しいとすれば、物語の舞台が分かるという点で、興味深い考え方である。しかし、「筒井」という地名が古代にまで遡るものかどうかは、言及がない。「戦国時代の武将筒井順慶の出身地として知られたところ」と記されているが、『国史大辞典』（「筒井氏」の項）によれば、筒井氏の本拠は、「筒井平城（奈良県大和郡山市筒井町）」とあるから、「筒井」の地名も中世までは遡れるであろう。しかし、それ以前はどうだったか、手がかりがないようである。採用するのに躊躇される説である。

さて、「井筒にかけし　まろがたけ」とは、〈井筒の丈を目標にした私の身長〉の意である。「かけし」の「かけ」は「掛け」で、〈関わらせる・関係づける〉の意である。「妹《いも》見ざるまに」は、〈妹が私を見ない間に〉の意と解する説もあるが、やはり通説に従って、〈私が妹を見ない間に〉の意と捉えるのが穏当であろう。

結局、この歌は〈筒井に設けられた井筒の高さを目標にした私の身長は、あの井筒の高さを過ぎてしまったらしいな、私があなたを見ない間に〉の意となる。この歌が生まれる前提として、すでに言われているように、男の身長が井筒の高さを超えたら相手に結婚を申し込むという、幼い日の約束があったものと思われる。

問題は、それに対する女の返歌の意味である。この「くらべこし」で始まる有名な歌に対する従来の解釈には、納得のいかない点が存するのである。

二　従来の解釈の問題点

女の返歌は、次のようなものである。

・くらべこし　振り分け髪も　肩過ぎぬ　君ならずして　誰《たれ》か上ぐべき

この歌で特に問題になるのは、何と何とを「くらべ」ると考えるのかである。

通説では、自分の髪の長さと相手の男の髪の長さを「くらべ」ると考える。しかし、男女が髪の長さを比べることにどんな意味があるかについては、明確な説明がない。

右の通説以外では、契沖の『勢語臆断』（一六九二年頃）に次のような考え方が述べられている。

　くらべこしとは我肩にくらぶる也。又互にわらはべのほどなれば男とくらべしにも有べし。

（『契沖全集』〈岩波書店、一九七四年〉第九巻六〇ページ）

すなわち、契沖は、〈自分の髪が肩に届くかどうかを調べる〉というような意味に取っているようである。しかし、そのような行為を「くらぶ」という動詞で表現することの適切性も疑問であるし、第一、その行為が何を意味するのかも説明されていない。契沖自身も自信のある見解ではなかったらしく、別解として通説的理解を挙げている。

また、折口信夫［一九七〇］は、自分の振り分け髪の左右の長さを「くらべ」るのだという見解を示しており、異色を放っている。

「ふりわけかみ」は、真中から両方におとすこと。頭の髪の毛に、真中に櫛を入れて、左右にたらした。これは想像になるが、髪を分けるのが、こっちが長くなった、こっちが短くなった、と、自分の髪を比べているのではないか。つむじを中心にして分けると、どっちかへ多くなるので、それが「くらべる」ことではないか。つまりこの考えは、「くらべこし」は、振分け髪に関する語だとすることだ。（一四九ページ）

最後の「つまりこの考えは、『くらべこし』は、振分け髪に関する語だとすることだ」という発言の真意は、やや分かりにくい。おそらく、「くらべこし」は、「振り分け髪」が髪を中央から左右に垂らす髪型だからこそ、出て来る言葉なのだというようなことを言いたいのであろう。しかし、折口もまた、その行為がどのような意味をもつのかまでは、説明していない。

この問題をこれまでに最も詳しく考えたのは、後藤康文［二〇〇〇］である。後藤によれば、従来の解釈には贈答歌としての整合性が顧慮されていないという。そして、次のように述べる。

幼馴染みの恋人に自分の背丈が井筒を越えたとよこしてきた「男」の歌に対し、相愛の「女」は、私の髪も肩を越すほどに伸びたと返しているのである。要するに、「男」の歌も「女」の歌も、ともに自分たちがすでに一人前の大人になっており、結婚の機はついに熟したのだという事実を歓喜を漲らせて伝えあっているのであって、「女」の返歌には、待ってましたといわんばかりのはやる気持ちが満ち溢れている。それなのに、「くらべこし（ふりわけ髪）」を「あなたとその長さを比べてきた（私の振り分け髪）」などと解していたのでは、「男」の歌に素直につながらず、いかにもつきが悪い。つまり、ここで突如「弛緩」が生じてくるのであって、元来よく響きあってしかるべきこの贈答のうえに水をさす結果になってしまい、まるでぶち壊しなわけだ。（二七八ページ）

後藤による、この従来説に対する痛烈な批判は傾聴に値する。それでは、従来説に対して後藤の出した代案とは、どのようなものであろうか。

後藤はまず、二人の間に、「僕の背丈がこの井筒の高さを越えたら、僕はかならずおまえと結婚するからね。」「それじゃあ私は、この短いふりわけ髪が肩を過ぎるまで伸びたら、あなたと結婚することに決めたわ。」というような「幼き日のかねごと」があったと想定する。そして、その無邪気な約束を交わして以来、二人は日ごとに「井のもとに出で」ては、男の背丈が井筒を越して伸びるに至る早さと、女の髪が肩を越して伸びるに至る早さを競ったのだと見るのである。

「幼き日のかねごと」があったとする後藤の想定には無理がない。しかし、男の歌の「井筒にかけし　まろがたけ　過ぎにけらしな」という表現と、女の歌の「くらべこし　振り分け髪も　肩過ぎぬ」という表現とに基づいて、「くらべこし」の内容について、男の背丈の伸びる早さと、女の髪の長さの伸びる早さとを競ったのだと見るのには、かなりの想像力を必要とする。ここは、本当にそのような意味なのであろうか。

以上、従来の説には、納得できるものが見当たらない。

三　『土左日記』の「くらぶ」

そこで、考察を振り出しに戻すことにしたいが、この歌の中で、見方によって語義解釈が変わる可能性のある語はないであろうか。そうした可能性を考える時、問題になるのは、「くらべこし　振り分け髪も　肩過ぎぬ」という表現の中で使われている「くらぶ」という語の意味である。辞書の類を見ると、「くらぶ」は、三つの意味に分類して示すのが普通である。『日本国語大辞典・第二版』(「くらべる」の項)は、次のような三類に分けている。

①二つ以上のものの異同や優劣を見きわめる。照らし合わせる。比較する。

②二つ以上のものの優劣や勝敗をきそう。はりあう。競争する。

③心を通わせあう。

①や②の意味の存在については、改めて問題にするまでもないであろうから、ここでは③について少し詳しく扱うことにする。

③の意味の用例として最も有名なのは、次の例である。

㋐**年ごろよくくらべつる人々なむ、別れがたく思ひて、日しきりにとかくしつつ、ののしるうちに夜更けぬ。**

［この数年親しくつき合ってきた人々は、別れがたく思って、日中はしきりにあれこれしてくれて、大騒ぎしているうちに夜が更けた。］

（土左日記・一二月二一日）

「年ごろよくくらべつる人々」は、池田亀鑑［一九四二］以来、一般に〈この数年親しくつき合ってきた人々〉の意と解されているのである。ただし、この用例には本文上の問題がある。

清水義秋［一九六六］は、この箇所について貫之自筆の原本では「よくくミ江つる」とあったものと考える。また、「江」の草体仮名は「へ」に近い字形になるために、「よくミへつる」と読めるものであったと考えている。しかし、それだけでなく、「よく、らへつる」とも「よく、しつる」とも読めるような、明瞭を欠く字形であったと考えることによって、諸本における異文の発生が説明できるとするものである。

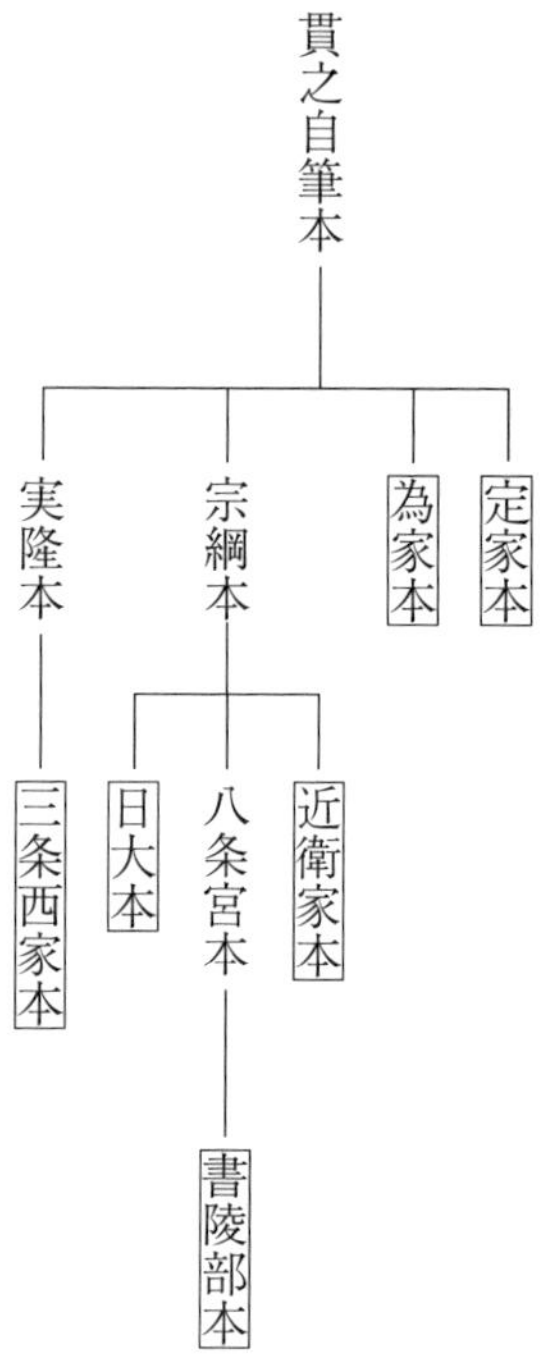

以下、清水の考え方をもう少し詳しく紹介したいが、その便宜として、本書の筆者は、諸本の系統を上記のように示すことにする（なお、上記の諸本のうち、現存する本は□で囲んで示した）。

清水の考え方は、以下のとおりである。

（一）定家本は、普通「よく〻らへつる」と読まれているが、よく見ると、「よく〻らへつる」の他に「よくミへつる」とも「よく〻しつる」とも見え、三様に読める字形である。貫之自筆本には仮名の字形や字体に見慣れぬ古態が多かったために、定家が読み取りに苦労したことは、奥書に「不読得所々多」とあることから分かる。また、不審を感じた場合も「只任本書也」（奥書）という姿勢を取った。この箇所もその例で、定家が原本を「よくミへつる」と読み取った上で、仮名遣いが「よくミえつる」でないことに疑問を抱き、上記の三様に読めるような形に書写したものである。

（二）為家本では「よくくらへつる」とあるが、これは為家が原本を「よく〻らへつる」と読み取った上で、踊り字「〻」を使わずに「よくくらへつる」と書いたものである。その理由は、為家本では「よく」が行末に来てしまったために、行頭には踊り字「〻」を使用しないという彼の書記方針によって、「よくくらへつる」と書いたものである。

（三）宗綱本の系統について言うと、近衛家本では「よくくらへつる」、書陵部本では「よくミへつる」、日大本では「よくみえつる」とあるが、それらの親本である宗綱本は、定家本の本文と類同の本文形態を保有していたものと推定される。

（四）実隆本の系統について言うと、三条西家本には「よく〻しつる」とあるが、親本である実隆本には「よく〻しつる」とあったものと推定される。

（五）以上の状況から見て、貫之自筆本には「よくミ江つる」とあったが、これが「よくミへつる」「よく、らへつる」「よく、しつる」の三様に読めるような字形であったと見るのが合理的である。したがって、この箇所は、貫之の意図では「よく見えつる」のつもりであったと見るのが妥当である。

（六）〈親しくつき合う〉の意の動詞「くらぶ」の用例は、単純語としては、他に確認されない。池田亀鑑［一九四二］を初めとする諸論は、他の文献に見える「くらべ苦し」「くらべがたし」のような複合語が〈つき合いにくい〉の意を表すところから、「くらぶ」は〈親しくつき合う〉の意であると判断しているのであるが、それは誤りである。複合語の意味から単純語の意味を直ちに引き出すのは短絡であり、『源氏物語』の「くらべ苦し」も〈比較することが困難だ〉という「本来の意味」で十分解釈できる。

右の清水論文に対しては、その後、依田泰［二〇〇八］が書かれている。これは、清水論文の埋もれることを危惧し、顕彰することを目的として提示された論文である。そうした論文が出されているという意味でも、清水論文の正否が検証される必要があろう。

さて、現存諸本の本文様態から、貫之自筆本の字形が「よく、らへつる」とも、「よくミへつる」とも、「よく、しつる」とも判読されるような不明瞭なものであったろうという指摘は、おそらく正しいものと思われる。しかし、貫之自筆本には「よくミ江つる」とあったものという清水の推定は、唯一の可能性ではない。貫之自筆本には「よく、らへつる」とあった、あるいは「よく、しつる」とあったという可能性も、考えてみる必要がある。

まず、貫之が「よく、しつる」のつもりであったという可能性はあるだろうか。この場合は、〈よく具しつる〉の意であろうが、「具す」という動詞は、他動詞であれば〈供として従える〉の意、自動詞であれば〈供として付き従う〉の意になろう。その場合、「よく」は〈忠実に・勤勉に〉の意になろうか。しかし、この場面で大騒ぎしている人々を、ここ数年、供として忠実に随従していた人々とするのは、狭く限定し過ぎであろう。従来説のように、ここ数年、親しくつき合ってきた人々と考えるほうが穏当である。

次に、貫之が意図した本文が「よくミ江つる」、すなわち「よく見えつる」であったということは、考えられるであろうか。この場合は、〈しばしば来た・たびたび現れた〉の意と見ることになろう。しかし、「よく」が〈しばしば・たびたび〉の意で使われることは、案外新しい。

『角川古語大辞典』『日本国語大辞典・第二版』『小学館古語大辞典』などで、〈しばしば・たびたび〉の意の例として挙げているのは、次のような例である。

①十年ばかり候《さぶら》ひて聞きしに、（鶯は）まことにさらに音せざりき。さるは、竹近き紅梅もいとよく通ひぬべきたよりなりかし。（枕草子・三九段・鳥は）

この例は、次のように解釈しているものもある。

竹の近くの紅梅も、鶯がよく通って来るのに都合よいのだが。（新古典大系『枕草子』）

これは、「よく」を〈しばしば・たびたび〉の意に解したものであろう。

ただし、『枕草子』には、形容詞連用形あるいはその副詞化である「よく」が四五例ほどあるが、その意味と見られる例は他にない。また、右の例については、次のように解釈した注釈書もある。

そこは竹に近く紅梅もあり、鶯が通ってくるにはちょうど恰好な所なのだ。（古典大系『枕草子』）

宮中は竹が近いし、紅梅もあって、通って来るのにちょうどいいゆかりの場所であると思われる。

（新編全集『枕草子』）

これらの注釈書は、「よく」を〈具合よく〉あるいは〈快く〉の意に解したものであろう。その意味で使われている可能性は十分ある。少なくとも、この例は〈しばしば・たびたび〉の意の確例ではない。

②**何となきことを、我も人も言ひし折、思はぬ物の言ひはづしをして、それをよく言はれしも、後に思へば、あはれに悲しくて、**

何となき　言の葉ごとに　耳とめて　恨みしことも　忘られぬかな

［他愛もないことを、私もあの人も言った時に、私がうっかり物の言い損ないをして、それをたびたびあの人に言われたのも、後になって思うと、しみじみと悲しくて、「何ということもない一言一言を、聞いて心にとめて、恨み言を言ったことも忘れられないことよ。」］

（建礼門院右京大夫集・二〇〇・詞書）〈一三世紀前期〉

右の例は、新編全集頭注に「『よく』は諸本『とかく』とする」とあって、「とかく」のほうが自然でもあり、この「よく」は確実とは言いがたい例である。

③**織田の信長公、時々興に団子をきこしめす。よく参るとて、京わらんべ共（その団子を）上様団子と申す。**

［織田の信長公は、時々楽しみとして団子をお召し上がりになった。たびたび召し上がるというので、京童たちは、その団子を上様団子と申し上げた。］

（昨日は今日の物語・上・第二話）〈一六一四年頃〉

④**やらようお忘りゃる事や。いつも女共が方へ、正月着《ぎ》る物が来るが、是も忘れられた。**

［あら、よくお忘れになることだ。いつも女どものほうに、正月着る着物が来るのだが、これもお忘れになった。］（虎明本狂言・米市）〈一六四二年〉

⑤**アノ高麗屋の爺様は、よく名を更《かへ》た人さ。**

［あの高麗屋の爺様（四代目松本幸四郎）は、たびたび芸名を変えた人だよ。］（浮世床・初編・下）〈一八一三年〉

⑥**松「ア、すてきと立草臥《たちくたびれ》た。竹「てめへ、克《よく》すてきといふぜ。**

［松「ああ、すてきと立ちくたびれた。竹「お前はたびたび『素敵』という言葉を使うね。］（浮世床・二編・上）〈一八一四年〉

③～⑥の例は、〈しばしば・たびたび〉の意と見てよいが、これらは中世後期以降の例である。したがって、平安時代の中期に、〈しばしば来た〉という意味で「よく見えつる」と表現することは、ありそうもないと言わなければならない。

残るのは、貫之の意図した本文が「よくゝらへつる」であったという可能性である。その場合は、「よくくらべつる」の意で、動詞「くらぶ」は〈つき合う〉の意であるということになる。そこで、問題になるのが、〈つき合う〉の意の動詞「くらぶ」の用例が、他に確認できていないということである。

四 「くらぶ」の用例の検討

以下では、問題になりそうな「くらぶ」の他の例を検討してみる。ただし、いずれも「くらぶ」を含む複合語の例であるから、その一部である「くらぶ」の意味を抽出するのは、相応の慎重さを必要とするであろう。

㋑逢ひての恋

我ながら　くらべわびぬる　心かな　今さへなほや　恋しかるべき

（源順集・二四一）

［逢っていながらの恋。「自分のことながら、うまくつき合うのに困る心だな、こうして逢うことが出来た今でさえも恋しいなんてことがあっていいものか。」］

詞書に「逢ひての恋」とあるが、これには、逢いたくても逢えない時の心情が恋であるのに、逢っているのに恋しいのは不思議だ、という含意がある。この「くらべわぶ」の意味を〈比較するのに窮する〉などの意味に解するのは、まず無理であろう。

㋒女のいとくらべがたく侍りけるを、相離れにけるが、こと人に迎へられぬと聞きて、男のつかはしける

我がために　招《を》きにくかりし　鷂《はしたか》の　人の手に有りと　聞くはまことか

［とてもつき合いにくかった女と別れたところ、その女が他の人に迎えられたと聞いて、男が送った歌。「私にとっては招き寄せにくかった鷂《はしたか》が、今は他人の手におさまっていると聞きましたが、それは本当です

か。」」

（後撰集・雑三・一二二五・詞書）

詞書の「くらべがたく侍りける」と、歌の「招《を》きにくかりし」とは、意味的に対応している。もし、文脈が異なれば、この「くらべがたし」を〈比較するのが難しい・比類がない〉の意に解して、すばらしい女性の表現と見ることも不可能ではない。しかし、この文脈ではそうした解釈は困難である。

㊤（a）**この心もとなきも、疑ひ添ふべければ、いづれとつひに思ひ定めずなりぬるこそ。**（b）**世の中や、ただ、かくこそとりどりにくらべ苦しかるべき。**（c）**このさまざまのよき限りをとり具し、難ずべき種《くさ》はひ混《ま》ぜぬ人は、いづこにかはあらむ。**

［（a）あの私の話した頼りなく焦れったいような女についても、他に男がいるのではないかという疑いが付きまとうので、結局どの人がいいと決心するに至らなかったのは、何とも致し方ないことだ。（b）男女の仲というものは、まさにこのようにそれぞれに違っており、相手とうまくつき合うのは難しいに違いありません。（c）このいろいろな良いところだけを取り揃え、非難すべき材料が全くないような女は、どこにもいません。］

（源氏物語・帚木・新編全集①八四ページ）

これは、『源氏物語』の雨夜の品定めにおける頭中将の述懐の一部である。

これ以前の部分について内容を述べると、頭中将は、まず、左馬頭の体験談に出て来る指喰いの女について、思い出があって忘れがたいにしても、顔をつき合わせて暮らすにはわずらわしく、悪くすると嫌になってしまうこともあるだろうと言う。次に、同じく左馬頭の体験談に出て来る浮気な女について、琴が達者だという才気ある女だが、浮気の罪は重いだろうと述べる。

それを承けて、（a）では、頭中将自身の体験談として語った常夏の女（夕顔）についても、他に男がいるのではという疑いがあって、結局どの女とも決められなかったと言う。（b）では、男女の仲を考えると、それぞれ違っていて、うまくつき合うのは難しいと言う。さらに、（c）では、全てについて難点がないような女はいないのだと言うのだが、これが言わば結論である。

その（b）に使われているのが、問題の「くらべ苦し」である。これを〈比較しにくい・優劣を付けにくい〉の意とする考え方があり、それも不可能ではない。しかし、以下に取り上げる『源氏物語』の三例がいずれも、〈親しくつき合いにくい・うまく相手をするのが難しい〉の意で使われているから、これもその意と見ておくのが穏当であろう。

㋔（**紫の上は**）「**斧の柄さへあらため給はむほどや、待ち遠に**」と**心ゆかぬ御気色なり。**「**例のくらべ苦しき御心、いにしへのありさまなごりなし、と世人《よひと》も言ふなるものを**」、**何やかやと御心とり給ふほどに、日たけぬ。**

［紫の上は、「（中国の爛柯《らんか》の故事にある）斧の柄までお取り替えになるほどの長い間でしょうか。待ち遠しいことになりましょう」とご不満の様子である。源氏は、「例によってお相手しにくいお心ですね。（私について）昔の好色な様子は今は跡形もない、と世間の人も言っているそうですのに」などと言って、あれやこれやご機嫌を取っていらっしゃるうちに、日が高くなってしまった。］

（源氏物語・松風・新編全集②四〇九ページ）

これは、源氏が「明石の君を世話するために、桂の別邸に二、三日行ってくる」と言うのを、紫の上が聞いた時の場面である。この「くらべ苦し」は、〈うまく相手をするのが難しい〉の意であろう。

㋕（弘徽殿大后《こきでんのおほきさき》は）老いもておはするままに、さがなさもまさりて、院もくらべ苦しう、たへがたくぞ思ひ聞こえ給ひける。

〔弘徽殿大后は、だんだん年を取られるにしたがって、口やかましさも高じてきて、朱雀院もお相手するのが難しく、持てあましていらっしゃるのであった。〕

（源氏物語・少女・新編全集③七五ページ）

この「くらべ苦し」も、〈つき合いにくい・うまく相手をするのが難しい〉の意であろう。

㋖面影に恋しう、悲しさのみまされば、いかにして慰むべき心ぞと、いとくらべ苦し。

〔源氏は、今は亡き紫の上のことが面影に浮かんで恋しく思われ、悲しさが増す一方なので、どのようにして我が心を慰めてよいのか、我が心ながらとても扱いかねている。〕

（源氏物語・幻・新編全集④五三三ページ）

この「くらべ苦し」も、〈うまく相手をするのが難しい〉の意である。

以上のように見てくると、「くらべわぶ」「くらべがたし」「くらべ苦し」は、〈つき合うのが難しい・うまく相手をするのが困難である〉のような意味で使われていることが分かる。このことから、「くらぶ」という動詞は〈つき合う・うまく相手をする〉の意があったと解することには、無理がない。すでに紹介したとおり、清水は次のように言う。

『源氏物語』の「くらべ苦し」も〈比較することが困難だ〉という「本来の意味」で十分解釈できる。

しかし、右の諸例を前にして、こうした清水の主張を貫くことは難しい。また、次のような例もある。

㋗ **（乳母は）「……かやうの君達は、親、居立ちて扱ふだに、少しもくらべ止《や》めば、うち捨てつ。……」と、さすがうち笑ひつつ言へば。**

［乳母は、「……このような貴公子は、女の親が熱心に世話をする場合でさえも、ちょっとでも機嫌を取るのをやめると、女を捨ててしまうものです。……」と、それでもやはり笑いながら言うので……。］

（狭衣物語・巻一・新編全集①一二九ページ）

狭衣に愛情を寄せている飛鳥井の女君に対して、乳母が狭衣を当てにしてはいけないと説得している箇所である。この「くらぶ」も、〈うまく相手をする〉の意である。

五　動詞「くらぶ」について

以上のように、「くらぶ」には、①〈比較する〉や②〈競争する〉の意味以外に、③〈親しくつき合う・うまく相手をする〉のような意味があったと認められる。

なお、平安時代において、③の用法が、①②の用法に比べて勢力の弱いものであったことは、確かである。『土左日記』は単独用法の例であると認められるが、それにしても、他は複合語の一部としての例のみである。かつては単独用法も普通に行われたであろうが、その後、勢力を失って、複合語中に残ったものと解されるのである。上代には、この「くらぶ」という動詞が①②③を通じて現れない。したがって、この語は、上代に仮に存在したとしても、文献には現れにくい語であったと見られる。

ところで、①や②の意味と③の意味とはどういう関係にあるのだろうか。

㋕の用例に関連して、新編全集『源氏物語』頭注（②四〇九ページ）は、次のように述べている。

「くらべ苦し」は比較しにくいの意のほかに、「くりあへぐるし」を語源とする「つきあいにくい」の意がある。

この説明は、〈比較する〉の意の「くらぶ」と、〈親しくつき合う〉の意の「くらぶ」とを別語源としているのか、それとも同語源としているのかが分かりにくい。また、『岩波古語辞典・補訂版』は、両者の「くらぶ」は同語源で、いずれも「繰《く》り合《あ》ふ」の縮約形と見る立場である。ただし、どちらの考え方を採るにしても問題がある。

その第一は、「繰り合ふ」の約であれば、「くらふ」と末尾が清音になるはずであるのに、実際には「くらぶ」と濁音であることへの説明がない点である。第二は、「繰る」は〈糸などの細長いものを引き出す・たぐり寄せる〉の意、下二段動詞「合ふ」は〈合せる〉の意であるが、その複合形である「繰り合ふ」が、どうして〈比較する〉あるいは〈つき合う〉の意になるのか、説明が付かない点である。

一方、萩谷朴［一九六七］は、次のように考える。漢字の「比」には、日本語で言えば「ならぶ」「たぐふ」に相当する意味と、「くらぶ」に相当する意味とがある。そこで、「比」字を媒介として「ならぶ」「たぐふ」と「くらぶ」とが交流し、「くらぶ」にも「ならぶ」「たぐふ」と同じく、「つきあふ」という概念が「負荷せしめられることになった」という。したがって、〈つき合う〉の意の「くらぶ」は、「訓読表現」の一種であると見るのである。しかし、右の諸例を見ても、訓読的表現と思わせる徴表がない。

むしろ、「くらぶ」自体の意味変化を想定してはどうか。すなわち、「くらぶ」は本来、〈二つ以上のものを並べる〉の意であったと考え、そこから、一方では〈比較する〉〈競争する〉の意が派生し、他方では〈自分を相手に合せる〉の意が派生したと見るのである。〈親しくつき合う・うまく相手をする〉の意が後者の系列であることは、言うまでもない。

以上の考察によって、㋐で扱った『土左日記』の用例に対する処理の仕方も確定したことになる。すなわち、貫之自身の意図は「よくゝらへつる」と書いたつもりであったが、それは「よくミへつる」とも「よくゝしつる」とも読める字形であった、ということである。

六　「くらべこし」に対する竹岡説

前節までの検討によって、「くらぶ」に〈親しくつき合う〉の意味が存在することが明らかになった。

ところで、竹岡正夫［一九六七］は、問題の歌の「くらぶ」に〈親しくつき合う〉の意を関連づけた点で、注意を引く論文である。竹岡は、まず、次のように言う。

「くらべこし」は、一般に二人がめいめいの髪の長さを比べ合うと解するが、臆断は女が自分の肩に比べる也と解す。幼児が髪の長さを比べ合う場面が宇津保物語に見える。

そして、『宇津保物語』（国譲・上・新編全集③九二ページ）で、女一の宮・藤壺・女二の宮・女四の宮が髪の長さを比べ合っているという場面を紹介し、「従って、ここも通説に従う」（傍線は筆者）と記した後、「なお、この『くらぶ』には、（中略）心を通わせ合って親しくつきあう、の意味をも匂わしているか」と補足している。また、現代語訳では、「あなたと心を通わせ比べ合ってきた私のおカッパも、肩を過ぎるようになりました」と訳しているから、「くらぶ」に存する二つの意味を掛詞のように見なしていることが分かる。

この竹岡の見方には、二つの疑問がある。

第一に、『宇津保物語』に髪の長さを比べ合っている場面があることは、当面の歌の「くらぶ」が、二人の男女が髪の長さを比べ合う行為を表しているだという通説にとって、不利ではないが、有利でもない。『宇津保物語』の場合は女同士の髪の比較であって、そのことによって、容貌の盛りや衰えに差のあるさまが象徴的に表現されているのである。それ故、竹岡がここでなぜ「従って、ここも通説に従う」と言うのか、判断に苦しむ。

第二に、「くらべこし」の「くらぶ」に、〈比較する〉の意と〈親しくつき合う〉の意とが掛詞になっているという捉え方は、適切でない。この歌の「くらぶ」を〈比較する〉の意と解する見方に、そもそも無理があるからである。

七　特殊な連体修飾・被連体修飾の関係

問題の歌の「くらぶ」は〈親しくつき合う〉の意であると見なした上で、歌全体の意味を改めて考えてみる。

・くらべこし　振り分け髪も　肩過ぎぬ　君ならずして　誰《たれ》か上ぐべき

上記に述べたように、「くらべこし」は〈あなたと親しくつき合ってきた〉の意味になるはずであるが、それだけでは修飾される「振り分け髪」と意味的に結びつかない。

ここで想起したいのは、「連体修飾表現の一類型」とでも言うべきものである。

・（源氏が僧都に）「あやしきことなれど、幼き御後ろ見に思《おぼ》すべく聞こえ給ひてむや。……」などのたまへば、

［源氏が僧都に向って「不審に思われるでしょうが、私を幼い方の後見人とお思いになるように尼君に申し上げて下さいませんでしょうか。……」などとおっしゃると、］

（源氏物語・若紫・新編全集①二一四ページ）

この「幼き御後ろ見」について、後見人が幼いという意味ではなくて、「幼き（人の）御後ろ見」の意であることは、しばしば説かれている。

・霧の紛れにさまよく歩み入り給へるを、宮の忍びたる所より帰り給へるにやと見るに、露にうちしめり給へるかをり、例の、いとさまことに匂ひ来れば、
［霧に紛れて姿良く歩いてお入りになるのを、女房たちは匂宮様がお忍びで通っておられる所からお帰りになったのかと見ていると、露に濡れた宮様のお召し物の香りが、例によって、並々でなくにおってくるので、］
（源氏物語・宿木・新編全集⑤三九二ページ）

これも、「露にうちしめり給へる（宮の衣の）かをり」の意である。

このように、解釈上、被修飾語を補う必要のある連体関係については、すでに北山谿太［一九五一］・時枝誠記［一九五九］・増淵恒吉［一九七六］・同［一九七八］などの諸論に指摘されている。また、語学的に見てよく整理されているのは、三宅清［一九六九］であるが、そこでは「特殊な連体修飾」と呼ばれている。

もとより、この種の例は、散文だけでなく和歌にも現れる。

・鳴き渡る　雁の涙や　落ちつらむ　物思ふ（我の）宿の　萩の上の露
［鳴きながら空を渡る雁の涙が落ちたのだろうか、物思いに耽っている私の家に咲いている萩の上に降りた露は。］
（古今集・秋上・二二一）

・君をのみ　思ひ寝に寝し（夜の）夢なれば　我が心から　見つるなりけり
［あなただけを思いながら寝た夜の夢だから、私の心のせいで、あなたを見たのだなあ（あなたを夢に見たのは、あなたが私を思ってくれたからではないのだ）。］
（古今集・恋二・六〇八）

・待てと言はば　寝ても行かなむ　強ひて行く（人の）　駒の足折れ　前の棚橋
［私が待って下さいと言った時くらい寝ていって欲しいものだ。それでも無理に帰ろうとするなら、その人の乗る馬の脚は折ってしまいなさい、家の前にある棚橋（＝一枚板を架けた仮の橋）よ。］
（古今集・恋四・七三九）

『伊勢物語』にも、この種の連体修飾の例が見られる。

・東《ひむがし》の五条に、大后《おほきさい》の宮おはしましける（屋敷の）西の対に、住む人ありけり。
［東の五条で、大后宮のいらっしゃった屋敷の西の対に、住んでいる人がいた。］
（伊勢物語・四段）
・行きやらぬ　夢路をたのむ　（我の衣の）袂には　天つ空なる　露や置くらむ
［あなたのもとに行こうとしても行けない夢路だが、それを頼りにするほかない私の衣の袂には、大空の露が置くのだろうか、ぐっしょりと濡れている。］
（伊勢物語・五四段）

このことを念頭に置いて、問題にしてきた歌について考えると、「くらべこし」と「振り分け髪」との間に、「我の」を補えばよいことになる。歌の意味は次のようになる。
かつてあなたと仲よくつき合ってきた私の振り分け髪も、今は肩を過ぎてしまいました。その髪は、あなた以外の誰が上げてくれましょうか。
右のように解釈することによって、男の贈歌に対する女の返歌として、初めて解釈が安定するであろう。「くらべこし」は、二人が幼い日から親密に交際してきたことを自ら回想する表現であるが、同時に男にそのことを想起させる働きをもつ表現でもある。男の求愛に応えようとする女にとって、まさにふさわしい表現と言えよう。

〔引用論文〕

池田亀鑑［一九四一］『古典の批判的処置に関する研究』（岩波書店）
内田美由紀［二〇一四］『伊勢物語考―成立と歴史的背景―』（新典社）
折口信夫［一九七〇］「伊勢物語」（『折口信夫全集ノート編・第十三巻』、中央公論社）
北山谿太［一九五一］『源氏物語の語法』（刀江書院）
後藤康文［二〇〇〇］『伊勢物語誤写誤読考』（笠間書院）
清水義秋［一九九六］「土左日記本文の批評と解釈―「よくくらべつる」は原形にあらず―」（雨海博洋編『歌語りと説話』新典社）
竹岡正夫［一九八七］『伊勢物語全評釈』（右文書院）
時枝誠記［一九五九］『増訂版・古典解釈のための日本文法』（至文堂）
萩谷　朴［一九六七］『土左日記全注釈』（角川書店）
増淵恒吉［一九七六］「源氏物語における連体修飾」（専修国文一九号）
増淵恒吉［一九七八］「源氏物語の和歌における連体修飾」（専修国文二三号）
三宅　清［一九八九］「特殊な連体修飾について―源氏物語を資料として―」（國學院雑誌八六巻四号）
依田　泰［二〇〇八］「『土左日記』冒頭部の解釈―清水義秋氏の論考をめぐって―」（汲古五三号）

第六章　第二四段（梓弓）

一　問題の所在

次に、第二四段を取り上げることにしたい。

◎昔、男、片田舎に住みけり。男、宮仕へしにとて、別れ惜しみて行《ゆ》きにけるままに、三年来ざりければ、待ちわびたりけるに、いとねむごろに言ひける人に、「今宵《こよひ》逢はむ」と契りたりけるに、この男来たりけり。「この戸開《あ》け給へ」と叩きけれど、開《あ》けで、歌をなむ詠みて出だしたりける。

あらたまの　年の三年を　待ちわびて　ただ今宵《こよひ》こそ　新枕すれ

と言ひ出だしたりければ、

梓弓《あづさゆみ》　真弓槻弓《つきゆみ》　年を経て　我がせしが如《ごと》　うるはしみせよ

と言ひて、去《い》なむとしければ、女、

梓弓　引けど引かねど　昔より　心は君に　よりにしものを

と言ひけれど、男帰りにけり。女、いと悲しくて、後《しり》に立ちて追ひ行《ゆ》けど、え追ひつかで、清水のある所に

伏しにけり。そこなりける岩に、指《および》の血して書きつけける。

あひ思はで　離《か》れぬる人を　とどめかね　我が身は今ぞ　消えはてぬめる

と書きて、そこにいたづらになりにけり。

［昔、男が片田舎に女と住んでいた。男は、宮仕えをしようとして、別れを惜しんで都へ上ったが、三年経っても帰って来なかったので、女は待ちくたびれてしまった。そんな時に、熱心に求婚してきた人がいたので、その人と「今宵逢いましょう」と約束したのだが、ちょうど新しい男が訪ねて来るはずのその日に、もとの男が帰って来たのであった。男は、「この戸を開けてください」と叩いたのだが、女は戸を開けずに、歌を詠んで差し出したのであった。

「①あらたまの　年の三年を　待ちわびて　ただ今宵《こよひ》こそ　新枕すれ」

と詠んで差し出したところ、男は、

「②梓弓《あづさゆみ》　真弓槻弓《つきゆみ》　年を経て　我がせしが如《ごと》　うるはしみせよ」

と詠んで、立ち去ろうとしたので、女は、

「③梓弓　引けど引かねど　昔より　心は君に　よりにしものを」

と詠んだのだが、男は帰ってしまった。女は、たいそう悲しく思って、あとから追って行ったが、追いつくことが出来なくて、清水のある場所で倒れ伏してしまった。女が、そこにあった岩に、指の血で書きつけた歌は、次のようなものであった。

「④あひ思はで　離《か》れぬる人を　とどめかね　我が身は今ぞ　消えはてぬめる」

と書いて、その場で死んでしまったのであった。］

（伊勢物語・二四段）

右の章段は、読解上、特に大きな問題があるようには見えないが、従来、その真意が必ずしもよく理解されていないのではないか、と思われるような箇所が幾つかある。歌には特に解釈上の問題がある。現代語訳を施していないのは、そのためである。ここでは、そうした箇所の解明に努めてみたい。

二 「片田舎」という語

まず問題になるのが、「片田舎」という語である。これには、二つの解釈がある。

①都を離れた辺鄙な田舎。京を離れた辺地の田舎。

②都にはほど近い田舎。

普通は①を採っていて、たとえば、鈴木日出男［二〇一三］は、「接頭語『片』は、中心からはずれて片寄っている意」であると説いている。

一方、②と考えるのは石田穣二［二〇〇四］で、「片田舎の『片』は偏の義であろうが、田舎としてかたよっている、というのは、都にはほど近いということではあるまいか」と述べている。

①であるか、②であるかによって、この話の舞台になっている土地のイメージがかなり異なってくるから、正確に把握しておくことが望ましい。

今、接頭辞「片」が、古代にはどのような意味・用法で使われていたかを整理してみる。すると、次の三種五類に分類することが出来る。

（A）一対になったものの一方。

［例］「片足」「片糸」「片手」「片耳」「片目」／「片思ひ」「片恋」「片便り」「片縒《よ》り」／「片去る」「片引く」

「片敷く」など。

「片」の一番分かりやすい使い方で、二つ揃って完全というものが一方だけ存する状態を言う。

「片糸」とは、糸は二本の細糸を縒り合わせるのが普通だが、その場合の一方の細糸のこと、「片縒り」とは一本の細糸だけを縒ることである。

また、「片去る」とは、恋人がいない時にあたかも傍らにいるかのように床の片方を空けて寝る場合に言う語で、「枕片去り〈片去〉」（万葉四・六三三）／「夜床片去り〈加多左里〉」（万葉一一・四一〇一）のように用いる。

さらに、「片引く」とは、二つあるものの一方だけを贔屓することで、「（妻を）思へば、いたく片引く」（落窪物語・一・新編全集三七ページ）／「男も女も、けぢかき人思ひ、片引き、ほめ」（枕草子・一二九段・新編全集二四四ページ）のような例がある。

（B―1）不完全。整っていない。ちょっとした。わずかな。

［例］「片庵《いほ》」「片陰」「片才《かど》」「片言」「片淵」「片山」「片岡《をか》」／「片生ひ」「片飼ひ」「片成り」「片鳴き」／

「片笑《ゑ》む」など。

ある対象をその名で呼ぶには不十分な内容しかもたないことを言う。たとえば、「片庵」は「庵」と呼ぶには不十分な建物、「片言」は「言」と呼ぶには不完全な言葉であることを表す。

なお、「片岡」は、未だに意味が確定していない語で、(一)〈片側が急傾斜になっている岡〉とする説、(二)〈岡の片側〉とする説、(三)〈孤立した岡〉とする説など、諸説がある。しかし、「片」の諸用法の中で考えると、「岡」と呼ぶには不十分な地形、「岡」と言うほどではないが、岡に似た地形となっている所を指すと見るのがよい。「片山」も同様で、「山」と言うほど高くはないが、山のようになっている地形を指すと解される。「片淵」は、「天《あま》離《さか》る　鄙《ひな》つ女《め》の　い渡らす狭門《せと》　石川片淵　〈箇拕輔智〉　片淵　〈箇多輔智〉に　網張り渡し」(日本書紀・歌謡三)のように使われているが、これも大して深くもない淵のような所の意と思われる。

また、「片笑《ゑ》む」は、〈不十分に笑む〉ことで、〈ちょっと笑む・わずかに笑む〉こととも言える。

(B―2) 全体から見て一部分であることを表す。

[例]「片枝《えだ》(枝《え》)」「片心」「片時」など。

「片枝」は、「春日野に　咲きたる萩は　片枝《えだ》〈片枝〉は　未だ含《ふふ》めり」(万葉七・一三六三)のように用いられており、一部の枝では花がまだ蕾であることを言っている。

また、「片心」は心の一部であることを表し、「片心着く」の形で用いられて、多少の関心を抱くことを言う。

(C―1) 空間的にある一方向に偏っていて、中心から遠くなっている。

[例]「片隅」「片端」「片帆」/「傾《かたぶ》く(片向く)」「片寄る」など。

中心から見ていずれかの方向へ偏向していることを表す。

「片隅」「片端」の場合、「隅」「端」は、そもそもその語自体が中心から離れた末端にあるという意味を内包しているから、それに上接する「片」は、その「隅」「端」が中心から遠く離れているという意味を強調する役目を果たしている。

また、「片帆」とは、斜めに風を受けるように一方に傾けた帆。これに対して、風を真正面から受けるように構えた帆を「真帆」と言う。

（C―2）ひたすら。ひとえに。ただただ。

［例］「片泣き」／「片設《ま》く」「片待つ」「片聞く」。

動作や状態がある方向に片寄ることを表す。

「片泣き」は、ひたすら泣くことを言う。「下泣きに　我が泣く妻　片泣き〈箇哆儺企〉に　我が泣く妻」（日本書紀・歌謡六九）のように用いられている。「片設く」は、ひたすら待ち構えるの意で用いられ、「桜の花の時片設け〈片設〉ぬ」（万葉一〇・一八五四）などと使われている。

以上、「片」には、右のような三種五類があると言える。

こうして見ると、「片田舎」は、（C―1）の「片隅」「片端」と似ていることが分かる。「田舎」は、都会という中心から離れた土地を指す語である。したがって、それ自体、中心を離れた末端であるという意味を有している。「片」は、その「田舎」に対して、中心から遠く離れているという意味をさらに強調しているものと考えられる。片桐洋一［二〇一三］は、「片田舎」を「田舎の中でも特に辺鄙な所」と説いていて、分かりやすい。

森本茂［一九八二］は、「片田舎」と表現された意味について、次のように記している。

都から程遠い田舎。こんな田舎だから、都に宮仕えに出た男は容易に帰宅できなかったのである。

このように考えれば、この物語の語り手が単に「田舎」と言わずに、「片田舎」と表現した理由が納得できる。

三 「今宵《こよひ》」という語

最初に女が詠んだ歌は、次のようなものである。

①あらたまの　年の三年を　待ちわびて　ただ今宵《こよひ》こそ　新枕すれ

右の歌では、「ただ今宵《こよひ》こそ　新枕すれ」の部分が問題となる。

この「新枕すれ」は、〈今まさに新枕している〉の意ではあるまい。〈今夜、新枕することになっている〉の意と思われる。諸注の訳を見ると、次のように、進行中の動作としてでなく、行動の予定として訳している。

ちょうど今夜という今夜、はじめてほかの人と枕をかわすことになりました。（森野宗明［一九七二］）

私はちょうど今夜、新枕《にいまくら》を交すのです。（福井貞助［一九九四］）

私はちょうど今夜、他の人と新枕《にいまくら》を交わすことになっている。（鈴木日出男［二〇一三］）

これは当然のことであろう。

第三章のところで、少し詳しく説明したように、動詞には〈将然相〉を表す用法があり、その場合〈～しようとする〉の意になる。

・「**思ひやれば、限りなく、遠くも来にけるかな**」と、**わび合へるに、渡守**《わたしもり》、「**はや舟に乗れ。日も暮れぬ**」と**言ふに、**

［「京に思いを馳《は》せると、この上もなく遠くに来てしまったものだなあ」と、嘆き合っていると、角田河《すみだがわ》の渡し場の船頭が、「早く舟に乗りなさい。日も暮れてしまいそうだ」と言ったので、］（伊勢物語・九段）

・**男はこの女をこそ得めと思ふ、女はこの男をと思ひつつ、親のあはすれども、聞かでなむありける。**

［男はこの女を妻にしようと思ったし、女はこの男を夫にしようと思っていて、両方の親がそれぞれ別の人と結婚させようとしたけれども、両人は聞き入れずにいたのであった。］（伊勢物語・二三段）

・**衣櫃二荷**《きぬびつふたかけ》**にてあるを、御使**《つかひ》**の弁は、とく帰り参れば、女の装束かづけ給ふ。**

［（帝のお使者への引き出物が）衣装箱二荷《ふたかけ》に入っていたのだが、帝のお使者である蔵人の弁は、早々に宮中に帰参しようとするので、源氏は女の装束をお被《かず》けになる。］（源氏物語・松風・新編全集②四二〇ページ）

・**暗うなれば、端近うて（碁を）打ち果て給ふ。御簾**《みす》**巻き上げて、人々皆挑み念じ聞こゆ。**

［暗くなったので、（姉妹の姫君は）端近くに出て、碁を打ち終えようとなさる。御簾《みす》を巻き上げて、女房たちは皆張り合って勝利をお祈り申し上げる。］（源氏物語・竹河・新編全集⑤七九ページ）

したがって、①の歌は次のような意味になる。

（あらたまの）三年もの年を待ちあぐんで、私はまさに今夜他の人と新枕を交わすことになっています。

ところで、元の夫の訪ねて来た時間は昼なのか、それとも夜なのか。諸注では、その点をはっきり述べないものも多いが、夜と理解するのが大勢のようである。たとえば、このあたりを、次のように訳したり解説したりしている（傍線は筆者）。

「新枕」をしようと契った夜、突如夫が帰って来たというのは、物語作者の想像である。（窪田空穂［一九五五］）

「今晩一緒になりましょう」と約束したその晩、もとの男が帰って来たのだった。（狩野尾義衛・中田武司［一九七一］）

今夜結婚しようと約束しておいたその夜に、この男が帰ってきた。（森本茂［一九八一］）

「今夜お逢いしましょう」と約束しておきました、その夜に、この男がやって来ました。（竹岡正夫［一九八七］）

その二人が結ばれる夜、もとの夫が帰ってきた。（鈴木日出男［二〇一三］）

これは、男が女を訪ねる時間は普通、夜であるという常識があるからであろう。しかし、この後、女が男を追って行き、清水のある所で力尽きて、そこにあった岩に指の血で歌を書いて死ぬ、という筋の展開からしても、現在は昼間であろう。そうでないと、女の行為はすべて闇の中で行われたことになる。この男女の場合、結婚していたわけであるから、元の夫が帰郷して家に戻るのに、夜まで待つ必要はなかったものと考えられる。

なお、古代語における「こよひ（今宵）」の使い方には、次に挙げるように、三つの使い方があった。

（一）夜に入ってから、その夜を指す用法。

・**我が背子が　来べき宵なり　ささがねの　蜘蛛の行ひ　こよひ〈虚予比〉著《しる》しも**（日本書紀・歌謡六五）

［今宵は私の夫が来るに違いない。（ささがねの）蜘蛛が巣を張る行動が今宵ははっきり目立っているから。］

《「こよひ著《しる》しも」とあるから、夜の時間帯に入ってから「蜘蛛の行ひ」を見ているのであり、この「こよひ」は夜に入ってから、その夜を指していることが明らかである。》

・**さ筵《むしろ》に　衣片敷き　こよひもや　我を待つらむ　宇治の橋姫**

（古今集・恋四・六八九）

［筵《むしろ》に自分の衣だけを敷いて独り寝をして、今宵も私のことを待っていてくれるのでしょうか、宇治の橋姫は。］

《「らむ」は現在推量であるから、「こよひ」は夜に入ってから、その夜を指しているものである。》

（二）夜が過ぎてから、その夜を指す用法。

・**是《ここ》に、火袁理命《ほをりのみこと》、其の初めの事を思ひて、大きに一たび歎《なげ》きき。故《かれ》、豊玉毘売命《とよたまびめのみこと》、その歎きを聞きて、其の父に白《まを》して言ひしく、「三年《みとせ》住めども、恒《つね》は歎くこと無きに、こよひ〈今夜〉大き一つの歎きを為《し》つ。若《も》し何の由《ゆゑ》か有る」といひき。故《かれ》、其の父の大神、其の聟夫《むこ》を問ひて曰ひしく、「今旦《けさ》、我が女《むすめ》が語るを聞くに、云ひしく、『三年坐《いま》せども、恒は歎くこと無きに、こよひ〈今夜〉大き歎きを為つ』といひき。若し由有りや。亦《また》、此間《ここ》に到れる由は、奈何《いか》に」といひき。**

［さて、火袁理命は、そもそもその国にやって来た時の目的を思い出して、大きなため息を一度ついた。すると、豊玉毘売命がそのため息を聞いて、父に申して言うことには、「夫は三年この国にいましたが、いつもはため息をつくことなどなかったのに、昨日の晩は大きなため息を一度つきました。ひょっとして何か理由があるのでしょうか」と言った。そこで、その父である大神が、聟に尋ねて言うことには、「今朝、私の娘が話すのを聞いたところ、娘が言うには、『夫は三年この国にいらっしゃいましたが、いつもはた

め息をつくことなどなかったのに、昨日の晩は大きなため息をつきました』と言いました。ひょっとして何か理由がありますか。また、この国に来た理由は何ですか」と言った。」（古事記・上・海神の国訪問）

《朝になってから、過ぎた夜を「こよひ」と表現している例である。》

・**いたう降り明かしたるつとめて、（宮が）「こよひの雨の音は、おどろおどろしかりつるを」などのたまはせたれば、**

［雨が夜明けまで激しく降ったその翌朝、宮が「昨日の晩の雨の音はものすごかったですね」などと手紙でおっしゃったので、］（和泉式部日記・新編全集二九ページ）

《これも、夜が明けて朝になってから、過ぎた夜を「こよひ」と言っている。》

（三）夜に入る前に、これから来るはずの夜を指す用法。

・**明け離れてしばしあるに、女のもとより、ことばはなくて、**

君や来し　我や行きけむ　思ほえず　夢かうつつか　寝てかさめてか

男、いといたう泣きてよめる。

かきくらす　心の闇に　まどひにき　夢うつつとは　こよひ定めよ

［夜がすっかり明けてしばらくして、女のもとから、手紙が届いたが、言葉はなくて、歌だけ次のようにあった。「あなたがおいでになったのか、それとも私が行ったのか、はっきりしません。あれは夢だったのでしょうか、現実だったのでしょうか、眠ってのことでしょうか、目覚めてのことでしょうか」。男はそれを読んで、ひどく泣いて詠んだ歌は次のようであった。「悲しみによって真っ暗になった私の心は、乱れて分

別がつきません。夢か現実かは、今晩おいでになってはっきりさせて下さい」。〕　（伊勢物語・六九段）

《朝方になって、これから来るはずの夜を「こよひ」と表現している例である。》

・夜ごとに、「来む」といひて夜離《よが》れし侍りける男のもとにつかはしける

和泉式部

こよひさへ　あらばかくこそ　思ほえめ　今日暮れぬ間の　命ともがな

〔毎晩、「今夜行きます」と言っておいてずっと来なかった男のもとに贈った歌。和泉式部。「今夜まで生きていたら、こんなふうにつらい思いをするのだろう。いっそのこと今日の日が暮れないうちに死んでしまいたいものです」。〕　（後拾遺集・恋二・七一二）

《「今日暮れぬ間」と言っているから、昼の時間帯にあって、やがて来るはずの夜を「こよひ」と呼んでいることになる。》

右のうち、㈢の用法は奈良時代の文献には見当たらず、平安時代になって現れた用法と考えられる。『伊勢物語』における問題の「こよひ（今夜）」は、昼の時間帯にあって、これから来るはずの夜を指して「こよひ（今夜）」と表現したものと見るべきである。すなわち、㈢の用法と考えられるのである。

四　第二の歌の意味

第二の歌は、男が女に向かって詠じた歌で、次のようなものである。

② 梓弓《あづさゆみ》　真弓槻弓《つきゆみ》　年を経て　我がせしが如《ごと》　うるはしみせよ

第三句以下は、〈長年にわたって私があなたにしたように、これからは新しい夫を大切にしなさい〉のような意味であると思われ、特に問題はない。

問題は、第一句・第二句の「梓弓　真弓槻弓」と第三句以下との関係である。

現在において有力な説は、「槻弓《つきゆみ》」の「槻《つき》」に「月《つき》」を掛け、「年」に続けたと見る説である。たとえば、次のように説明するものである。

これは神楽歌に、「弓といへば品なきものを梓弓真弓槻弓品こそあるらし」とあり、当時の弓の種類を尽くして言った語で、成句である。この二句の下への続きは序詞と見る外ないところから、「槻弓」の「槻」に「月」を懸け、その意味で「年」へ続けたのではないかという解がある。従うべきである。（窪田空穂［一九五三］）

初・二句は「つき（槻）弓」を「月」に通わせ、「年」を出す序詞と見る説に従うべきか。（秋山虔［一九九七］）

ここは神楽歌の「弓といへば品なきものを梓弓ま弓槻弓品も求めず」のことばを借りて「弓」を並べ、「槻弓」の「槻」に「月」を掛け、「年」に続けた序詞にする点に眼目がある。（片桐洋一［二〇一三］）

なお、右の説の登場は、竹岡正夫［一九六七］によれば、岸田武夫［一九五〇］に佐伯梅友説として紹介されたのが最初らしいが、佐伯自身の詳しい論考を見ることが出来ないのは、残念である。

ただし、この説に従った場合、単に「年」の語を引き出すのに、弓の名をわざわざ三種も並べたことになり、その必然性が分かりにくい。石田穣二［二〇〇四］は、次のように述べている。

おそらく「つき弓」の「つき」（月）が次の「年を経て」の「年」を導くのであろうと思われるが、それにしてもなぜ弓を三つ並べたのかは、解けないようである。

確かに、この考え方では、弓の種類を三つも並列することの意味は理解できない。「槻弓《つきゆみ》」の「槻《つき》」が「月《つき》」と同音であるというのは、この場合、むしろ偶然的なことではあるまいか。

近時、月岡道晴［二〇一六］は、万葉歌における「梓弓」と「真弓」との表現性の違いを論じているが、その論では、②の歌について、次のように説明している。

「梓弓」「真弓」「槻弓」が物尽くしの形式で列挙され、それらが長い年月を経て弓の適材となる性質を「年をへてわがせし」ことの比喩に利用しながら、そうしてふたり培ってきたのと同じ程の愛情を新しい相手にも注いでやれよと詠まれる。

これは従来説とは違った観点からの説明である。しかし、「梓弓」「真弓」「槻弓」はすでに弓という製品になったものの名称である。一方、長い年月を経て弓の適材になるというのは、樹木である「梓《あづさ》」「檀《まゆみ》」「槻《つき》」について言われるべきものである。したがって、そこには見過ごしがたいずれがあると思われる。また、なぜここに「物尽くし」が必要なのか、その点もよく分からない。

三つ並べることの意味ということから言えば、やはり神楽歌が参照されるべきであろう。上記の諸注にもすでに触れられているが、次のような歌である。

・弓

本

弓といへば　品なきものを　梓弓《あづさゆみ》　真弓槻弓《つきゆみ》　品も求めず　品も求めず

［弓であれば、どれも上下の区別はなく、すべて尊いものだ。梓弓《あずさゆみ》だの、真弓だの、槻弓《つきゆみ》だの、いろいろな弓があるが、どれも同じ弓だから、上下の差別を認めないのだ。］

末

陸奥《みちのく》の　梓の真弓　我が引かば　やうやう寄り来《こ》　忍び忍びに　忍び忍びに

［陸奥の梓の弓を引くように、私があなたを引いて誘ったら、少しずつ私に寄って来てくれ、こっそりと、こっそりとね。］

（神楽歌・一六／一七）

確かに、神楽歌でも三種の弓名が並べられており、名称の順序も同じであるから、問題の歌の「梓弓《あづさゆみ》　真弓槻《つき》弓」という言い回しは、神楽歌と無関係とは言いがたい。また、②の歌では三種の弓名が並べられ、③の歌では「梓弓」のみに絞られているが、神楽歌でも「本」歌では三種の弓名が挙げられ、「末」歌では「梓の真弓」のみが選ばれている。これも、『伊勢物語』と神楽歌とに共通する点である。

神楽歌の「本」歌について、臼田甚五郎［二〇〇〇］は、次のように記している。

採物《とりもの》の歌としては弓の尊貴性をたたえるものと解されるが、一方では隠喩を蔵するらしい。「恋に上下の差別なし」というところか。

「採物《とりもの》」とは、神楽の時、舞人の長である「人長《にんぢやう》」が手に持つ物を指す語で、「採物の歌」とはそれに因む歌のことであるが、その面から言うと、「弓の尊貴性をたたえる」歌詞であることは、間違いあるまい。しかし、それだけの意味であるとすると、「末」歌の内容と対応しない。やはり、比喩的に男女間の関係を表現したものと読み取るのが妥当である。

「しな（品）」という語の原義は、おそらく〈階段〉の意であって、それが〈同類を上下によって区別した段階〉の意となり、そこから〈身分・家柄・階級〉のような意味が出て来たものと考えられる。それ故、「品も求めず」が男女関係に適用された場合、〈相手は誰でも良い〉の意ではなくて、〈相手のことが好きならば、身分の高さは求めない〉の意になるはずである。したがって、臼田が、隠喩として「恋に上下の差別なし」の意を読み取ったのは、適切である。

なお、結句が「品も求めず　品も求めず」とあるのは、鍋島家本である。それが、重種《しげたね》本では、「品こさるらし　品こさるらし」とあり、一条兼良『梁塵愚案抄』（一四五五年以前成立）では、「品こそあるらし　品こそあるらし」となっている。それだと意味が変わってくるようだが、この場合、〈一般には上下の区別があるらしいが、男女関係では身分の上下は問題ではない〉の意と考えられるから、結局同じことを言っていることになる。

ところで、藤井高尚『伊勢物語新釈』（一八一三年）は、この神楽歌を当該歌の本歌であると認め、次のように述べている。

上ノ句は、しなじなのうき事ありつる年を経てといふ意を、本哥の詞によりて、弓のしなじなをとり出て、あづさ弓・まゆみ・つき弓としをへてとはいへる也。（文政元年刊本による）

しかし、神楽歌で言う「品」は〈上下の区別〉の意であるのに、「品々の憂き事」では「品々」が〈くさぐさ・種々〉の意に理解されており、意味がずれている。この説明はこじつけの感を免れない。

同じく、神楽歌を踏まえた歌と見るのが、渡辺実［一九七六］である。渡辺は、次のように口語訳している。

夫は必ずどの男と決めなければならぬものではないかも知れず、あなたは別の男とでも夫婦として幸福にやっていけるかも知れない。私が長年あなたにしたように、これからは新しい夫を大切にしていきなさい。しかし、神楽歌の「本」歌が意味しているのは、すでに述べたように、〈相手は誰であっても良い〉の意ではなくて、〈好きな相手なら、身分の高さは求めない〉の意である。

以上の考察によって、『伊勢物語』の②の歌は、次のように解するのが妥当である。

弓には、梓弓《あずさゆみ》だの、真弓だの、槻弓《つきゆみ》だの、いろいろな弓があるように、男にもいろいろな男がいるが、あなたが好きな相手であれば、それでよい。長年にわたって私があなたにしたように、これからは新しい夫を大切にしなさい。

この解釈では、第一・二句の「梓弓　真弓槻弓」から、直接には表現されていない意味を読み取ることになる。もともと、第一・二句と第三句との間には意味的な飛躍があって、その間の空隙を埋めるためには、そうした補充が必要なのである。ただし、そのような補充が可能であるのは、神楽歌の表現が先行して存在し、記憶されていたからであると考えられる。

五　第三の歌における「梓弓」

第三の歌は、男の歌②に対して女が返した歌で、次のようなものである。

③梓弓《あづさゆみ》　引けど引かねど　昔より　心は君に　よりにしものを

この歌の意味は、以下のように解される。

あなたが私を誘うこともあったし、誘わないこともあったけれど、昔から私の心はあなたに寄り着いておりましたのに。

ところで、②の歌で「梓弓」「真弓」「槻弓」と三つ並べられた弓の中から、③の歌では「梓弓」が特に選ばれているが、これはなぜか。すでに述べたように、神楽歌の「本」歌と「末」歌との間にも、同じ関係が見られる。その問題については、上記に触れるところのあった月岡道晴［二〇一六］の論に耳を傾ける必要がある。月岡によれば、万葉歌においては、「真弓」と「梓弓」とは表現性が異なるという。

真弓（檀弓）は奥地に産する強弓である反面、扱いが難しい伝統的な弓材として表現される一方で、梓弓は弦をかけるにも引いたり緩めたりして調整がしやすく思い通りになる弓材として、表現上区別されていると見ることができよう。

月岡によれば、両者の差異が際立っているのは、恋の歌において比喩に用いられている場合で、「梓弓」の場合は、たとえば、次のように「思い通りに寄ることを詠む型」として現れる。

・梓弓〈梓弓〉引かばまにまに　寄らめども　後《のち》の心を　知りかてぬかも
（万葉二・九八）

［（梓弓）あなたが誘ったらその通りに従いましょうが、あなたのお気持が将来どうなるか分かりません。］

・梓弓〈梓弓〉弓束《ゆづか》巻き替へ　中見止《なかみさ》し　更に引くとも　君がまにまに

［梓弓の弓束を新たに巻き替えるように、中途で私と逢うことはやめて、その後、改めて私を誘ったとして

も、それでもあなたの心のままに従います。」（万葉一一・二八三〇）

・今更に　何をか思はむ　梓弓《あづさゆみ》〈梓弓〉　引きみ緩へみ　寄りにしものを

［今更に何を思い悩みましょうか。梓弓《あずさゆみ》を引いたり緩めたりするように思い迷った末に、心はあなたにすっかり寄ってしまいましたものを。］（万葉一二・二九八九）

一方、「真弓」の場合は、次のように人目に付かない奥地に産出することが強調され、扱いが難しく、恋が思い通りにならないことを導く比喩として機能しているという。

・み薦《こも》刈る　信濃の真弓〈真弓〉　我が引かば　うま人さびて　否《いな》と言はむかも

［（み薦刈る）信濃の真弓を引くように、私があなたの気を引いたら、あなたは貴人ぶっていやと言うでしょうか。］（万葉二・九六）

・陸奥《みちのく》の　安達太良《あだたら》真弓〈吾田多良真弓〉　弦著《つらは》けて　引かばか人の　我《わ》を言《こと》なさむ

［陸奥《みちのく》の安達太良《あだたら》産の真弓に弦を張って引くように、あなたを誘ってみたら、人が私たち二人のことを噂するでしょうか。］（万葉七・一三二九）

・南淵《みなぶち》の　細川山に　立つ檀《まゆみ》〈檀〉　弓束《ゆづか》巻くまで　人に知らえじ

［南淵《みなぶち》の細川山に立っている檀の木よ、弓束を巻いて弓が出来上がるまで、人に知られないようにしようね。］（万葉七・一三三〇）

まことに鮮やかな指摘である。このような表現性の異なりが平安時代になっても残っていたと考えれば、③の歌に「梓弓」だけが選ばれている理由が説明できそうである。

確かに、「梓弓」という語は、『万葉集』で見る限り、「寄る」という語と強く結びつけられていた。「梓弓」が枕詞として用いられる場合、「音」「末」「引く」「張る（春）」のような、いろいろな語に係るが、その他に、「寄る」に係ることがあった。

・**梓弓《あづさゆみ》　欲良《よら》の山辺《やまへ》の　繁《しげ》かくに　妹《いも》ろを立てて　さ寝処《ねど》払ふも**

［（梓弓）欲良《よら》の山辺の繁みにあの娘《こ》を待たせておいて、寝床を準備することよ。］（万葉一四・三四八九・東歌）

「梓弓」は「寄《よ》ら」に係り、地名「欲良《よら》」を引き出した例である。上代特殊仮名遣いで言えば、動詞「寄《よ》る」のヨはヨ乙類、地名「欲良《よら》」の「欲」はヨ甲類を表す文字で、そこに食い違いが見られる。しかし、東歌には、次のように、他にもコ乙類であるべき箇所にコ甲類の文字を当てた例がある。

・**さ衣《ごろも》の　小筑波嶺《をづくはね》ろの　山の岬《さき》　忘ら来《こ》ばこそ〈古曽〉　汝《な》を掛けなはめ**

［（さ衣の）筑波の峰の山端《やまはな》は忘れられないが、万一それを忘れるように、お前のことを次第に忘れるなどということがあったならば、お前の名を口に出すこともなかろう。しかし、実際は忘れることがないので、うっかりお前の名を口に出してしまいそうだ。］

（万葉一四・三三九四・東歌）

他方、オ列甲類であるべき箇所にオ列乙類の文字を当てた例もある。

・足柄《あしがら》の　彼面此面《をてもこのも》に　さす罠の　かなるましづみ　児《こ》ろ〈許呂〉我紐《あれひも》解く

［足柄山のあちらこちらに仕掛けた罠が、獣がかかった時うるさく鳴るような騒々しい時間が静まってから、あの娘《こ》と私は下紐を解くことだ。］

（万葉一四・三三六一・東歌）

・足柄《あしがり》の　崖《まま》の小菅の　菅枕《すがまくら》　何故《あぜ》か枕《ま》かさむ　児《こ》ろ〈許呂〉為手枕《せたまくら》

［足柄の崖の小菅で作った菅枕をどうして枕になさるのか。愛しい乙女よ、私の手を枕にしなさい。］

（万葉一四・三三六九・東歌）

・上野《かみつけの》〈可美都気乃〉　小野の多杼里《たどり》が　安波治《あはぢ》にも　背なは逢はなも　見る人なしに

［上野《かみつけの》の国の小野の多杼里《たどり》の安波治《あはぢ》でも、あなたが偶然私の前に現れてくれるといいのになあ、見る人もなくて。］

（万葉一四・三四〇五・或本歌・東歌）

・武蔵野《むざしの》の　小洞《をぐき》が雉《きぎし》　立ち別れ　去《い》にし宵《よひ》〈与比〉より　背ろに逢はなふよ

［武蔵野の窪地に住む雉のように、立ち別れて去って行ったあの晩から、私はあなたに逢っていないよ。］

（万葉一四・三三七五・東歌）

したがって、東歌においては、オ列甲乙の区別が厳密でなかったと考えてよい。

また、次の歌の場合は、「梓弓」の縁語として「寄る」が用いられている。

㋐**梓弓**《あづさゆみ》　**引かばまにまに　寄らめども〈依目友〉　後**《のち》**の心を　知りかてぬかも**
［（梓弓）あなたが誘ったらその通りに従いましょうが、あなたのお気持が将来どうなるか分かりません。］
（万葉一二・九八）［既出］

㋑**梓弓　末はし知らず　しかれども　まさかは君に　寄りにしものを〈縁西物乎〉**
［（梓弓）将来のことは分かりません。けれども、今はあなたに靡《なび》き寄ってしまいましたのに。］
（万葉一二・二九八五）

㋒**梓弓　末は寄り寝む〈余里祢牟〉　まさかこそ　人目を多み　汝**《な》**を間**《はし》**に置けれ**
［（梓弓）将来は寄り添って寝よう。今だけは人目が多いので、お前を中途半端な状態に置いているが。］
（万葉一四・三四九〇・東歌）

㋐の「寄る」は、女性である作者の心が相手に靡き寄るの意で使われている。

㋑の作者は未詳であるが、相手を「君」と呼んでいるところから見て、女性である。この「寄る」は、㋐と同じく、女性である作者の心が相手に引き寄せられているの意を表す。

㋒の作者は、明記されていないが、男性であろう。「寄る」は、男性である作者が相手の女性に寄り添うの意に用いられている。

すなわち、右の「寄る」は、作者が女であれ男であれ、その作者が相手に惹《ひ》かれて近づく、あるいは寄り添うの意に用いられているのである。

このように、「梓弓」が「寄る」と強く結びつけられた理由として、弓の弦を引き鳴らすことによって霊魂が寄り憑《つ》くからと考える説（土井清民［一九八二］）がある。しかし、「鳴弦」あるいは「弦打ち」は、悪霊や妖気を退散させるための行為であると一般に考えられており、霊魂が寄り憑く行為とはされていない。したがって、右の説の根拠は明らかでない。

それとは別に、弓の弦を引くと弓の本と末が寄るからと考える説（『日本国語大辞典・第二版』）がある。これには、次のような例が参考になる。

・**梓弓《あづさゆみ》　引けば本末　我が方に　よるこそ勝れ　恋の心は**

［梓弓を引くと、弓の両端が自分の方に寄る、その「よる」ではないが、夜になると、私の恋心は一層つのるのだ。］

（古今集・恋二・六一〇）

ただし、この歌で見ると、弓を引いた時に、弓の本と末とが寄るのではなくて、本と末が自分の方に寄ってくるということになる。

それにしても、右に挙げた、「梓弓」と「寄る」との強い結びつきに対する従来の起源的説明には、なぜ弓一般でなく、「梓弓」なのかという観点が欠けている。そのような観点から見れば、弓の中でも、特に「梓弓」は、「引かば寄らむもの」、あるいは「引けば寄るもの」として捉えられていたからだと考えるべきである。

もっとも、平安時代になると、「梓弓」と「寄る」との結びつきは、『万葉集』ほどではなくなる。たとえば、三代集で見ると、「梓弓」の語を含む歌は一三首あるが、枕詞の「梓弓」を承ける場合や、「梓弓」の縁語として「寄る」が出て来るのは、上記の『古今集』六一〇番歌の一例のみである。その他の例では、次のようになる。

「引く」六例／「射る」六例／「張る」五例／「押して張る」一例／「臥す」一例

一方、「真弓」であるが、『万葉集』で「真弓」が「寄る」に結びついた例は見当たらない。

また、平安時代の歌でも、「真弓」が「寄る」に結びついた例は、ほとんどない。次の例は珍しいものである。

・陸奥《みちのく》の　安達《あだち》の真弓　我が引かば　末さへ寄り来《こ》　しのびしのびに

（古今集・神遊び・一〇七八）

［陸奥の安達の真弓を引いたら本だけでなく末まで寄ってくるように、私があなたを誘ったら、今だけでなく将来も寄っておいで、こっそりこっそりとね。］

この歌は、上記にも引いた次の神楽歌とよく似ているから、当然、関係があるものと考えてよい。

・陸奥《みちのく》の　梓《あづさ》の真弓　我が引かば　やうやう寄り来《こ》　忍び忍びに　忍び忍びに

（神楽歌・一七）［既出］

問題は、その前後関係であるが、第二句に注目すると、神楽歌の方が古い形で、『古今集』所引歌は、その神楽歌に、下記の万葉歌に見られるような表現が、混入しているように見える。

・陸奥《みちのく》の　安達太良《あだたら》真弓〈吾田多良真弓〉　弦著《つらは》けて　引かばか人の　我《わ》を言《こと》なさむ（万葉七・一三二九）［既出］

・陸奥《みちのく》の　安達太良《あだたら》真弓〈吾田多良真弓〉　弾《はじ》き置きて　反《せ》らしめ来《き》なば　弦著《つらは》かめかも

［陸奥《みちのく》の安達太良《あだたら》産の真弓を射放っておいて、反らせたままにしておいたら、弦が掛かるものですか。］

（万葉一四・三四三七）

「安達《あだち》」と「安達太良《あだたら》」との関係であるが、要するに同じ地名らしく、『日本紀略』（寛平九年〈八九七〉九月七日）に登場する「安達嶺」は、「安達太良の嶺《あだたらね》〈安太多良乃祢〉」（万葉一四・三四二八）と同じ山を指すものと思われる。古く扱いづらいものとされていた「真弓」が、『古今集』所引歌では、引けば寄るものとして捉えられているのである。

しかし、同じく『古今集』には、次のような歌もある。

・**手も触れで　月日経にける　白真弓《しらまゆみ》　起き伏し夜は　いこそ寝られね**

［あの人は、手も触れることが出来ないままに、長い年月を過ごしてしまった白い真弓のようなお方だが、その白真弓が立てられたり横に寝かされたりするように、私は寝ても起きても、あの人のことを思って、夜は眠ることも出来ない。］

（古今集・恋二・六〇五）

この歌では、「真弓」が思い通りにならぬものとして表現されており、『万葉集』の用法に通ずる使い方がなされている。

さらに、「槻弓」の場合を見てみよう。この語は『万葉集』には登場しないが、上代では次のような例がある。なお、上代ではツクユミ、平安時代以降ではツキユミと読む。

・……仲定める　思ひ妻あはれ　槻弓《つくゆみ》〈都久由美〉の　臥《こや》る臥《こや》りも　梓弓　立てり立てりも　後《のち》も取り見る
思ひ妻あはれ
［……私との仲がしっかりと定まっている愛《いと》しい妻よ、ああ。槻弓のように横になっている時も、梓弓のように立っている時も、後々も大切に世話をしたいと思う愛《いと》しい妻よ、ああ。］　（古事記・歌謡八八）

・彼方《をちかた》の　あらら松原　松原に　渡り行きて　槻弓《つくゆみ》〈菟区喩弥〉に　丸矢《まりや》を副《たぐ》へ……
［遠方のまばらな松原。その松原に進んで行って、槻弓に鏑矢《かぶらや》をつがえ、……］　（日本書紀・歌謡二八）

・欟折山《つきおれやま》。品太《ほむだ》天皇、狩㆓於此山㆒、以㆓欟弓《つくゆみ》㆒射㆓走猪㆒、即折㆓其弓㆒。故、曰㆓欟折山㆒。
［欟折山《つきおれやま》。応神天皇は、この山で狩りをして、欟弓《つきゆみ》で走る猪を射たところ、すぐにその弓が折れてしまった。だから、欟折山と言うのだ。］　（播磨国風土記・揖保郡）

また、「槻弓」の語は、平安時代の歌にもほとんど登場しない。むしろ鎌倉時代に幾らか用例が見られる。たとえば、次の例がそれである。

・嘉元元年、伏見院に卅首歌奉る時、夜神楽　前大納言為世《ためよ》
更けぬるか　真弓槻弓《つきゆみ》　押し返し　歌ふ神楽の　本末の声
［嘉元元年に、伏見院に三十首の歌を奉った時、夜の神楽を詠んだ歌。前大納言為世。「夜が更けてしまったなあ。真弓槻弓を押し返すように、繰り返し歌う神楽の本末の声が聞こえることよ。」］
（続千載集・神祇・九二〇）

しかし、この歌の場合、先掲の神楽歌の影響下にあることは明らかである。

平安時代に実体として「槻弓《つきゆみ》」がなかったわけではないことは、次のような例から分かる。

・**凡甲斐・信濃両国所レ進祈年祭料、雑弓百八十張**甲斐国槻弓八十張、信濃国梓弓百張、**並十二月以前、差レ使進上。**

「すべて甲斐・信濃の両国が奉る祈年祭のための物品として、いろいろな弓百八十張は、甲斐国は槻弓八十張、信濃国は梓弓百張、ともに十二月以前に、使者を指名して献上させよ。」

（延喜式・三・神祇・臨時祭・新訂増補国史大系前篇七〇ページ）

ただし、「槻弓」の場合、「寄る」との間に特別な結びつきは見られないと言ってよい。

以上のように、「梓弓」「真弓」「槻弓」の中で、「寄る」と強く結びついていたのは、「梓弓」である。それは、「梓弓」が「引かば寄らむもの」、あるいは「引けば寄るもの」として捉えられていたからである。②の歌で並列された「梓弓」「真弓」「槻弓」の中で、問題の③の歌において「梓弓」が特に選ばれた理由は、そこにあると見られる。

なお、その「梓弓」も、平安時代にはその傾向が弱くなるから、『伊勢物語』の③の歌で「梓弓」と「寄る」とが結びついているのは、上代からの表現の伝統を引く神楽歌の影響を受けたものと考えられる。

六　第四の歌の意味

第四の歌は次のようなものである。

④あひ思はで　離《か》れぬる人を　とどめかね　我が身は今ぞ　消えはてぬめる

「あひ思はで」は、言うまでもないが、〈お互いに相手を愛していないで〉の意ではない。〈こちらは愛しているのに相手は愛してくれないで〉の意である。したがって、歌意は次のようになる。

私がこんなに愛しているのに愛してくれないで、離れて行ってしまうあなたを引き止めることが出来ないで、私の身は今まさに消え果てようとしていると思われます。

比較的、理解しやすい歌と言えよう。

初めに述べたように、この段は、物語の大筋をつかむのは難しくないが、所々分かりにくい箇所があって、全体の理解を妨げている。そういう問題の箇所を一つ一つ解決しようとしたのが、本章である。

〔引用文献〕

秋山　虔［一九九七］『〈新日本古典文学大系〉伊勢物語』（岩波書店）
石田穣二［二〇〇四］『伊勢物語注釈稿』（竹林舎）
臼田甚五郎［二〇〇〇］『〈新編日本古典文学全集〉神楽歌』（小学館）

片桐洋一〔二〇一三〕『伊勢物語全読解』（和泉書院）
狩野尾義衛・中田武司〔一九七二〕『伊勢物語新解』（白帝社）
岸田武夫〔一九五〇〕『伊勢物語評解』（白楊社）
窪田空穂〔一九五五〕『伊勢物語評釈』（東京堂出版）
鈴木日出男〔二〇一三〕『伊勢物語評解』（筑摩書房）
竹岡正夫〔一九八七〕『伊勢物語全評釈』（右文書院）
月岡道晴〔二〇一六〕「梓弓と真弓―久米禅師と石川郎女との問答歌―」（国語と国文学九三巻一一号）
土井清民〔一九八三〕「あづさ（梓）」（稲岡耕二・橋本達雄編『万葉の歌ことば辞典』有斐閣）
福井貞助〔一九九四〕『〈新編日本古典文学全集〉伊勢物語』（小学館）
森野宗明〔一九七二〕『〈講談社文庫〉伊勢物語』（講談社）
森本　茂〔一九八一〕『伊勢物語全釈』（大学堂書店）

第七章　第二六段（もろこし船）

一　問題の所在

次に取り上げたいのは、第二六段である。

◎昔、男、五条わたりなりける女を、え得ずなりにけることとわびたりける、人の返りことに、
思ほえず　袖に湊の　騒ぐかな　もろこし船の　寄りしばかりに
（伊勢物語・二六段）

この段は、誰がどうしたのか、どのような意味の歌が詠まれたのか、全体として極めて分かりにくい段である。すでにいろいろに論じられているが、改めて考えてみたい。

二　前文の意味

まず、歌の直前に記された短文の意味が分かりにくく、誰がどうしたのかという点で、解釈がさまざまに分か

れている。これについては、上坂信男［一九六八］が、「返りこと」が誰から誰への「返りこと」であるのかという観点から、諸説を要領よく整理しているので、それを紹介することにする。

（A）「わびたりける」の連体形を、「男」にかかるものとし、「わびたりける」男が、人から貰った手紙に対する返事

（B）男が「わびたりける」手紙をやった人からの返事

（C）男が五条わたりの女を得られなかったことに同情してくれた（わびたりける）人に対する男からの返事

（D）五条の女に失恋して悲しみの手紙を寄越した人に、男が書いた返事

これらについて、順に論評を加えることにする。

まず、（A）であるが、「わびたりける」の連体形について、「『男』にかかるもの」という説明は分かりにくい。その説明では、後続の連体形が先行の名詞を修飾しているように聞こえる。しかし、連体形にそのような用法があるとは思えない。

連体形には、文中にありながら、連体修飾語とも準体言とも解釈されず、接続句として解釈されるものがある。小田勝［二〇〇六］は、これを「連体形接続法」という語で呼んでいるが、その場合は、連体形に何らかの接続助詞を補うことによって、その下文の意味が理解しやすくなる。たとえば、『伊勢物語』における下記のような例では、接続助詞ニを補うと文意が取りやすい。なお、小田が「連体形接続法」の例と認定する仕方は厳密で、他に解釈の可能性がない場合に限っているが、ここではもう少し広く捉えている。

・**昔、男、宮仕へしける女の方に、御達なりける人をあひ知りたりける（に）、程もなく離《か》れにけり。**

［昔、男は、宮中にお仕えしている女性のもとに勤めていた女房と情を交わしていたが、間もなく別れてしまった。］
（伊勢物語・一九段）

・昔、男、津の国、菟原《うばら》の郡に通ひける（に）、女「この度行きては、または来じ」と思へる気色《けしき》なれば、
［昔、男は摂津の国の菟原の郡に住む女に通っていたが、女が「今度帰って行ったら、もう二度とは来るまい」と思っている様子だったので、］
（伊勢物語・二三段）

・国の守《かみ》、斎《いつき》の宮の頭《かみ》かけたる（に）、狩の使ありと聞きて、夜ひと夜、酒飲みしければ、
［伊勢の国の守は、斎宮寮の長官を兼ねていたのだが、狩の使が来ていると聞いて、一晩中、酒宴を催したので、］
（伊勢物語・六九段）

・女方より、その海松《みる》を高坏《たかつき》に盛りて、柏をおほひて出だしたる（に）、柏に書けり。
［女の居所のほうから、その海松を高坏に盛って、柏の葉をかぶせて差し出したが、その柏の葉に次のような歌が書いてあった。］
（伊勢物語・八七段）

・昔、仁和の帝、芹河《せりかは》に行幸し給ひける時、今はさること、似気なく思ひけれど、もと就《つ》きにけることなれば、大鷹の鷹飼にて候はせ給ひける（に）、摺《す》り狩衣《かりぎぬ》の袂に、書きつけける。
［昔、光孝天皇が芹河に行幸なさった時、今は男は年を取ってしまい、そのような役目は似つかわしくないと思ったけれど、以前にその役に就いていたということであったので、大鷹狩の鷹飼として、帝はお供をさせなさったのだったが、その時、男が着ていた摺り狩衣の袂に書きつけたのは、次のような歌であった。］
（伊勢物語・一一四段）

連体形にこうした用法があることを認めるならば、問題の文は次のように考えることが出来よう。

・**昔、男、五条わたりなりける女を、え得ずなりにけることとわびたりける（に）、人の返りごとに、**

文意は、〈昔、男が、五条あたりに住む女を得ることが出来なくなってしまったことよ、と悲しんでいた時に、ある人から手紙を貰ったその返事に〉ということになる。これで一応意味が通るわけであるが、歌の内容とうまく合うかどうかが問題である。

次に、（B）であると、歌の作者は主人公の男以外ということになるが、上坂の言うように、「主人公の詠んだ歌が一段の眼目となるべきこの物語の方法に合わない」から、除外してよいであろう。実は、『伊勢物語』には、男の歌がない章段もないわけではない。七二段・一〇五段・一一五段・一一八段・一一九段がそれである。片桐洋一〔二〇一三〕に従えば、八六段もそこに入る。しかし、上坂信男〔一九六八〕が言うように、そのような章段は、「『伊勢物語』として変則的な段」と考えられる。

（C）の場合、他人の失恋に対して同情することを「わぶ」と言っていることになるが、「わぶ」は、自分が失意・落胆・懊悩・困惑などの感情を抱いて、その感情を態度や言葉に表したり、その感情に浸って時を過ごすことに用いる語である。たとえば、次のごとくである。

・**秋の夜は　露こそことに　寒からし　草むらごとに　虫のわぶれば**

［秋の夜は寒いものだが、露は特に冷たいらしい、露の置いている草むらごとに虫がつらそうに鳴いている

ので。」

（古今集・秋上・一九九）

・わくらばに　問ふ人あらば　須磨の浦に　藻塩垂れつつ　わぶと答へよ

［稀に私の消息を尋ねる人がいたら、藻塩を垂らして塩を採る須磨の浦で、涙を流して泣きながらわびしく暮らしていると答えて下さい。］

（古今集・雑下・九六二）

したがって、この考え方は採用できない。

（D）であると、失恋した人と歌を作った人とは別人ということになる。

後藤康文［二〇〇〇］は、この（D）の考え方を支持する。その理由は、この考え方に有利な構文例が多く存在するからである。すなわち、活用語の連体形の直下に「人の返りこと」とある場合、いずれも、その連体形が「人」の連体修飾表現になっていると言うのである。以下、後藤の挙げた例のうちの数例を示すことにする。

・亡き人を恋ひて歌送れりける人の返りことに、

亡きをこそ　君は恋ふらめ　年経れば　あるも悲しき　ものにぞありける

（内閣文庫本凡河内躬恒集・二七七／玉葉集・雑四・二三六一・躬恒）

［今は亡き人を恋しがって歌を送ってきた人に対する返事として詠んだ歌。「あなたは亡くなった人を恋しがっているのでしょうが、年を経ると、生きていることも悲しいものなのです。」］

・恨みおこせて侍りける人の返りことに

忘れむと　言ひしことにも　あらなくに　今は限りと　思ふものかは

［恨みを言って寄こした人に対する返事として詠んだ歌。「私が忘れようと言ったわけでもないのに、あなたが今はこれまでと思ってよいものでしょうか。」］

（後撰集・恋五・九二四・詠み人知らず）

・久しく音せで、言ひたる人の返りことに

思ひ出でて　おとづれしける　山彦の　答へにこりぬ　心なりけり

［長く便りをくれないで、しばらくぶりに手紙をくれた相手への返事として詠んだ歌。「幾ら呼びかけても返事がなかったのに、今ごろになって思い出して声をかけて来てくれた山彦ならぬあなたのお答えですが、それをうれしいと思って懲りもしない私の心なのだなあ。」］

（西本願寺本藤原朝忠集・三二）

・また、「命を知らぬ」とある人の返りことに

頼めとや　頼まれじとや　定めなき　命にかかる　心と言ふらむ

［また、「いつまで生きている命か分かりません」と書いてきた人に対する返事として詠んだ歌。「頼りにしろというのか、それとも頼りにされたくないというのか、はっきりしません。多分、無常の命次第のお心だと言うのでしょう。」］

（伝西行筆本小大君集・九二）

確かに、右の例では、連体修飾句が「人」に係っていて、「人」は上接の連体修飾句の表す動作・作用の主体に相当する。たとえば、上記第一例で言えば、〈今は亡き人を恋しく思って作者に歌を送ってきた人への返事に〉の意である。そのような例は、上記の諸例以外にも少なくない。

したがって、問題の例も〈五条あたりに住んでいる女を得ることが出来なかったことよ、と悲しんで訴えてきた人への返事に〉の意と見るのが、穏当のように思われる。

ただし、次のように、「人」に対して何らの限定もなく、「人の返りことに」と記す例もある。

・また、人の返りことに

頼むとて　頼みけるこそ　はかなけれ　昼間の夢の　世とは知らずや

（和泉式部集・五〇〇）

［また、ある人の手紙に対する返事として詠んだ歌。「誰かが頼りにさせるような言葉を言ったからといって、それを信じたあなたは随分頼りないことだ。白昼夢のようにはかない世の中だということをあなたは知らないのですか。」］

・山ざとなるころ、人の返りことに

右大将道綱母

身一つの　憂くなる滝を　たづぬれば　さらに帰らぬ　水もすみけり

（万代集・雑三・三二一二）

［山里にいた頃、ある人から手紙を貰ったその返事として詠んだ歌。右大将道綱母。「自分一人がつらくなっていく身の上で、鳴滝を尋ねて見ると、再び元の家には帰るまいとしている私と同様に、二度と戻ることのない川の水が澄み切って流れていました。」］

だとすれば、（A）のように、「わびたりける」を連体形接続法と見て、「わびたりける（に）」と解し、改めて「人の返りことに」と続けたものとする解釈も、完全には否定しきれないのである。

（D）について言えば、構文的には問題がないが、そのように考えた時に、歌の内容と整合するのかどうかが大きな問題である。後に歌の内容を取り上げるが、そこで改めてこの問題を取り上げることにする。

三　「袖に湊の　騒ぐかな」という表現

問題は、その文の直後に書かれている歌の内容である。

・思ほえず　袖に湊の　騒ぐかな　もろこし船の　寄りしばかりに

この歌についての大きな問題は、第四句・第五句「もろこし船の　寄りしばかりに」の意味であるが、第二句・第三句「袖に湊の　騒ぐかな」にも気になる点がある。

この部分は、〈悲しみの涙が袖を濡らし、その涙の多さに袖が海のようになり、涙の海には、心の動揺を表すかのごとく、波が立ち騒いでいる〉というイメージを歌にしたものであろうと思われる。

たとえば、秋山虔［一九九七］では、以下のように現代語訳されている。

あなたの慰めのお言葉をいただいたので、思いがけなくも、袖に涙があふれることです。まるで大きな唐船が湊に立ち寄って、波が騒ぎ立つように。

他の注釈書も似たような現代語訳を付けているものが多い。しかし、ここで気になるの「湊の騒ぐ」という表現である。現代語訳では「波が騒ぎ立つ」と言い換えられているが、原文にはない「波」の語が現れるのは、そのほうが自然に感じられるからであろう。

現在、多くの注釈書の底本になっている学習院大学蔵本『伊勢物語』（三条西家旧蔵・天福本系統・定家自筆本を室町時代に書写）を見ると、次のようになっている。

・おもほえす　袖にみなとの《一本なみた》　さはく哉《らし》　もろこし舟の　よりし許に

右では、「一本なみた」「（一本）らし」とあるが、広本系統に属する大島本には「なみたそさはくらし」とある（池田亀鑑『伊勢物語に就きての研究・校本篇』〈有精堂出版、一九五八年〉による）。また、同じ広本系統に属する阿波国文庫旧蔵本も同様である（片桐洋一編『異本対照伊勢物語』〈和泉書院、一九八一年〉による）。

なお、真名本（寛永二十年板本）には、次のようにある（『伊勢物語に就きての研究・校本篇』による）。

・不所念　袖爾浪渡　躁哉　諸来船廼　依志許爾

第二句後半の「浪渡」は、何と読ませようとしたのか問題である。第八七段では、「浪渡之滝」を「なみだのたき」に当てているから、「浪渡」は「なみだ」と読むらしい。しかし、なぜそう読めるのかは不明である。

秋本吉郎［一九五六］は、「袖の湊」という秀句（和歌に見られる気のきいた表現）の存在に注目して、以下のように論じている。

この秀句は、新古今時代に現れるもので、それ以前には用いられていない。たとえば、次のごとくである。

・鳴く千鳥　袖の湊を　訪《と》ひ来《こ》かし　もろこし船の　よるの寝覚めを

［鳴く千鳥よ、涙で濡れた袖の湊に訪ねて来ておくれ、毎晩、もろこし船の寄るならぬ、夜の寝覚めを過ごしている私を慰めるために。］

（千五百番歌合・冬二・一九五九）

・うとかりし　もろこし船も　寄るばかり　袖の湊を　あらふ白浪

［恋に悩む私の袖は涙で湊のようになり、縁が遠かった唐船が寄ってくるほどに白浪が寄せてくることだ。］

（千五百番歌合・恋二・二五〇五）

この秀句は、『伊勢物語』の当該歌を本歌とし、「袖に湊の」という未成熟語から「袖の湊」という成熟した句へ導かれたものと考えられる。ところで、この「袖の湊」の基になったはずの「袖に湊の」という句は、他に一例も見出だすことが出来ない。このことは、当該歌が本来「袖に涙の騒ぐ」の形であったということを考えさせる。「袖―涙」「浪―騒ぐ」の連合関係は『万葉集』以来のことであり、この二組の連合関係を合体させて創作したのが、「袖に涙の騒ぐ」という秀句表現であると言う。

したがって、『伊勢物語』の当該歌の原形は「袖に涙の騒ぐ」であったが、下句の「もろこし船の寄りし」という船の縁、また船の寄りつき所としての湊が考えられ、ナミ・ナミダがミナトに置き換えられて、「袖に湊の騒ぐ」という「語意を飛躍した秀句表現」が可能になったものとする。また、「袖に涙」が「袖に湊」に改変された時期は明らかでないが、秀句的表現に対する関心の高い時代においてあり得る改変であろうから、新古今時代における改変ではなかったか、とするのである。

一方、山崎正伸［二〇一三］は、「後の事例であるが」と断った上で、下記のような例を挙げ、「袖の湊」の例が少なくないことを述べて、『伊勢物語』の「袖にみなとの」の本文を校訂する必要は認められないと言う。

・影なれて　宿る月かな　人知れず　夜な夜な騒ぐ　袖の湊に

［人知れず涙を流して、毎晩波立っている袖の湊には、月光も慣れて月が宿ることだ。］

（続後撰集・恋二・七三四）

しかし、「袖の湊」の例が後世にしか出てこないということが問題なのである。

秋本の言うように、「袖に湊の騒ぐ」という表現は、語義間に飛躍があるし、古くは他に類例もないのであるから、原形ではなく、改変された表現であったと考えるのは、穏当である。しかし、「涙ぞ騒ぐらし」という表現もまた、主述の関係に飛躍があり、呼応がスムーズではない。

以上の考察を踏まえて、ここで新たな誤写説を提出することにする。後藤康文［二〇〇〇］の言うように、現存『伊勢物語』には、定家本あるいは現存諸本以前の段階に遡源する誤写が潜んでいる可能性がある。今、その可能性を探るならば、ここは本来「そてになみのとさわくかな（袖に波の音騒ぐかな）」とあったのではないだろうか。「波の音騒ぐ」であれば、『万葉集』にも類例の見える表現である。

・**……玉拾《ひり》ふ　浜辺《はまへ》を近み　朝羽振る　波の音騒き〈浪之声蹕〉　夕なぎに　梶の音聞こゆ……**

（万葉六・一〇六二）

［……玉を拾うことが出来る浜辺が近いので、朝には鳥が羽ばたくように立つ波の音がざわめき、夕凪には船を漕ぐ梶の音が聞こえる。……］

・**……何すとか　身をたな知りて　波の音の〈浪音乃〉　騒く湊の〈驟湊之〉　奥つ城に　妹が臥《こ》やせる……**

（万葉九・一八〇七）

［……どういうつもりで、自分の身の行く末をすっかり悟って、波の音がざわめく湊の墓所にあの娘は横たわっているのだろうか。……］

「なみのおと（波の音）」を「なみのと」と言った例は、『袖中抄』（巻二・五一番歌）などに例があり、連語中に母音が連接した場合の縮約形として十分考えられる語形である。この「なみのと」が原形で、「なみだぞ」あるいは「みなとの」の形を生んだものと考えられるのである。しかし、定家本はおそらく「みなとの」の形を採っていたのであろうから、定家本を読むという立場から、校訂することまでは考えない。

四　「ばかりに」の意味

この歌についての第二の問題は、後半の「もろこし船の　寄りしばかりに」の「ばかりに」をどう解釈するかということである。〈唐船が寄港したほどに〉のように「程度」の意と解するものが多い一方で、〈唐船が寄港したばっかりに〉のように「原因」と解するものも少なくないからである。その違いによって、歌の意味は大きく異なってくる。

この点について詳しく論じたのが、すでに触れた後藤康文［二〇〇〇］である。後藤は、当該歌の〈～かな～ばかりに〉という形式に注目し、それと同じ形式をもつ歌を抽出する。ただし、問題の歌の上句・下句が倒置関係になっているところから、〈～ばかりに～かな〉の歌も用例に加える。また、「ばかりに」の上接部分が、問題の歌と同様、既成事実を表していることを条件に入れる。以上、二つの要件を満たす用例として生き残るのが、次の諸例であるとする。

①今来むと　言ひしばかりに　長月の　有明の月を　待ち出でつるかな

［「今すぐ行くよ」とあなたが言ったばかりに、九月の秋の夜長を、有明の月が出るまで空しく待ってしまいましたよ。］

（古今集・恋四・六九一・素性）

②男来て、せちに物言はむとてあるほどに、時雨のすれば

わたつ海の　そこに深くは　入れずとも　時雨にだにも　濡らさざらなむ

せめてわびければ、簀子《すのこ》に呼び入れて物言ふ

降りとげぬ　時雨ばかりに　山彦の　声をかたみに　聞きかはすかな

［男が来て是非近くでお話しがしたいと言っていた時に、時雨が降ってきたので、「（わたつ海の）奥深く、あなたのいるその場所にまで私を入れてくれなくても、せめて時雨に濡れたままにはしないで下さい。」男の訴えにとても困ってしまったので、簀子に男を呼び入れて話をした。「時雨が降り終わらないばかりに、（山彦の）声を互いに聞き交わすことになってしまったなあ。」］

（西本願寺本伊勢集・四七／四八）

③ほのめきし　光ばかりに　秋の田の　見守《みも》りわびしき　ころの風かな

［雷光がちらっと光ったばかりに、秋の田を見守っている番人である私は心細く感じるのだが、その今の季節に風が吹いているなあ。］

（宮内庁書陵部本賀茂保憲女集・七八）

④知りたりける人のはやう行きける所に、また行きたりけるに

見る人の　袖をあやなく　濡らすかな　野中の水の　深きばかりに

［親しくしていた男が、かつて通った女のもとに、またよりを戻して逢いに行ったというので詠んだ歌。「私はただ見ているだけで、水を汲むわけでもないのに、袖がむやみに濡れることだなあ、野中の水が深いばかりに

かりに。」

（西本願寺本中務集・一五〇）

⑤水鳥

はかなくも　砕くる池の　氷かな　ゐる水鳥の　羽風ばかりに

［水鳥。「あっけなく砕ける池の氷だなあ、水に浮かんでいる水鳥が羽風を立てたばかりに。」］

（宮内庁書陵部本大弐三位集（藤三位集）・四四／続後拾遺集・冬・四六七）

後藤は、以上の五首の「〜ばかりに」は「いずれもみな『〜せいで』『〜ために』『〜ばっかりに』などの意に解せるものばかり」であり、「とすれば、『伊勢物語』の一首だけが例外であろうはずはない」と述べ、この「〜ばかりに」を「原因」を表すものと主張するのである。

しかし、ここで問題なのは、①〜⑤のような「〜ばかりに」は、単なる「原因」を表すものではないということである。小田勝［二〇一五］が、①の例について指摘したように、このような「〜ばかりに」は、「小さな原因から大きな結果を招くことを表す」ものである。しかも、その「結果」は、望ましくない事態に片寄っているのである。

たとえば、①は、相手が「今すぐ行くよ」と言ったのが小さな原因で、自分が有明の月が出るまで待ってしまったというのが大きな結果である。

②は、第一歌（四七番歌）は男の歌で、それに対する第二歌（四八番歌）は女の歌である。その第二歌では、時雨がなかなか降り終わらないというのが小さな原因で、互いが声を聞き交わすほど近い場所に相手を招き入れてしまったというのが大きな結果である。

なお、平野由紀子［一九九四］も、関根慶子・山下道代［一九九六］も、第一歌も第二歌も男の歌と解しているが、詞書および歌の内容から見て、第一歌は男の歌、第二歌は女の歌と見るべきである。

平野は、第二歌の大意を「（男）降り終わらぬ時雨のせいで、（こうして入れていただき）お互いの声を聞き交わすことになりました（今まではお声も聞かせていただけなかったが…）。」と記しているが、この理解は、「〜ばかりに」が〈小さな原因が大きな・望ましくない結果を招くことを表す〉という用法であることを見逃している。

また、関根・山下は、「本降りになりきれぬしぐれのような中途半端な状態で、ただ山びこのようにむなしい声ばかりを、こうしてお互いに聞き交わすのですね。」と通釈している。これは、「〜ばかりに」を「程度」と見る解釈であるが、「降り遂ぐ」は〈降り終わる〉の意であって、〈本降りになる〉の意ではない。

③は、雷がちらっと光ったというのが小さな原因で、秋の田の番人が心細い気持になるというのが大きな結果である。なお、『私家集大成』によれば、当該の本には末尾は「色《風イ》かな」とあり、『和歌文学大系』では「色かな」の本文を採っている。いずれかと言えば、「風かな」のほうが分かりやすい。

④は、野中の水が深いというのが小さな原因で、それを見る人の袖がむやみに濡れるというのが大きな結果である。この歌には、言うまでもなく寓意があって、〈昔の女に対するあなたの愛情が深いと知っただけで、私の袖は涙でむやみに濡れるのです〉と言いたいわけである。この歌には、基づくところがある。次の歌である。

・**古《いにし》への　野中の清水　ぬるけれど　もとの心を　知る人ぞ汲む**

［昔は冷たい水が出た野中の清水も、今はぬるくなってしまったが、昔のことをよく知っている人は、未だ

に汲みに来ることだ。」（古今集・雑上・八八七）

そして、歌が読まれた状況や、歌で野中の清水の深さを言う点で、④とよく似ているのが次の歌である。

・もとの妻《め》にかへり住むと聞きて、男のもとにつかはしける

詠み人知らず

我がために　いとど浅くや　なりぬらむ　野中の清水　深さ勝れば

［元の妻に再び通うようになったと聞いて、男のもとに届けさせた歌。詠み人知らず。「私に対する愛情はますます浅くなっているのでしょうか、昔の女性に対するあなたの愛情が深くなったので。」］（後撰集・恋三・七八四）

この歌は、④の歌を解釈する上で大いに参考になる。

なお、木船重昭［一九九二］は、④の詞書を「かつて親しくしていた人が、以前に行った、という所に、自分もまた行っていた時に」と解釈し、歌については「『いいお水よ』と友人から聞いて、自分も行って汲んでみたら、おっしゃるとおり、いいお水だけれど、深いので、袖をむやみとぬらすことになった、という誹諧」（一九〇ページ）と解説しているが、誤りであろう。高野晴代・他［二〇一五］が「親しくしていた男が、以前通っていた女性の元へ再び通い出した際の恨みの歌と考えられる」と指摘するのに従うべきである。

次に⑤であるが、水に浮かんでいる水鳥が羽風を立てたというのが小さな原因で、それによって池の水があっ

けなく砕けたというのが大きな結果である。これは、結果が望ましくないと言えるかどうかが問題になる例である。この歌は、中周子［二〇〇〇］が指摘しているように、下記の歌を踏まえるものである。

・冬ごもりしける池

氷ゐる　池の汀《みぎは》は　水鳥の　羽風に波も　騒がざりけり

［冬ごもりしている池。「氷が張っている池の水際は、水鳥の羽風が立っても、波も騒がないのだな。」］

（中務集・四二）

⑤の歌の基になった中務の歌は、水鳥の羽風に波も騒がないと言っている。大弐三位（藤三位）は、そのような情景が見られるのではないかという期待をもって池のほとりに立ったところ、水鳥の羽風に氷が砕けるのを見て、残念に感じているのではないだろうか。

以上のごとく、「原因」を表すと言われる「ばかりに」は、「限定」の意に由来するために、「結果」との関係において、「小因大果」とでも言うべき意味が出て来るのである。しかも、その「結果」は望ましくない内容のものである。

さて、後藤は、同じ〈～かな～ばかりに／～ばかりに～かな〉の形式をもつ歌でも、次のような例は除外すべきだとする。

⑥河原院の古松をよみ侍りける

行く末の　しるしばかりに　残るべき　松さへいたく　老いにけるかな

［河原院の松の古木を詠みました歌。「将来には、ここにかつて河原院があったということを示すわずかな目印くらいにはなるものとして残るはずの松までも、ひどく老いてしまったことだ。」］

（拾遺集・雑上・四六一・源道済／三奏本金葉集・雑上・五三〇・同上／宮内庁書陵部本源道済集・一五〇）

⑦限りぞと　思ふに尽きぬ　涙かな　おさふる袖も　朽ちぬばかりに

［二人の恋も終わりだと思うにつけて尽きることなく流れる涙だな、抑える袖も朽ちてしまうほどに。］

（後拾遺集・恋四・八二八・盛少将）

⑧郁芳門院の前栽合《せんざいあはせ》に、女郎花《をみなへし》

女郎花　夜なつかしく　にほふかな　草の枕も　かはすばかりに

［郁芳門院のもとで行われた前栽合に、女郎花を詠んだ歌。「女郎花はこの夜に寄り添いたくなるほどに美しく咲いているな、旅寝の枕を交わしてしまいそうなくらいに。」］

（続後拾遺集・秋上・二七五・郁芳門院安芸／嘉保二年八月郁芳門院前栽合・四／万代集・秋上・八六二）

これらの例を後藤が除外したのは、「ばかりに」の上の語句が既成事実を表すものではないという理由からである。これらの「～ばかりに」を含む歌句を見ると、⑥は〈目印くらいに〉の意、⑦は〈袖も朽ちてしまうくらいに〉の意、⑧は〈旅寝の枕を交わしてしまいそうなくらいに〉の意である。すなわち、これらの「～ばかりに」は「程度」の意である。したがって、①～⑤は「限定」、⑥～⑧は「程度」ということになる。これは、〈～かな～ばかりに／～ばかりに～かな〉の形式に限定的に見られることではない。「ばかり」が用いられる文に広く現れる現象である。

小柳智一［一九九七］によれば、「程度」のバカリは、次のような構文を基本的なものとするという。

Ⅰ　結果句バカリ―原因句

これには、たとえば次のような用例が該当する。

・「**尼君をば、同じくは、老いの波の皺《しわ》のぶばかりに、人めかしくて詣でさせむ**」と、**院はのたまひけれど、**

［尼君（＝明石女御の祖母）をどうせお連れするならば、老いの波の皺も伸びるくらいに、女御の祖母君にふさわしく立派にお参りさせましょう」と院（＝源氏）はおっしゃったのだけれど、］

（源氏物語・若菜下・新編全集④一七〇ページ）

・**心憂さをかきつらね、涙も落ちぬばかり思ひ続けられて、やをら立ちぬ。**

［つらい気持が次々に湧いてきて、涙も落ちてしまうくらいにあれこれ思って、そっとその場を立った。］

（源氏物語・東屋・新編全集⑥三四ページ）

第二例で言えば、原因である「思ひ続けられ」る程度が、結果である「涙も落ちぬ」を引き起こすくらいであることを表している。この［構文Ⅰ］の結果句の事態は、原因句によってこれから引き起こされるので、未実現であることが多くなる。

一方、右の［構文Ⅰ］における二句の関係を逆転させた文が、次の［構文Ⅱ］である。

Ⅱ　原因句バカリニ―結果句

これは、バカリニの形で原因を表す接続助詞のような働きをし、「限定」を表すものである。たとえば、「今来むと　言ひしばかりに　長月の　有明の月を　待ち出でつるかな」（古今集・前出）がそれで、この［構文Ⅱ］の原因句の事態は、すでに実現または存在していることが多いというのである。

そもそも、問題の歌の意味を解釈するために、〈～かな～ばかりに／～ばかりに～かな〉の形式に用例を限定して検討しなければならないという理由は考えにくいから、右のような一般論の中で考察すべきであろう。

そこで、改めて問題の歌を見ることにする。

・思ほえず　袖に湊の　騒ぐかな　もろこし船の　寄りしばかりに

この歌を右の構文形式に当てはめれば、［構文Ⅰ］とは認めがたい。もし［構文Ⅰ］であれば、「思ほえず袖に湊のさわぐ」が原因で、「もろこし船の寄りし」が結果ということになるはずであるが、それは考えにくい。筆者はかつて、山口佳紀［二〇二三］において、問題の歌の構文を［構文Ⅰ］と見なして、「ばかりに」を「程度」と捉えたが、考え直す必要がある。

これは［構文Ⅱ］であって、「もろこし船の寄りし」が既実現の原因、「思ほえず袖に湊の騒ぐ」がその結果ということなら、十分考えられる。その場合、原因と結果とは「小因大果」の関係にあり、しかもその結果は望ましくない、残念な事態になるはずである。

今、念のため、［構文Ⅱ］に属する用例のうち、問題の歌と同じく〈～しばかりに～〉の形をもつものを幾つか拾ってみる。その「し」はいわゆる過去を表すから、それによって示された事象は既成事実ということになる。

・かげろふに　見しばかりにや　浜千鳥　行くへも知らぬ　恋にまどはむ

［かげろうのようにほのかに見たばかりに、浜千鳥がどこへ飛んで行くか分からないように、これからどうなるか分からない恋に惑うのだろうか。］
（後撰集・恋二・六五四）

・山河《やまかは》の　霞へだてて　ほのかにも　見しばかりにや　恋しかるらん

［山や川にかかる霞が二人を隔てていたかのように、あの人をほのかに見ただけのことで、こんなに恋しいなんていうことがあるのだろうか。］
（伊勢集・四三六）

・山の端《は》に　はつかの月の　はつはつに　見しばかりにや　かくは恋しき

［山の端に二十日の月がちらっと見えるように、あの人をちらっと見ただけのことで、こんなに恋しいなんていうことがあるのだろうか。］
（内大臣家歌合・元永元年十月二日・六二）

・「今日明日は物忌」と、返りことなし。明くらむと思ふ日のまだしきに、

夢ばかり　見てしばかりに　まどひつつ　あくるぞおそき　天《あま》の戸ざしは

［大和の女は「今日明日は物忌です」ということで、返事がない。その物忌がもう明けただろう思う日の朝早くに、道綱が贈った歌。［夢のようにほのかに見たばかりに思い悩んでいますが、天の岩戸がなかなか開かないように、あなたの物忌もなかなか明けませんね。］］
（蜻蛉日記・下・天禄三年八月）

これらの例は、動詞「見る」に先行して「かげろふに」「ほのかに」「はつはつに」「夢ばかり」が置かれており、いずれも「見る」ことが確実には（あるいは十分には）行われなかったことを示している。そして、そのような

「小因」が、後続する「恋にまどふ」などの好ましくない「大果」を生むという構造なのである。

次の例はどうか。

・灌仏の日、同じ人

もろともに　掬《むす》びし水は　絶えにしを　何をか注《そそ》く　今日の仏に

返し

涙をぞ　今日は仏に　注《そそ》きつる　掬《むす》びし水の　絶えしばかりに

［灌仏会の日、同じ人の歌。「かつてあなたと一緒にすくった水は絶えてしまいましたが、あなたは一体何をそそいでいらっしゃいますか、今日の仏には。」返歌。「私の涙を、今日は仏にそそいだことでした。おっしゃるように、かつてあなたと一緒にすくった水が絶えてしまったばっかりに。」］

（伊勢大輔集・三二／三三）

「同じ人」とあるのは、直前の三一番歌の詞書に出て来る「雅通の少将」のことである。久保木哲夫［一九九二］の言うように、「もろともに　掬《むす》びし水」は、二人のかつての思い出に関わることであろうが、具体的にどういうことを指しているのか分からない。したがって、歌の意味が極めて分かりにくいものとなっている。しかし、涙をそそぐと言っている以上、作者が悲しみのために泣き入っていることは間違いなく、それは好ましくない大きな結果だと見てよいであろう。

五　「もろこし船」のイメージ

後藤は、上記したように、「原因」説に立っている。そして、この歌は、失恋の悲しみを訴えてきた相手に対して、男が返事として送った歌であると捉える。その上で、歌全体を、次のように解釈している。

思いもかけず、わたしの袖に港の波が立ち騒ぐごとく、涙が溢れかえることです。大きな唐船よろしく、あなたからの胸をゆさぶるお便りが突然届いたおかげで。

後藤の解釈によれば、「もろこし船の寄りし」は相手から手紙が来たことの比喩ということになる。しかし、相手からの手紙を「もろこし船」に喩えたものと捉えた場合、どのような意味でその比喩が成り立つのか、分かりにくい。

また、右のように考えた場合、「もろこし船の寄りし」が小さな原因で、「思ほえず袖に湊の騒ぐ」がそれによって生じた大きな結果である、というような理解が可能であろうか。「もろこし船」にも比すべき相手の手紙が届いたというただそれだけのことによって、「思いもかけず、涙が溢れかえることです」と表現するは、相手に失礼の感を抱かせるのではなかろうか。そうした疑問が解決されない限り、後藤の解釈を採用するわけにはいかないのである。

そもそも、この歌の「もろこし船」は、どのようなイメージをもった「船」として表現されているのであろうか。これがこの歌を解くための第三の問題である。

諸注を見ると、次のように、〈大きな船であること〉を意味すると受け取るものが多い。後藤論文もそうであった。

唐船《もろこしぶね》は大船を意味したもので、唐船が湊に入りくれば、波の音高く動揺の甚しきを、騒ぐというたのである。

（新井無二郎［一九三二］）

「もろこし船」は、唐と日本を往復する大型船。大きな船であるから、港の波がたちさわぐわけである。

（中野幸一・春田裕之［一九八三］）

もろこし舟のよりしばかりに＝「中国の大きな船が来たように湊が浪立った」と言っているのである。

（片桐洋一［二〇一三］）

また、下記では、〈大きな船である〉ことに加えて〈寄港が稀である〉ことが挙げられている。

「唐船」は、唐から来た船。当時としては極めて稀れにあったことで、又大船である。

（窪田空穂［一九五五］）

「唐船」は唐土と往来する大型船。大船だけに寄港する海上には大きな波浪が立ち騒ぐ。また唐船の寄港がめったにないところから、冒頭の「思ほえず」ともひびきあっている。

（鈴木日出男［二〇一三］）

なお、下記の注では、〈珍奇の物産をこの国にもたらす〉という特徴を読み取っていて、異色を放っている。

「もろこし舟」という語は、『竹取物語』に見え、「もろこし」（普通に「唐」をあてるが、国号の唐に限らず、一般に中国の国土をさす呼称である）から珍奇の物産をこの国にもたらすという印象が強かったはずであり、またその寄港も頻繁ではなかったであろう。単に大船というだけで「もろこし舟」といういわれはあるまい。

（石田穣二［二〇〇四］）

確かに、単に大船というだけで「もろこし船」がここに持ち出されたと考えるのは、安易な判断と言えよう。しかし、〈珍奇の物産をこの国にもたらす〉という特徴が、この歌の場合、大事なのであろうか。

また、狩野尾義衛・中田武司［一九七二］では、次のような注が施されている。

もろこし船は外国船のことで、唐土船《もろこし》が寄ったばかりに、湊の浪が立騒ぐというのは、親切なおことばをかけて貰ったので、涙が袖にあふれることを譬えたのである。

右では、「もろこし船」は単に「外国船」としか説明していないが、その「外国船」が湊に寄ることを「親切なおことばをかけて貰った」ことと言い換えている。これは、「もろこし船」からどのようなイメージを受け取ったものであろうか。

さらに、次のように、「もろこし船」を恋敵の比喩と見る捉え方もある。

愛する女を奪った男を「唐土舟」に譬《たと》え、愛の破綻《はたん》を嘆いた歌。（渡辺実〔一九七六〕）

しかし、「もろこし船」がどうして「愛する女を奪った男」の比喩ということになるのかについては、説明がない。

要するに、この歌から何らかの比喩を読み取る点は諸注一致しているが、「もろこし船」からどのようなイメージを受け取るべきかにおいて、共通の了解がないということなのである。

ここで、「もろこし船」という語が、平安時代の文献にはどのように現れるかを確かめておきたい。まず散文中では次のように登場する。以下、表記は「もろこし船」に統一して示す。

①**その年来たりけるもろこし船の、王けいといふ人のもとに、文を書きて、「火鼠の皮といふなる物、買ひておこせよ」とて、**
「その年に来ていた唐船の王けいという人のもとに、手紙を書いて、「火鼠の皮衣という物があるそうだが、それを買って届けてくれ」と言って、」

（竹取物語・火鼠の皮衣・新編全集三七ページ）

②かのもろこし船来けり。

［その唐船がやって来た。］（竹取物語・火鼠の皮衣・新編全集三八ページ）

③帝、（良岑行政を）生ひ出でぬべき者と御覧ずるに、父が供に筑紫に下りて、もろこし船のかへりみに出で立つ。

［帝は、良岑行政のことを将来世に出るはずの者だとお思いになっていたところ、父親の供をして筑紫に下ったのだが、唐船の監督をするために出立したのである。］（宇津保物語・藤原の君・新編全集①一七七ページ）

④俊蔭十六歳になる年、もろこし船出だし立てらる。こたみは、ことに才かしこき人を選びて、大使・副使と召すに、俊蔭召されぬ。

［俊蔭が十六歳になった年、唐船が送り出された。今回は特に学才の優れている人を選んで、大使や副使に任命したのだが、俊蔭も任命された。］（宇津保物語・俊蔭・新編全集①二〇ページ）

①②③は中国から来た交易船と考えられる用例である。そのうち、①②は、石田の言うように、我が国に珍奇な物産をもたらす存在として描かれている。一方、④は遣唐使船と見られる用例である。

⑤（後一条天皇の崩御の後）女院には（章子・馨子両内親王を）待ちつけ聞こえさせ給ひて、いとどしき催しなり。「いかに多かる」とはまことにこそ。こなたかなためづらしげなく、もろこし船も寄せつべかりける。

［後一条天皇の崩御の後、女院（彰子）におかれては、章子・馨子両内親王をお待ち迎え申し上げなさって、一段と涙を誘うことであった。『古今和歌六帖』に「悲しさぞ　勝りに勝る　人の身に　いかに多かる

涙なるらむ」とあるが、それは本当のことであった。女院も両内親王も、故後一条天皇を偲んで涙を流すことはいつものことであるが、その涙で生まれた湊には唐船も寄せて来そうであった。」

（栄花物語・きるはわびしとなげく女房・新編全集③二七三ページ）

「めづらしげなく」とは、故後一条天皇を偲んで涙を流すことが日常化していることを言うが、「もろこし船も寄せつべかりける」は、『伊勢物語』の当該歌に基づく表現である。そこでの「もろこし船」は、巨大な船という側面が取り出されているようである。

また、平安時代の和歌に「もろこし船」が詠まれた例は多くなく、『伊勢物語』の当該歌が最初で、それ以後では、次の一例がある。

⑥**海原や　博多の沖に　かかりたる　もろこし船に　時作るなり**

［海原が広がっている博多の、その沖に停泊している唐船に向かって、鶏が鳴いて暁を告げているのが聞こえる。］

（永久百首・唐人・六二九）

この歌では、植木朝子［二〇一三］の指摘するように、「もろこし船」が「異国情緒をかもし出す風景の一つとして」詠まれている。おそらく商船であろう。

⑦**遣唐使の宣《せん》**

勅《ちよく》ならで　とどめもすべき　別れかは　もろこし船の　しばしとだにも

［「遣唐使に当てた勅命」を題とする歌。「遣唐使船での別れは、勅命がなくては、とどめることの出来ないものだ。ちょうどそのように、この別れはほんのしばらくの間も止められないことだ。」］

（寂蓮結題百首・九三）

⑧如賈得海

見ず知らぬ　もろこし船の　行くへまで　世を経る道は　八重の潮風

［「商人のように海を行く」を題とする歌。「唐船の行く先を見たこともなく知りもしないように、先の分からない世の中を生きて行く道には、遙かな潮路を吹く風のように激しい風が吹いている。」］

（寂蓮集・四六八・私家集大成）

⑦⑧は平安最末期の歌で、いずれも寂蓮の作である。⑦は遣唐使船、⑧は商船であるが、⑧は特に、遙か遠くの見知らぬ国へ行く船という側面が取り出されている。

以上、「もろこし船」が当時どのようなイメージをもたれていたかを考えるための手がかりは、多くない。

そこで、「もろこし」という語に注目して、『歌ことば歌枕大辞典』の「もろこし（唐）」の項（堀川貴司［一九九］）を見ると、次のようにある。

山上憶良が「…勅旨《おほみこと》　戴き持ちて　唐《もろこし》の　遠き境に　遣はされ　罷りいませ…」（万葉集・巻五・八九四・八九八、ただし「からくに」と訓む説あり）と歌い、安倍仲麻呂の「あまの原ふりさけ見れば…」（古今集・羇旅・四〇六）の詞書に「もろこしにて月を見てよみける」とあるのは、ともに遣唐使を中心に人的交流が盛んだった時期の、現実の中国であるが、同じ『古今集』には「もろこしも夢に見しかば近かりき思はぬ仲ぞ遥けかりける」（恋五・七六八・兼芸）、「もろこしの吉野の山にこもるとも遅れむと思ふ我ならなくに」（誹諧歌・一〇四九・時平）と、行くことのできない遥か遠くの土地というイメージのみで用いる例もあり、一種の歌枕としてこれが中心的な用法になる。

ここから見ると、「もろこし船」は、〈容易に行くことができない遙かな遠い土地と、我が国との間を行き来する船〉というイメージが強かったのではないかということが考えられる。

だとすれば、これは「五条わたりなりける女」を喩えたもので、容易に逢うことが出来ない所に去ってしまった相手が、かつて一時的に自分と交流のあったことを「もろこし船の寄りし」と比喩的に表現したものではあるまいか。したがって、この「寄る」は、〈近づく〉の意ではなく、〈立ち寄る・寄り道する〉の意であると思われる。

・**旅の御姿ながら、わが御家へも寄り給はずしておはしましたり。**

［旅のご服装のままで、自分のお宅へもお寄りにならないでいらっしゃいました。］

（竹取物語・蓬莱の玉の枝・新編全集三〇ページ）

・**先《さい》つころ、まかり下りて侍りしついでに、有様見給へに寄りて侍りしかば、京にてこそ所得ぬやうなりけれ、**

［先ごろ、私（播磨守の子）が下向いたしましたついでに、（明石入道の）様子を見に立ち寄りましたところ、京では失意のようでしたが、］

（源氏物語・若紫・新編全集①二〇三ページ）

右に挙げたのは、〈立ち寄る・寄り道する〉の意で用いられた「寄る」の用例である。

六　この章段の解釈

この章段の初めには、「五条わたりなりける女を、え得ずなりにけること」という表現が出て来るが、そのことから直ちに連想されるのは、第四段である。

・昔、東の五条に、大后《おほきさい》の宮おはしましける西の対に、住む人ありけり。それを本意《ほい》にはあらで心ざし深かりける人、行きとぶらひけるを、正月《むつき》の十日ばかりのほどに、ほかに隠れにけり。あり所は聞けど、人の行き通ふべき所にもあらざりければ、なほ憂しと思ひつつなむありける。またの年の正月に、梅の花ざかりに、去年《こぞ》を恋ひて行きて、立ちて見、居て見、見れど、去年に似るべくもあらず。うち泣きて、あばらなる板敷に月のかたぶくまで臥せりて、去年を思ひ出でて詠める。

月やあらぬ　春や昔の　春ならぬ　わが身一つは　もとの身にして

と詠みて、夜《よ》のほのぼのと明くるに、泣く泣く帰りにけり。

［昔、東の五条で、大后の宮がいらっしゃった屋敷の西の対に、住んでいる人がいた。その人に対して心ならずも深い愛情を抱いた人が訪ねていたのだが、正月の十日くらいの時に、その女性はよそに姿を隠してしまった。居所は聞いていたが、普通の人は行き通う所でもなかったので、男はそのままつらい気持で過ごしていた。次の年の正月の梅の花盛りに、去年を恋しく思って行って、梅を立って見たり、座って見た

りして、見たけれど、去年の様子とは似ても似つかない。男はさめざめと泣いて、荒れはてた建物の板敷に、月が西に傾くまで横になって、

月が昔の月でないのか、それとも春が昔の春でないのか、私の身だけは元のままなのに。

と歌を詠んで、泣きながら帰ったのであった。」

（伊勢物語・四段）

第四段には、「東の五条」に住んでいた人を愛するようになって、男はそこに通ったのだが、女が突然、男の手の届かないところに去ってしまった、とある。

第五段では、「東の五条わたり」に住んでいた女が、実は「二条の后」であったことが末尾に明かされているが、第四段では、それが誰であったかはどこにも記されていない。したがって、それが事実として誰であったかまではここで問う必要がない。しかし、本章段の内容が第四段と重ねて語られていることは、認めてよいのではないか。

すなわち、本章段の「男」は「五条わたり」にいた「女」を手に入れることが出来なかったが、一時的には交流することがあったと考えてよいだろう。ところが、「女」は「男」の手の届かないところに去ってしまった。その後、「男」は失意の日々を送っていた。そこに誰かから「男」の安否を問う手紙が来て、「男」はその返事として歌を送った。そのように考えれば、前文と歌とはぴったりと接合していると言えるであろう。

以上によって、第二六段の全文の意味は、下記のように捉えられる。

昔、男が五条あたりにいた女を得ることが出来なかったことよと失意に沈んでいた時に、ある人から来た手紙への返事に、男は次のように詠んだ。

唐土へ行くはずの船が一時的に立ち寄ったばっかりに、思いがけないほどに大きな波が立って港が騒ぐことだなあ。ちょうどそのように、容易に逢うことの出来ない所へ行くはずのあの人が、ちょっとの間、私の手の届くところに来てくれたばっかりに、別れた後は、思いがけないほどに悲しみの涙があふれ、袖が湊のようになってその湊の波がうねるように、胸が騒ぎ立つことだなあ。

この章段では、歌の意味をどのように解くかが特に難問であるが、従来の解釈は、「もろこし船」がここに持ち出されたことの意義を十分に考えなかったところに、特に問題があると考える。

［引用論文］

秋本吉郎［一九五六］「『袖の湊』考—秀句の時代性—」（解釈二巻九号）

秋山　虔［一九九七］『〈新日本古典文学大系〉伊勢物語』（岩波書店）

新井無二郎［一九三二］『評釈伊勢物語大成』（代々木書院、増補版〈一九八八年〉パルトス社）

石田穣二［二〇〇四］『伊勢物語注釈稿』（竹林舎）

植木朝子［二〇一三］『風雅と官能の室町歌謡—五感で読む閑吟集—』（角川選書）

上坂信男［一九六八］『伊勢物語評解』（有精堂出版）

小田　勝［二〇〇六］『古代語構文の研究』（おうふう）

小田　勝［二〇一五］『実例詳解古典文法総覧』（和泉書院）

片桐洋一［二〇一三］『伊勢物語全読解』（和泉書院）

狩野尾義衛・中田武司［一九七二］『伊勢物語新解』（白帝社）

木船重昭［一九九二］『中務集相如集注釈』（大学堂書店）
久保木哲夫［一九九二］『〈私家集注釈叢刊〉伊勢大輔集注釈』（日本古典文学会貴重本刊行会）
窪田空穂［一九五五］『伊勢物語評釈』（東京堂出版）
後藤康文［二〇〇〇］『伊勢物語誤写誤読考』（笠間書院）
小柳智一［一九九七］「中古のバカリについて―限定・程度・概数量―」（国語と国文学七四巻七号）
鈴木日出男［二〇一三］『伊勢物語評解』（筑摩書房）
関根慶子・山下道代［一九九六］『〈私家集全釈叢書〉伊勢集全釈』（風間書房）
高野晴代・他［二〇一五］「中務集注釈（七）」（日本女子大学紀要・文学部六四号）
中　周子［二〇〇〇］『〈和歌文学大系〉藤三位集』（明治書院）
中野幸一・春田裕之［一九八三］『伊勢物語全釈』（武蔵野書院）
平野由紀子［一九九四］『〈新日本古典文学大系〉平安私家集』（岩波書店）
堀川貴司［一九九九］「もろこし（唐）」（久保田淳・馬場あき子編『歌ことば歌枕大辞典』角川書店）
山口佳紀［二〇一二］「『伊勢物語』読解・三題」（国語と国文学八九巻二号）
山崎正伸［二〇一三］「『伊勢物語』解釈再考」（二松〈二松学舎大学大学院〉二七集）
渡辺　実［一九七六］『〈新潮日本古典集成〉伊勢物語』（新潮社）

第八章　第四九段（若草）

一　問題の所在

第四九段の文章は、以下のとおりである。

◎昔、男、妹《いもうと》のいとをかしげなりけるを見をりて、
うら若み　ねよげに見ゆる　若草を　人の結ばむ　ことをしぞ思ふ
と聞こえけり。返し、
初草の　などめづらしき　言の葉ぞ　うらなく物を　思ひけるかな
（伊勢物語・四九段）

これは、次のような内容である。

昔、男が、たいそう可愛らしく見える「妹《いもうと》」を見ていて、
若くみずみずしいので、添い寝したく思われる若草のようなあなたと、他の人が契りを結ぶのかと思うと、
残念で仕方がない。

と「聞こえ」たのであった。それに対して、「妹《いもうと》」は、次のような歌を返した。

「初草の　などめづらしき　言の葉ぞ　うらなく物を　思ひけるかな」

これも、『伊勢物語』の中では、かなり有名な章段であり、内容に関しては、ほぼ共通の理解が成り立っているようであるが、特に第二の歌の解釈については、かなり問題があり、まだ完全な解決には至っていないように思われる。第二の歌を原文のままに残したのは、そのためである。

以下、その問題を中心に論じてみたい。

二　「妹《いもうと》」と「聞こゆ」

ここで、「妹《いもうと》」と呼ばれている女性は、現代語と違って、「男」から見て年下とは限らない。平安時代の兄弟姉妹語彙は、次のような体系になっている。

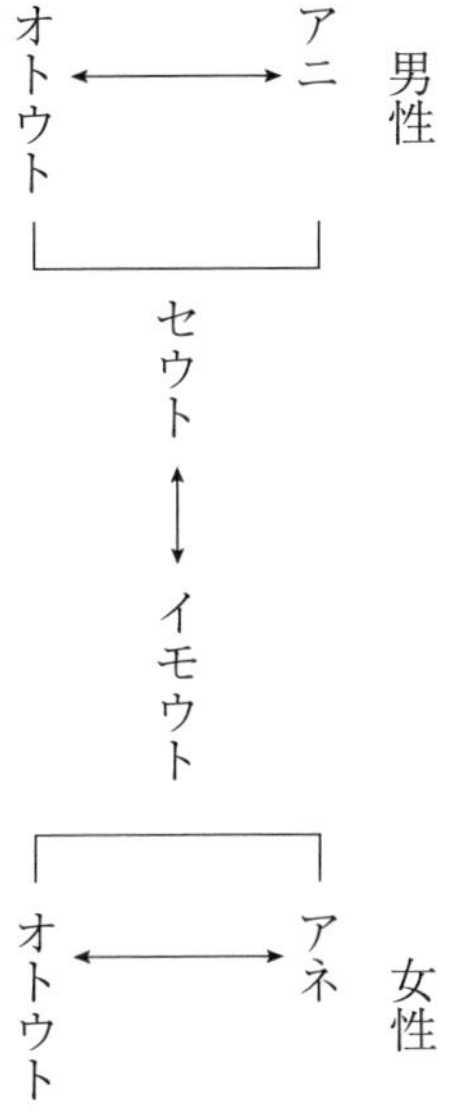

すなわち、同性間では年上・年下が問題になるが、異性間ではそれが問題にならないのである。したがって、諸注釈が「男」を「兄《あに》」と呼び換えることがあっても、それは便宜に過ぎないことを意識する必要がある。

また、歌の直後に「聞こえけり」とあるが、この「聞こゆ」の使い方も問題になる。「聞こゆ」は、普通は〈申し上げる〉の意で、発言行為の相手を高める言い方であり、いわゆる「受け手尊敬」に属する。しかし、そうだとすると、この場合、物語の語り手は、「男」には「為手尊敬」の「給ふ」を使っていないので、「妹《いもうと》」だけを高めることになって、適切でない。

この「聞こゆ」は、〈申し上げる〉の意ではなく、〈誰かに聞こえるような形で言う〉の意であると考えられる。すなわち、「男」は、「妹《いもうと》」に直接歌いかけたわけではないが、「妹《いもうと》」に聞こえるように歌ったということではないかと思われる。

実は、右に取り上げた「聞こゆ」については、すでに片桐洋一［一九六三］に有益な指摘がある。片桐によれば、「聞こゆ」は、「聞く」に可能・自発・受身などの意を表す助動詞「ゆ」が接続したもので、〈自然に聞こえる〉（自発）・〈聞くことができる〉（可能）の意で用いられることが最も多いが、それが〈申し上げる〉の意の待遇語になったのは、尊敬すべき相手にそれとなく耳にとめていただくという姿勢が根本にあったからだと言う。そして、次のように説いている。

「耳におとめいただくように申しあげる」という謙譲体の一歩手前に「耳にとどまるように言う」「聞こえるように言う」「聞かせるように言う」という段階が当然あったと考えるのである。

そして、問題の「聞こゆ」はこれに当たると言うのである。

筆者の理解もこれに近い。すなわち、直接「妹《いもうと》」に対して歌いかけたのではなく、言わば独り言であるが、「妹《いもうと》」に聞こえるように歌ったということではないかと考える。

もっとも、「聞こゆ」のこのような使い方は、類似の例に恵まれない。片桐は、次の三例を類例として挙げている。

①**これは、斎宮の物見給ひける車に、かく聞こえたりければ、見さして帰り給ひにけりとなむ。**

（伊勢物語・一〇四段）

［これは、斎宮が見物なさっている車に、このように申し上げたので、見物を中途でやめてお帰りになったということだ。］

②**（小野好古は）正月《むつき》の加階賜りのこと、いとゆかしうおぼえけれど、京より下る人もをさを聞こえず。**

（大和物語・四段）

［小野好古は、正月の位階昇進のことが、とても知りたいと思われたが、京から下った人があるということも耳にしなかった。］

③**（近江守公忠が）「（季縄少将は）いかがものし給ふ」と問へば、使も「いと弱くなり給ひにたり」と言ひて泣くを、聞くに、さらにえ聞こえず。**

［近江守公忠が「季縄少将はいかがでいらっしゃいますか」と使いの者に聞くと、使いの者も「たいそうお弱りになっています」と言って泣いたので、聞いていても、全然はっきり聞き取ることが出来なかった。］

（大和物語・一〇一段）

①では、斎宮には為手尊敬の「給ひ」が使われているから、「聞こえ」も斎宮を受け手とする受け手尊敬で、〈申し上げる〉の意と見て差し支えないところである。

次に②であるが、地の文では、小野好古には敬語が使われていないから、受け手尊敬の〈申し上げる〉の意ではない。これは、簡単に言えば〈噂される〉の意で、〈京より下った人があるということも聞こえてこない〉の意であろう。そのため、その人に尋ねるというわけにもいかなかったということである。

③について言えば、地の文では、近江守公忠には敬語が使われていないから、この「聞こえ」は〈申し上げる〉の意ではない。「聞こゆ」には、〈聞いてそれと分かる〉の意があるから、ここはそれを否定した形である。使は泣いていて、公忠には何を言っているか分からなかったということである。

すなわち、確実な類例は見つからない。ただし、この「聞こゆ」は、本来〈「聞く」+「ゆ（受身）」〉の構成であろう。だとすれば、〈A（が）Bに聞かれる〉が原義のはずであり、Aが直接Bを目指して発した言葉ではないのに、結果的にBはそれを聞いたという意味を表し得るであろう。

三　第二の歌に対する通説と片桐説

さて、問題は、「男」による第一の歌に対して答えた、「妹《いもうと》」による第二の歌である。

・初草の　などめづらしき　言の葉ぞ　うらなく物を　思ひけるかな

この歌は、次のように現代語訳されたり、解説されたりするのが普通である。

どうしてこんな奇妙なことを言われるのでしょう。兄弟だと思って、今までも何の気もなく親しみ申しておりましたのに（そんな御料簡ではお親しみできません）。

（大津有一・築島裕［一九五七］）

ねよげの若草だなんて、どうして妙なことをおっしゃるの。おにいさまがそんな変な気持ちで私のことを見ておいでとは知らなかったので、今までなんのへだてもなくうちとけて頼りになるおにいさまと思ってきましたよ（ほんとに驚いたわ）。
（森野宗明［一九七二］）

早春に思いがけず見つけた若草とでもいうように、なんとまあめずらしく思いもよらないお言葉ですこと。私は兄弟だと思って今まで何のへだて心もなく考えておりましたのに、おどろきましたこと。
（阿部俊子［一九七九］）

どうしてそのような思いもよらぬ変なことをおっしゃるのでしょう。私はこれまで安心して兄君とお慕いしてきましたのに。「初草の」は「めづらしき」にかかる枕詞。
（秋山虔［一九九七］）

妹の返歌は、男のいう「若草」に「初草」の語で応じて、その「初」から「めづらし」の語を導いて、思いもよらぬとんでもない懸想だと難ずることになる。さらに下の句では、「言の葉」の縁から「うら（裏）なく」の語を引き出して、自分としては素直に兄妹の親密さだとばかり思っていたのに、とさりげなく切り返している。巧緻な機知にあふれたこの返歌は、男の贈歌といかにも対等な位置を占めているのだ。男にしてみると、手応えのある感動をおぼえて当然である。
（鈴木日出男［二〇一三］）

すなわち、多くの注釈書では、「妹《いもうと》」は「男」の歌を思いも寄らない変なことを言うと非難し、自分は兄妹だからと思って今まで隔て心もなく接していたのにと残念がっているのだ、と解釈しているのである。

しかし、これらの解釈に対して注目すべき異説を提示したのが、片桐洋一［一九六三］である。今、片桐の主張の要点を箇条書きにしてまとめてみる。片桐洋一［二〇一三］でも、同じ問題を扱っているが、内容はほとんど変わらない。

（一）「めづらし」は、「めづ」という動詞から生まれた形容詞で、『源氏物語』を見ても分かるように、動詞「めづ」が本来持っていた〈賞翫する・愛翫する・すばらしいと思う・感嘆する〉などの意から完全には離れていないことは、はっきりしている。そこから見ると、「初草の→めづらしき→言の葉」と続く妹の返歌は、〈雪間を分けて萌え出た初草のように、待ち望んでいたすばらしいお言葉〉という意になる。

（二）「物（を）思ふ」は、『伊勢物語』『古今集』『拾遺集』の用例によれば、「恋の思いが達せられぬゆえの苦しみ」「『ひとりして』あれこれと苦しみ思い悩むこと」を言っている。

（三）「物を思ひ」の主語を男とする解釈が古くあったが、「…けるかな」の形は、「みずからのことを詠嘆する場合にのみ用いられる表現形態」であり、「『うらなく物を思ひけるかな』の主体を『男』と解するのは」無理である。また、「…けるかな」の形は、「思ひけるかな」の形か、「頼みけるかな」の形か、いずれかであって、他の用法は見られない。

（四）「うらなし」は、〈隔意なく・腹蔵なく〉の意の他に、〈心至らずも・思慮浅くも・単純にも〉のような意で用いられることがある。

（五）したがって、この歌は次のような意味の歌である。

「冬のあいだ待ち望んだ初草のようなすばらしいお言葉をどうして今おっしゃるのでしょうか。そんなお気持を知らずに、私は心至らずも一人で恋に悩んでいたことでありますよ。」

以上が、片桐の主張の要点である。これについて、どう考えるべきか。

四　片桐説の検証

まず（一）であるが、確かに、形容詞「めづらし」は、動詞「愛《め》づ」から派生した形容詞で、もともと〈可愛い（すばらしい）と思ってずっと見ていたい気持である〉の意であるが、そのようなものは稀少であるところから、〈めったにない〉の意が生じたものである。ただし、平安時代になっても、プラス評価の意味を持ち続けていたかというと、必ずしもそうとは言えない。もとよりプラス評価で使っている例は多い。たとえば、次の例がそれである。

・**待つ人に　あらぬものから　初雁の　今朝鳴く声の　めづらしきかな**　（古今集・秋上・二〇六）

［私が待っている人からの消息を伝えてくれるわけではないが、今朝鳴いている初雁の声は、何とも心ひかれることよ。］

・**いつとても　月見ぬ秋は　なきものを　分きて今宵《こよひ》の　めづらしきかな**　（後撰集・秋中・三二五）

［いつだって月を見ない秋なんてないのに、とりわけ今夜の月はすばらしいな。］

しかし、次のような例はどうだろうか。

・**めづらしき　人を見むとや　しかもせぬ　わが下紐《したひも》の　解けわたるらむ**

［めったに来てくれない人に逢えるというのであろうか、自分から解いたわけでもないのに、私の下紐がこ

のところずっと解けてしまうのは。」
（古今集・恋四・七二〇）

・世の中に多かる古物語の端《はし》などを見れば、世に多かるそらごとだにあり、人にもあらぬ身の上まで書き日記して、めづらしきさまにもありなむ、

［世の中に流布している古物語をちょっと覗いてみると、ありきたりのいい加減な作りごとさえもてはやされているのだから、人並みでない身の上でも日記として書いてみたら、珍しいことであろう、］
（蜻蛉日記・上・序）

・しばしありて、初めの男来て、いみじう喜びて、「御徳に年ごろねたき者うち殺しはべりぬ。今よりは長き御まもりとなりはべるべき」とて、このことの初めより語る。いとむくつけしと思へど、めづらしきことなれば、問ひ聞くほどに、夜も明けにければ、人もなし。

［しばらくして、初めの男が来て、たいそう喜んで、「お蔭で長年憎く思っていた者をうち殺しました。今後はあなたのことをずっとお守りしましょう」と言って、この事件の発端から語った。非常に気味が悪いと思ったけれど、珍しい話なので、あれこれ尋ねながら聞くうちに、夜も明けてしまったが、気が付くと人もいない。］
（大和物語・一四七段）

・（女の）髪は長く艶々として、大きなる木の根のいと荒々しきに寄りゐて、いみじう泣く。（僧は）「めづらしきことにもはべるかな。僧都の御坊に御覧ぜさせたてまつらばや」と言へば、

［女の髪は長くつやつやとして、大きな木の根っ子のひどくごつごつしているところに寄りかかって、激しく泣いている。僧は「めったにないことですね。僧都の御坊に見ていただきたいものだ」と言うと、］
（源氏物語・手習・新編全集⑥二八二ページ）

右のような例は、プラス評価の意味で使っているとは考えにくい。かといって、マイナス評価の意味であるとも思えない。現代語の「まれだ」とか「めったにない」とか言うのに当たるような中立的な意味であろう。「めづらし」が、平安時代に、「奇妙」とか「変」とか言い換えられるようなマイナス評価の意味で使われることがあったかどうか、疑問である。すなわち、平安時代には「めづらし」がプラス評価に使われるとともに、中立的にも使われていたと見るべきであろう。

ただし、「初草の」が枕詞として「めづらしき」に係っている以上、この「めづらしき」はプラス評価の意味に解するのが妥当であろう。枕詞は、プラス評価の意味をもって使われるのが一般である。したがって、問題の箇所について言えば、片桐の言うことは正しいと思われる。

次に（二）であるが、「物（を）思ふ」は一般に、〈一人であれこれ思い悩む〉の意に使われており、〈物事を認識する〉というような意味には用いられていない。

この句は、多くは恋の悩みに用いられている。

・聞きしより　物を思へば　我《あ》が胸は　割れて砕けて　利心《とごころ》もなし

［あなたの噂を聞いて以来、ずっと恋に悩んでいましたので、私の胸は千々に乱れて人心地もしません。］

（万葉一二・二八九四）

・初雁の　はつかに声を　聞きしより　中空にのみ　物を思ふかな

［（初雁の）わずかにあなたの声を聞いて以来、ずっと心が宙に浮いているようで、ひたすら恋に悩んでい

ます。」
（古今集・恋一・四八一）

・秋の野に　乱れて咲ける　花の色の　千種《ちくさ》に物を　思ふころかな

［秋の野原に乱れ咲いている花が色とりどりであるように、あれこれと思い乱れて恋に悩んでいます。］
（古今集・恋二・五八三）

恋の悩み以外にも用いられることはある。

・験《しるし》無き　物を思はずは　一杯《ひとつき》の　濁れる酒を　飲むべくあるらし

［役にも立たないことをあれこれ考えるくらいなら、一杯の濁り酒を飲んでいるのがよいだろう。］
（万葉三・三三八）

・寛平の御時に、唐土《もろこし》の判官《はうぐわん》に召されて侍りける時に、東宮の侍《さぶらひ》にて、男《をのこ》ども酒賜《たう》べけるついでに、よみ侍りける

藤原忠房

なよ竹の　よ長きうへに　初霜の　おきゐて物を　思ふころかな

［寛平の御代、遣唐使の三等官に任命されて待機していた時に、東宮坊の侍所で、男たちが酒を頂戴した折に詠んだ歌。藤原忠房。「なよ竹の長い節《よ》の上に初霜が置くこの時期、そのおくではないが、秋の夜長に眠らずに起きたまま、あれこれ物を考える今日この頃だなあ。」］
（古今集・雑下・九九三）

しかし、これらも、あれこれ思い悩む状態を表すために用いられている。したがって、この点についても、片

桐の指摘は正しい。

次の（三）であるが、片桐が、「…けるかな」の形は、いずれも「みずからのことを詠嘆する場合にのみ用いられる表現形態」であると主張している点は、どうであろうか。これは、明らかに誤りである。

・**佐保山の　柞《ははそ》の色は　薄けれど　秋は深くも　なりにけるかな**

［佐保山の柞の黄葉の色はまだ薄いけれど、秋は深くなってきたことだなあ。］　（古今集・秋下・二六七）

右の例の場合は、詠嘆の対象は秋が深くなったことであって、「みずからのこと」ではない。

・**月日をも　数へけるかな　君恋ふる　数をも知らぬ　我が身何なり**

［あなたは分別くさく二人が逢えるまでの月日の数を数えていたのですね。あなたに恋するその恋の数さえ分からないほどに夢中になっている私の身は、一体何なのでしょうか。］　（後撰集・恋一・五四三）

右の歌の場合、「月日をも数へ」の主格は、相手であって、この歌の作者ではない。

・**山ならぬ　住《す》み処《か》あまたに　聞く人の　野伏《のぶし》に疾《と》くも　なりにけるかな**

［あなたは山でない住み処が沢山あると聞いていた人だが、山伏でなく野伏に早くもなってしまったのですね。］　（拾遺集・雑下・五二八）

右は、健守法師が仏名会に招かれて野外で奉仕すると聞いて、源経房が当人に贈った歌である。「野伏《のぶし》に疾《と》くもなり」の主格は、相手である。これも、「みずからのこと」を詠嘆している例ではない。

片桐が右のような判定をした理由を考えると、それは、「…けるかな」の形が、「思ひけるかな」の形か、「頼みけるかな」の形か、そのいずれかであって、他の用法は見られないと判断した点と密接に関わる。しかし、『古今集』の歌に限っても、「思ひけるかな」以外に、「折りてけるかな」「なりにけるかな」「老いにけるかな」が見られる。片桐は、いろいろある「…けるかな」の諸例の中から、「思ひけるかな」「頼みけるかな」の例だけを拾って、そこからいずれも「みずからのことを詠嘆する場合にのみ用いられる表現形態」であると考えたのである。

片桐は、たとえば次のような例を掲げている。

・**夢とこそ　言ふべかりけれ　世の中に　うつつあるものと　思ひけるかな**　（古今集・哀傷・八三四）

［この世はすべて夢だと言うべきであったのに、世の中には確かな現実が存在するものと思っていたことだ。］

・**君が代に　逢坂山《あふさかやま》の　石清水《いはしみづ》　木隠《こがく》れたりと　思ひけるかな**　（古今集・雑体・一〇〇四）

［帝の御代に逢い、引き立てていただいて光栄です。今までは、逢坂山の石清水が木蔭に隠れて見えないように、私も日の目を見ることはないと思っていました。］

・**高砂の　峰の白雲　かかりける　人の心を　頼みけるかな**　（後撰集・恋二・六五二）

［高砂の峰に白雲が懸かるの「かかる」ではないが、斯《か》かる（このような頼りない）あなたの心を私は頼りにしていたことだ。］

・下紅葉《したもみぢ》　するをば知らで　松の木の　上の緑を　頼みけるかな
（拾遺集・恋三・八四四）

［松の木の目につかない下葉が変色しているのを知らずに、目につく上葉が常緑であるのを頼りにしていました。ちょうどそのように、あなたの内心が変わっているのを知らずに、うわべが誠実に見えるのを頼りにしていました。］

これらは、確かに「みずからのことを詠嘆する場合」である。「思ふ」「頼む」は外からは分かりにくい精神作用を表す動詞であるから、歌でそれらの語が使われた場合、主格が「我」、すなわち歌の作者であることが多くなることは、容易に考えられる。

したがって、問題の「物を思ひけるかな」の「物を思ひ」の主格も「我」、すなわち返歌の作者である「妹《いもうと》」と考えるのが穏当であろう。

この件に関して言えば、片桐の出した結論は正しいが、判断のプロセスに問題があったと言ってよい。

五　形容詞「うらなし」の意味

最も問題なのは、形容詞「うらなし」の意味の捉え方である。

今、「うらなし」の用法を整理してみる。すると、次の三種に整理することが出来る。

①表裏《おもてうら》がない。心のうちを隠さない。隔てがない。

・うち解くまじきもの。えせ者。さるは、よしと人に言はるる人よりもうらなくぞ見ゆる。

［気を許してはいけないもの。いい加減な者。それでいて、いい人だと人に言われる人よりも表裏がないように見えるものだ。］

（枕草子・二八六段・うち解くまじきもの）

・（葵の上が）心うつくしく例の人のやうに恨みのたまはば、我（＝源氏）もうらなくうち語りて、慰め聞こえてむものを、

［葵の上が素直に普通の女性のように恨み言をおっしゃるのだったら、私も心のうちを隠さずお話しして、お慰め申し上げるところですが、］

（源氏物語・紅葉賀・新編全集①三一六ページ）

②軽率だ。浅慮だ。警戒心がない。

・（源氏に）かかる御心おはすらむとは、（紫の上は）かけても思し寄らざりしかば、などてかう心憂かりける御心を、うらなく頼もしきものに思ひ聞こえけむと、あさましう思さる。

［紫の上は、源氏にこんなお気持（自分を妻にするおつもり）がおありになろうとは、全く思いも寄らないことでいらっしゃったので、どうしてこのような疎ましいお心を軽率にも頼もしいとお思い申し上げたのだろうと、呆然とした気持におなりになった。］

（源氏物語・葵・新編全集②七一ページ）

・うらなくも　思ひけるかな　契りしを　松より波は　越えじものぞと

［軽率にも思っていたことです、お約束したのだから、あなたが浮気心を持つことはないだろうと。］

（源氏物語・明石・新編全集②二六〇ページ）

・（紫上は）かかりけることもありける世を、うらなくて過ぐしけるよと、思ひつづけて臥したまへり。

［紫の上は、こんなことも（夫の愛情が他に移って自分の地位が不安定になることも）あるような夫婦仲なのに、うっかり警戒心も持たずに過ごしてきたものよと思い続けて横になっていらっしゃった。］
（源氏物語・朝顔・新編全集②四八〇ページ）

・（紫の上が）「（玉鬘は）ものの心得つべくはものし給ふめるを、（源氏に対して）うらなくしも打ち解け頼み聞こえ給ふらむこそ、心苦しけれ」とのたまへば、

［紫の上が「あの方（玉鬘）は物事の真実を見抜くことが出来そうでいらっしゃるのに、あなた（源氏）に対して無警戒にうち解けてお頼り申し上げていらっしゃるようであるのは、お気の毒です」とおっしゃると、］
（源氏物語・胡蝶・③新編全集一八四ページ）

③一途だ。ひたすらだ。

・**憂しとても　さらに思ひぞ　返されぬ　恋はうらなき　ものにぞありける**

［幾らつらいとしても、考え直すことなど全く出来ないことだ。恋というものは一途なものなのだなあ。］
（後拾遺集・恋四・八二六）

・**君はかく　忘れ貝こそ　拾ひけれ　うらなきものは　我が心かな**

［あなたはこのように忘れ貝を拾って私のことを忘れようとしているのに、一途なのは私の心なのだなあ。］
（続詞花集・恋下・六一四）

・**暮れてゆく　秋の心は　つらけれど　うらなく招く　花薄《はなすすき》かな**

［引き止めようとしても去って行く秋の心は無情だけれど、それでも、ひたすら秋を招き返そうとしている

花の咲いている薄だな。」

（月詣和歌集・九月・七七四）

・**紅葉降る　木の下風《こしたかぜ》に　夢覚めて　うらなき鹿の　音《ね》をも聞くかな**

（安法法師集・三一）

［紅葉が降るように散っている木の下を吹く風に夢が覚めて、ひたすら妻を求めて鳴く鹿の声を聞くことだ。」

すでに述べたように、片桐は、「うらなし」について、〈隔意なく・腹蔵なく〉の意の他に、〈心至らずも・思慮浅くも〉の意で用いられることがあると捉え、そこから問題の歌の後半は、〈そんなお気持を知らずに、私は心至らずも一人で恋に悩んでいたことでありましたよ〉のような意味であると考えたのである。

片桐は、問題の例を、右の分類で言えば、「うらなし」の②に当てはめたものと思われるが、②は〈警戒すべきことに〈望ましくないことが起こり得ることに〉不注意である〉というのが重要な点である。〈心至らずも・思慮浅くも〉と捉えると、その重要な点が抜け落ちてしまうのである。

「妹《いもうと》」は、兄が自分に恋慕の気持を抱いていることに今まで気づいていなかったのであるが、兄の懸想は、この「妹《いもうと》」にとって警戒すべきことではなく、むしろ歓迎すべきことなのである。その意味から言えば、②に当てはめるのは難しい。

この歌の「うらなく」は、③の使い方として理解すべきではないだろうか。

以上の検討を総合して言えば、「妹《いもうと》」の返歌の歌意は次のようになる。

春の初めに生い出た草のように、何と心ひかれるお言葉でしょうか。私はあなたのお気持を知らずに、ひたすら一人で思い悩んでおりました。

これは、片桐説の修正案と言うべきものである。片桐説は、通説に比べて遙かに優れているものと評価することが出来る。ただし、問題点が全くないというわけではなかった。しかし、以上のように修正することによって、それがもっていた問題点を解消することが可能である。

なお、この章段の兄妹が本気で好き合っていたと考える必要はない。当時の貴族社会にあっては、和歌の贈答は社交の一部であり、そこで互いに本音を吐くというようなものでは必ずしもないからである。この歌の贈答は、兄妹の戯れ合いと見るのが適切なのではあるまいか。この段は「妹《いもうと》」の返歌で終わっていて、この後二人の恋がどうなったかは書かれていない。これは、そもそも二人が恋し合ってなどいなかったのだと考えると納得しやすい。

六　『伊勢物語』第四九段と『源氏物語』総角の一場面

最後に、『伊勢物語』のこの段を参照して書かれたものと思われる、『源氏物語』総角の一場面に触れておきたい。これは、女一の宮が女絵（物語や日記などの内容を描いた風俗画）を見ているところに、同腹の弟である匂宮が訪ねてくるという場面である。

・在五が物語描きて、妹に琴《きん》教へたるところの、「人の結ばむ」と言ひたるを（匂宮が）見て、いかが思すらむ、少し近く参り寄り給ひて、「古《いにし》への人も、さるべきほどは、隔てなくこそならはして侍りけれ。いと疎々《うとうと》しくのみもてなさせ給ふこそ」と、忍びて聞こえ給へば、（女一の宮が）いかなる絵にかと思すに、（匂宮が）

押し巻き寄せて、御前にさし入れ給へるを、うつぶして御覧ずる御髪《みぐし》のうち靡《なび》きてこぼれ出でたる片そばばかり、ほのかに見奉り給ふが飽かずめでたく、少しも物隔てたる人と思ひ聞こえましかばと思すに、忍びがたくて、

若草の　ねみむものとは　思はねど　むすぼほれたる　心地こそすれ

御前《おまへ》なりつる人々は、この宮（＝匂宮）をばことに恥ぢ聞こえて、物の後ろに隠れたり。（女一宮は）「ことしもこそあれ、うたてあやし」と思《おぼ》せば、物ものたまはず。ことわりにて、「うらなくものを」と言ひたる姫君も、ざれて憎く思さる。

「在五中将の物語を絵に描いて、妹に琴を教えている箇所で、「人の結ばむ」と言っているところを匂宮が見て、どうお思いになっているのだろうか、女一の宮のそばに少し近寄り申し上げなさって、「昔の人も、しかるべき関係がある場合は、隔てなく親しく近づくことを許したのですね。それなのに、あなたは私のことを、もっぱらとてもよそよそしくお扱いになるのは、恨めしいことです」と小声で申し上げなさったので、女一の宮がどんな絵なのかとお思いになっていると、匂宮が絵巻を巻き取って、几帳の下から御前に差し入れなさったのを、うつ向いてご覧になる女一の宮の御髪が靡いて、几帳の下からこぼれ出た片端だけ、ちらっと見申し上げなさったのだが、ずっとご覧になっていたいほどすばらしくて、もう少し血筋の遠い人だと思い申し上げるような仲だったら（せめて異腹の兄妹だったら）いいのにとお思いになると、我慢できなくなって、

　若草のようなあなたと共寝をしようとは思いませんが、悩ましく晴れ晴れしない気持がします

とお詠みになった。御前にいた女房たちは、この宮に対しては特に遠慮申し上げて、物陰に隠れている。

女一の宮は、「こともあろうに、そんなことをおっしゃるなんて、疎ましく理解できない」とお思いになるので、何もおっしゃらない。それも道理であって、「うらなくものを」と言った姫君のことも、世慣れていて憎らしくお思いになる。」

（源氏物語・総角・新編全集⑤三〇四ページ）

そこにあった『伊勢物語』の絵には、「妹に琴《きん》教へたる」ところがあったことになっているが、現存の『伊勢物語』の本文には、一部の例外を除いて、これに当たる記述が見られない。これは、前掲の片桐洋一［一九八三］が述べたように、ここに紹介されている「伊勢物語絵」にはそのような場面が描かれていたということに過ぎず、物語本文に「妹に琴《きん》教へたる」と記されていたと考える必要は、必ずしもないのである。

ところで、片桐は、『伊勢物語』との関係において、『源氏物語』の「『うらなくものを』と言ひたる姫君も、ざれて憎く思さる」とある部分を問題にしている。「ざる（戯る）」は、〈気が利いている・風流な〉のようなほめ言葉に近い場合もあるが、〈ふざけている〉のような非難めいた雰囲気で用いられる場合もある。この場合は、「憎く」に続くのだから、後者のニュアンスが強いのは当然である。したがって、「ふざけていて、うとましい」と訳してよいところである。しかし、「妹《いもうと》」の返歌に対する解釈が通説のようであると、「うとましい」ほどにふざけているとは言いにくく、そこに矛盾が生じている。そこで、「初草の　などめづらしき　言の葉ぞ」に、兄の呼びかけにひそかに喜ぶ妹の気持を感じ、「うらなく物を　思ひけるかな」に、今まで兄の気持に思い至らず一人で思い悩んでいたことへの後悔の意を把握するならば、「妹《いもうと》」の返歌は、「まさしく『ざれてにくく』思われて当然、『好色』な行動と思われて当然ということになるのである」と記している。

しかし、ここで問題になるのは、「『うらなくものを』と言ひたる姫君も、ざれて憎く思さる」とある「思さる」

の主語は誰か、ということである。片桐は、それを匂宮と考えて、匂宮が「若草の」の歌を詠みかけたのに対して、「そばの女房たちは姿を隠して贈答の仲介をせず、姉宮自身も応答などしない」という状況を記し、その上で、匂宮の心理を次のように説明しているのである。

匂宮は、それも無理のないこととあきらめつつ、あの「伊勢物語」第四九段で、「うらなくものを思ひけるかな」と応じた妹君が「ざれてにくく」思われたと述べているのである。

しかし、匂宮は、『伊勢物語』の当該の段を念頭に置きながら、女一の宮に懸想がましい歌を詠みかけた当の本人である。その匂宮が、「うらなくものを」と答えた「妹《いもうと》」を「ざれて憎く」思うというのは、やはりおかしいのではあるまいか。

「思さる」の主語は、匂宮と考えるのが通説のようであるが、むしろ女一の宮と解するのが適切である。すなわち、このあたりの文は、次のような意味と考えられる。

女一の宮は、「こともあろうに、姉弟の関係にある自分に色めかしい歌を詠みかけるなんて、何とも嫌なこと」とお思いになったので、物もおっしゃらない。それも当然なことであり、女一の宮は、「うらなくものを」と返歌した『伊勢物語』の姫君のことも世慣れていて憎らしい、とお思いになるのであった。

「姫君も」の「も」は、女一の宮が匂宮をうとましく思うだけでなく、『伊勢物語』の姫君までも（憎らしく思う）の意で用いられた「も」である。

なお、平安時代の動詞「ざる（戯る）」には、かつて山口佳紀［二〇一〇］で論じたように、次の三種の意味がある。

A たわむれる。ふざける。

B くだけている。世慣れている。色情を解する。

C垢抜ける。洗練される。

ここでは、Bの意で使われていると見るのがよいであろう。

以上のように考えることによって、『伊勢物語』第四九段と『源氏物語』の当該場面とは見事に照合していることが分かる。

［引用論文］

秋山　虔［一九九七］『〈新日本古典文学大系〉伊勢物語』（岩波書店）
阿部俊子［一九七九］『〈講談社学術文庫〉伊勢物語全訳注』（講談社）
大津有一・築島裕［一九五七］『〈日本古典文学大系〉伊勢物語』（岩波書店）
片桐洋一［一九八三］「うらなく物を思ひけるかな」（文林〈松蔭女子学院大学〉一八号、『伊勢物語の新研究』〈明治書院、一九八七年〉所収）
片桐洋一［二〇一三］『伊勢物語全読解』（和泉書院）
鈴木日出男［二〇一三］『伊勢物語評解』（筑摩書房）
森野宗明［一九七二］『〈講談社文庫〉伊勢物語』（講談社）
山口佳紀［二〇一〇］「ジャレル（洒落）・ジャレル（戯）の語史・臆断」（国語語彙史の研究二十九、『古代日本語史論究』〈風間書房、二〇一一年〉所収）

第九章　第五〇段（鳥の子）

一　問題の所在

まず、第五〇段の全文を紹介する。

◎昔、男ありけり。恨むる人を恨みて、

鳥の子を　十《とを》づつ十は　重ぬとも　思はぬ人を　思ふものかは

と言へりければ、

朝露は　消え残りても　ありぬべし　誰《たれ》かこの世を　頼みはつべき

また、男、

吹く風に　去年《こぞ》の桜は　散らずとも　あな頼みがた　人の心は

また、女、返し、

行く水に　数《かず》書くよりも　はかなきは　思はぬ人を　思ふなりけり

また、男、

行く水と　過ぐるよはひと　散る花と　いづれ待ててふ　言《こと》を聞くらむ

あだくらべかたみにしける、男女《をとこをんな》の、忍び歩《あり》きしけることなるべし。

（伊勢物語・五〇段）

これは、次のような内容である。

昔、男がいた。男は、恨み言を言ってきた女を逆に恨み返して、歌で、

鳥の卵を十個ずつ十回重ねることが出来たとしても、思ってくれない人を思うことが出来るものですか。

と言ってやったところ、女は歌で次のように返してきた。

消えやすい朝露でも消え残ることはあるに違いありません。それでも、誰がこの二人の仲を最後まで頼りにすることが出来ましょうか。

また、男が贈った歌。

去年の桜が風が吹いても散らずに残ることがあったとしても、あなたの心は変わりやすくて、ああ、頼りにすることが難しい。

また、女の返歌。

流れてゆく水の上に数字を書くことより空しいことは、あなたのように思ってくれない人を思うことです。

また、男の歌。

流れてゆく水と、過ぎてゆく年齢と、散る花の中で、どれが、待ってくれという言葉を聞き入れてくれるでしょうか。

右のように歌のやり取りがあったのであるが、ここまでの内容を理解することは、そんなに困難ではない。

理解が難しいのは、末尾にある次の一文の意味である。

・あだくらべかたみにしける、男女《をとこをんな》の、忍び歩《あり》きしけることなるべし。

特に問題になるのは、その中にある「あだくらべ」という語をどう捉えるかである。

二 「あだくらべ」とは何か

「あだくらべ」とは、どういう意味か。通説では、「浮気競べ」のこととする。たとえば、以下のようなものがそれである。

浮気の競べ合い。男女各々が忍んで他の人と通じながら、相手を浮気だと言い張ったこと。（大津有一・築島裕〔一九五七〕）

「あだくらべ」とは、男女がそれぞれ浮気でありながら、相手を浮気だといって競い合うこと。（福井貞助〔一九七二〕）（福井貞助〔一九九四〕もほぼ同文）

「あだくらべ」は、浮気の張り合いというほどの意味になろうか。（石田穣二〔二〇〇四〕）

「うらむる人をうらみて」で始まり、「思はぬ人を思ふ」という句を二首の歌に詠み込んでいるこの段においては、「男女の心の変わりやすさ競べ（浮気競べ）」と解する他はあるまい。（片桐洋一〔二〇一三〕）

ただし、「浮気競べ」というと、自分のほうがより浮気であると言って競う意味になりそうであるが、諸注の言うところはそうではない。相手が浮気だと言って競うことだと言う。それでも「競べ」のうちに入るのだろうか。そのことも、この通説のもつ問題点の一つである。

一方、次の注釈書では異説が唱えられている。

諸注に浮気比べのこととするが不審。はかないもの比べ、の意ではあるまいか。　（渡辺実［一九七六］）

右の「はかないもの比べ」説を支持するものとして、竹岡正夫［一九八七］がある。

しかし、これらの解釈は、いずれも「あだくらべ」という語の語性を捉え損なっている。以下に、その点を少し詳しく説明することにする。

まず、「あだ」という語の意味について整理すると、下記のようになる。

①誠意のないさま。浮気なさま。

・昔、女の、あだなる男の形見とて置きたる物どもを見て、

形見こそ　今は仇《あた》なれ　これなくは　忘るる時も　あらましものを

［昔、女が、浮気な男が次に逢うまでの形見だと言って置いていった品々を見て詠んだ歌。「形見は今となっては仇《かたき》であるよ。これさえなければ、あの人のことを忘れる時だってあるのになあ。」］

（伊勢物語・一一九段）

②永続しないさま。変化しやすいさま。はかないさま。

・身まかりなむとて詠める。　**藤原惟幹《これもと》**

露をなど　あだなるものと　思ひけむ　我が身も草に　置かぬばかりを

［自分が死にそうだという時に詠んだ歌。藤原惟幹。「私はどうして露をはかないものだと思ったのだろうか。自分の身だって、露のように草の上に置かないだけで、同じくはかないものなのに。」］

（古今集・哀傷・八六〇）

③成果を得ないさま。無駄なさま。無意味なさま。

・**後蒔《のちま》きの　遅れて生ふる　苗なれど　あだにはならぬ　たのみとぞ聞く**

［遅く蒔いて遅れて生長した苗ではあるけれど、決して無駄にはならず、立派に田の実《み》（稲の実）となる、頼《たの》み甲斐（頼り甲斐）のある苗だと聞いています。］

（古今集・四六七・物名「ちまき」）

④いい加減なさま。疎略なさま。

・**思ふかひ　なき世なりけり　年月を　あだに契りて　我や住まひし**

［愛していた甲斐のないあの女との仲だったなあ。長い年月をいい加減に契って私は暮らしたわけではなかったのに。］

（伊勢物語・二一段）

右のうちのどれかであることは、確かであろう。

また、「くらべ」は、動詞「くらぶ」の名詞形であるが、動詞「くらぶ」には次のような意味がある。

（ア）二つ以上のものの異同や優劣を見きわめる。比較する。

（イ）二つ以上のものの優劣や勝敗を競う。競争する。

（ウ）つき合う。うまく相手をする。

右のうち、（ウ）は関係がないであろうから、（ア）か（イ）かどちらかということになる。

そこで、「あだくらべ」という語の語義を考えることになるが、ここで注意すべきことは、古代語の「あだ」は形容動詞「あだなり」の語幹であって、名詞ではないということである。というのは、諸注が〈浮気比べ（競べ）〉の意と考える時、〈浮気を比べる（競べる）こと〉というように、暗黙のうちに「あだ」を名詞扱いしているからである。〈はかないもの比べ〉の意とする説も、「あだ」を名詞のように扱っている点では同じである。すなわち、「あだくらべ」は、〈「あだ」をくらべること〉ではなくて、〈「あだ」なるくらべごと〉という意味になるはずなのである。

たとえば、以下は〈あだ＋名詞〉の例であるが、「あだ」はいずれも状態的な意味をもって、下接の名詞を修飾していることが分かる。

①**譋**　伊豆波利己止、又阿太己止　（新撰字鏡）

②**秋といへば　よそにぞ聞きし　あだ人の　我を古《ふる》せる　名にこそありけれ**　（古今集・恋五・八二四）

［秋という言葉を以前はよそ事として聞いていたよ。けれども、それは、浮気者が私のことを飽きて見捨てる時の名前だったのだなあ。］

③**旅寝して　あだ寝する夜の　恋しくは　我が家の方に　枕せよ君**

［旅寝をして独り寝る夜に、私のことが恋しかったら、我が家の方向に枕を向けて寝なさいよ、あなた。］

④**杣人《そまびと》の　槇《まき》の仮屋の　あだ伏しに　音するものは　霰《あられ》なりけり**　（柿本人麻呂集・六一八・和歌文学大系）

［木樵が泊まる槙で出来た仮小屋で独り横になっているところに、音を立てて訪れるのは、霰なのだなあ。］

（山家集・上・五四五）

すなわち、①は〈いい加減な言葉〉、②は〈浮気な人〉、③は〈恋人と一緒でなく無駄に寝ること〉、④〈恋人と一緒でなく無駄に伏すこと〉ということになる。

もっとも、後世になると、次のような「あだくらべ」の例が出て来る。

・**見ばやこの　老いの残りの　月日にぞ　あだくらべする　稲妻のかげ**

［この身の老いの残りの月日はあっという間に過ぎてゆくものだが、それとはかなさを競う稲妻の光を見たいものだ。稲妻の光だって、はかなさは老残の日々に及ばないのだ。］

（雪玉集・七四九三）〈三条西実隆＝一四五五年生〜一五三七年没〉

・**秋来れば　まづ咲き初《そ》むる　朝顔に　あだくらべをや　しののめの露**

［秋が来ると、まず咲き始める朝顔の花と、はかなさを競っているのか、明け方の露は。］

（逍遙集・一一二五）〈松永貞徳＝一五七一年生〜一六五三年没〉

・**霧こめて　日影も薄き　槿《あさがほ》の　花と露との　あだくらべをば**

［霧が立ちこめて日の光も弱い朝、朝顔の花と露とが、はかなさを競っていることよ。］

（難波捨草・二八三）〈一六八八年成立〉

これらの「あだくらべ」は、〈はかなさを競うこと〉の意で、「あだ」が名詞扱いになっている。これは、「あだ」の語性が変化したもので、平安時代とは状況が異なる。また、次の例はそれらとも違っている。

・その古《いにし》へは妓衆《よねしゅう》とあれば、舞うつ歌うつあだくらべ、

［その昔は、遊女であったので、舞ったり歌ったりして、妍《けん》を競ったものだ。］

〈松の葉・二・二二・らっぴ・日本古典文学大系〉〈一七〇三年刊〉

この「あだ」は「婀娜《あだ》」という漢語で、「あだくらべ」は〈美しさを競うこと〉の意である。

したがって、『伊勢物語』の「あだくらべ」は、〈無駄に比べること〉〈無意味に比較すること〉というような意味になるはずだが、それは具体的には何を指しているのか。

そういう眼で、第五〇段に出て来る歌の内容を見ると、次のように、五首全部が比較から成り立っている歌であることが分かる。

（1）**鳥の子を　十《とを》づつ十は　重ぬとも　思はぬ人を　思ふものかは**

「卵を十個ずつ十も重ねること」と「思ってくれない人を思うこと」

（2）**朝露は　消え残りても　ありぬべし　誰《たれ》かこの世を　頼みはつべき**

「消えやすい朝露」と「頼みがたい人」

（3）**吹く風に　去年《こぞ》の桜は　散らずとも　あな頼みがた　人の心は**

「桜」と「人の心」

（4）**行く水に　数《かず》書くよりも　はかなきは　思はぬ人を　思ふなりけり**

「流れる水に数を書くこと」と「思ってくれない人を思うこと」

（5）**行く水と　過ぐるよはひと　散る花と　いづれ待ててふ　言《こと》を聞くらむ**

「水の流れ」と「人の寿命」と「散る花」

そのような比較は無意味だというのが、「あだくらべ」ではないだろうか。それでは、なぜそれらの比較は無意味と評されるのだろうか。

ところで、（1）～（4）では、比較の一方に頼みがたい人の心を挙げている。しかるに、（5）では、それが表面的には出て来ておらず、一連の歌のやりとりを締めくくる歌としては、物足りないように思われる。したがって、ここは表面に現れた「水の流れ」「人の寿命」「散る花」以外に「移ろいやすい人の心」が比較の対象として含意されていると考えるべきであろう。

これらの比較がなぜ無意味かというと、そのような比較は、自分が誠実であることを前提として、行われるはずの比較である。自分がすでに不誠実であるならば、その比較は意味をもたなくなる。

ところが、冒頭の「恨むる人を恨みて」や、末尾の「男女の忍び歩《あり》きしける」から分かるように、この男女はそれぞれ別の人と忍び逢っており、誠実とは言えない。それ故、この段の語り手は、それらの歌で行われている比較を「あだくらべ」と評しているのだと考えられる。

ところで、本文に「あだくらべかたみにしける」とあるが、通説のように、「あだくらべ」を〈浮気競べ〉の意と解すると、「かたみに」の語が意味をもたなくなる。後に紹介する後藤康文［二〇〇〇］の言うように、「競べ」は二人以上の人間が同一の事柄を競うことであるから、「かたみに（互いに）」の語は不要なのである。

なお、次の注釈書は、「あだ」の語性の捉え方において妥当であり、注目してよい。

いいかげんな歌くらべを互いにしていた男と女が、男のほうの人目を忍んだ浮気沙汰についてやりとりした話なのだろう。（秋山虔［一九九七］）

すなわち、「あだ」を「いいかげんな」と訳して、名詞扱いにしない点は評価できる。しかし、「いいかげんな歌くらべ」とはどういう意味か、明確でない。また、「歌くらべ」であれば、それは自分の歌と相手の歌とを競べることだから、「かたみに（互いに）」の語は余分である。

一方、無意味な比較を内容とした歌ということであれば、男・女は「かたみに（互いに）」作り合うことが出来るのである。

三　末尾の文の意味

末尾の文は、次のようになっている。

・**あだくらべかたみにしける、男女《をとこをんな》の、忍び歩《あり》きしけることなるべし。**

この文は、次のように理解するべきである。

・あだくらべかたみにしける（は）、男女《をとこをんな》の忍び歩《あり》きしける毎《ごと》なるべし。

すなわち、「ことなるべし」は通説では「事《こと》なるべし」と捉えるが、ここは「毎《ごと》なるべし」と解すべきである。「事《こと》なるべし」では、何かよほど言葉を補わないと主述関係が整わない。筆者は、「毎《ごと》なるべし」と考え、文意を以下のように理解する。

歌で無意味な比較をお互いにしたのは、男と女がそれぞれ他の人とこっそり忍び逢った度毎であったに違いない。

「忍び歩《あり》き」という語は普通、男性について使う語であるが、ここでは男女がそれぞれ他の人と忍び逢ったことをまとめて表現したために、女性についても使われた形になったものであろう。

なお、山崎正伸［二〇一三］は、「女の『しのびありき』というのは事例は少ない」と認める一方で、次の例を「夫以外の男と外で逢い引きをしたり、恋愛する女の話」の例としたが、これは疑問である。

・よしいゐといひける宰相のはらから、大和の掾《じよう》といひてありけり。これが元の妻《め》のもとに、筑紫より女を率《ゐ》て来て据ゑたりけり。もとの妻《め》も心いとよく、今の妻《め》も憎き心なく、いとよく語らひて居たりけり。かくてこの男は、ここかしこ人の国がちにのみ歩《あり》きければ、二人のみなむ居たりける。この筑紫の妻《め》、忍びて男したりける。それを、人のとかく言ひければ、詠みたりける。

夜はに出でて　月だに見ずは　逢ふことを　知らず顔にも　言はましものを

となむ。……

［よしいえという参議の兄弟に、大和の掾という人がいた。その人は、本妻のもとに、筑紫から女を連れてきて住まわせたのであった。本妻も非常に気立てがよく、新しい妻も嫌みな心がなくて、たいそう仲よく暮らしていた。こうして、この男は、あちらこちら地方で動き回っていることが多かったので、女は二人だけで住んでいたのだった。そのうちに、筑紫の妻はこっそり男を作っていた。そのことを、人があれこれ言ったので、本妻に向かって詠んだ歌。

　月が夜中に出て自分を見るということさえなかったら、男と逢っているということなど知らない振りをして、あなたとお話しするでしょうに。

と詠んだ。……］

（大和物語・一四一段）

　山崎は、「夜はに出でて」の主語を「我」と見る説を採ったのだが、これは、柿本奨［一九六二］・今井源衛［二〇〇〇］などの言うように、「月だに夜はに出でて見ずは」の倒置であり、「夜はに出でて」の主語は、「月」と解するのが妥当である。したがって、これは、女の「忍び歩《あり》き」の例にはならない。

　なお、後藤康文［二〇〇〇］は、現存本文を不審とする。そして、本来は、次のような本文であったと考える。

・**忍び歩きかたみにしける男女の、あだくらべしけることなるべし。**

その「忍び歩き」と「あだくらべ」とが入れ替わったのが、現本文であるという仮説を提出したのである。後藤は、現本文が不審である理由として、次の二点を挙げている。
（一）「忍び歩きしけることとなるべし」は落ち着きが悪い。たとえ、「こと」の部分をどのような意味と考えて読もうとも、第五〇段の内容が「忍び歩き」に焦点を当てたものでない以上、この一段が「忍び歩きしけることとなるべし」という言葉で締めくくられているのは、不可解な現象である。
（二）「あだくらべ」を「かたみに」するという表現の不思議。「〜くらべ」は、二人以上の人間が同一の事柄を競うことをいう語であるから、「あだくらべ」の語を受けてわざわざ「かたみにしける」というのはおかしい。

それに対して、想定された上記の原本文の意味は、

（これは、別の異性との）密会をお互いにし（てい）た男女が、（歌によって）どちらがより多情であるかを負けじと競った話なのであろう。

となって、問題は解消されると考えたのである。

しかし、この想定は大胆に過ぎるし、また「あだくらべ」の理解が通説と同じであるという点からも、支持できない。

筆者も、後藤と同じような疑問をもつものであるが、解決の方法が異なる。筆者の解決方法がどのようなものであるかは、すでに述べたとおりである。

［引用論文］

秋山　虔［一九九七］『〈新日本古典文学大系〉伊勢物語』（岩波書店）

石田穣二［二〇〇四］『伊勢物語注釈稿』（竹林舎）
今井源衛［二〇〇〇］『大和物語評釈・下巻』（笠間書院）
大津有一・築島裕［一九五七］『〈日本古典文学大系〉伊勢物語』（岩波書店）
柿本　奨［一九八一］『大和物語の注釈と研究』（武蔵野書院）
片桐洋一［二〇一三］『伊勢物語全読解』（和泉書院）
後藤康文［二〇〇〇］『伊勢物語誤写誤読考』（笠間書院）
竹岡正夫［一九八七］『伊勢物語全評釈』（右文書院）
福井貞助［一九七二］『〈日本古典文学全集〉伊勢物語』（小学館）
福井貞助［一九九四］『〈新編日本古典文学全集〉伊勢物語』（小学館）
山崎正伸［二〇一三］「『伊勢物語』解釈再考」（二松〈二松学舎大学大学院〉二七集）
渡辺　実［一九七六］『〈新潮日本古典集成〉伊勢物語』（新潮社）

第一〇章　第五一段（菊）

第五一段は、次のような短い章段である。

一　キク（菊）の歌

◎昔、男、人の前栽《せんざい》に菊植ゑけるに、

植ゑし植ゑば　秋なき時や　咲かざらむ　花こそ散らめ　根さへ枯れめや

（伊勢物語・五一段）

「前栽」とは、言うまでもなく、〈庭の草木の植え込み〉の意である。具体的にどんな草木が植えられたのであろうか。延長五年（九二七）秋の「太政大臣殿東院前栽合」には、

松・薄《すすき》・紫苑《しをん》・女郎花《をみなへし》・萩・刈萱《かるかや》・菊・蘭・撫子《なでしこ》・竜胆《りうたん》・桔梗《きちかう》

などが、題として取り上げられている。その中には、当然ながら、第五一段の「男」が植えた「菊」も入っている。「人の前栽」とあるから、この「菊」は、その「人」への贈物として植えられたものである。

ところで、キク（菊）は漢語である。『和名抄』には、「菊」の和名として、カハラヨモギ・カハラオハギを挙

げている。

・**菊** 和名、加波良予毛木、一云可波良於波岐　（和名抄）

これは在来種の野菊などを指すものと考えられている。なお、オハギは、ウハギとも言い、現在のヨメナに当たるという。それらに、カハラ（川原）の語が冠せられているのは、野生の品種を想定しているからであろう。一方、漢語であるキク（菊）の名で呼ばれたのは、中国伝来の品種のものである。キク（菊）は、「重陽の宴」という中国伝来の宮廷行事とともに、日本に伝わった。それが重陽の宴において重視されたのは、菊の露が長寿をもたらすと考えられたからである。キク（菊）はやがて、不老長寿の象徴として、宮廷行事の場を離れても賞美されるようになった。

・**是貞親王の家の歌合の歌**　**紀友則**

露ながら　折りてかざさむ　菊の花　老いせぬ秋の　久しかるべく

［是貞親王の家で行われた歌合の歌。紀友則。「露の降りたままで折って髪に挿すことにしよう、菊の花を。老いの来ない秋が長く続くように。」］　（古今集・秋下・二七〇）

以上のような事情を勘案すると、第五一段の歌は「人」に対して長寿を予祝する意味をもったものと解して誤りあるまい。

二　「植ゑし植ゑば」の歌に対する従来の解釈

さて、問題はこの章段に記された歌である。

・植ゑし植ゑば　秋なき時や　咲かざらむ　花こそ散らめ　根さへ枯れめや

この歌は、下記の現代語訳のように理解するのが普通である。

しっかりと植え込みましたなら、秋がない時には咲かないでしょうが、毎年めぐりくる秋には必ずみごとに咲くでしょう。たとえ花は散っても根まで枯れるようなことはありましょうか。いつもくり返し美しい花を開くことと思います。それが私の志です。（福井貞助〔一九九四〕）

こうしてしっかり植えてさえおけば、もしも秋という季節がないときには咲くこともなかろうけれど、そんなことはありえないのだから必ず咲くことでしょう。そしてその花は散るでしょうが、根まで枯れることはないでしょう。（秋山虔〔一九九七〕）

しっかりと植えておいたなら、もし秋のない時は咲かないこともあろうが、秋は必ずあるのだから、毎年必ず咲くはず。花は散ることはあろうが、根までが枯れることはないのだから。（片桐洋一〔二〇一三〕）

しっかり植えておけば、秋のない時には咲かないこともあろうか、でも秋のない年などないのだから必ず毎年咲くものだ。そして、その花が散ってしまっても、根までは枯れることがあるはずもない。（鈴木日出男〔二〇一三〕）

この歌について、次のように解説しているものもある。

『古今集』秋下に業平の歌としてこのままの形で載っており、理屈っぽくて面白味のない歌という感じだが、これは慶賀の歌なのであろう。菊は毎年咲き、根は永遠に枯れない、というめでたい言葉を贈物に添え、相手の主《あるじ》を祝福するのである。（渡辺実［一九七六］）

従来の理解に従えば、渡辺の言うように、「理屈っぽくて面白味のない歌」という非難は免れない。しかし、それは、「秋なき時や　咲かざらむ」の部分を疑問文と見るからである。もし、反語文と解するならば、〈（この菊は）秋の来ない時には咲かないだろうか、いや秋が来なくても咲く。〉の意となって、「理屈っぽ」いどころか、理屈に合わない、「非常識」な歌になるのである。

ところで、鈴木日出男は、上記のような現代語訳を掲げた後に、次のような説明を行っている。

「秋なき時や咲かざらむ」は、文脈上挿入句的な歌句となっている。秋でない時には咲かないだろうか、の意。「や」は軽い疑問の意。言外に、でも秋のない年はないのだから毎年咲くのだ、の意が現れる。（鈴木日出男［二〇一三］）

すなわち、「や」は「軽い疑問」であるとするのである。「や」が「軽い疑問」であるとすると、「秋なき時や咲かざらむ」は、〈秋が来ない時は咲かないだろうか、やはり咲かないだろう〉の意になる。現に上記の諸訳で「咲かないでしょう」「咲くこともなかろう」のように、疑問文でなく肯定文になっているものが多いのは、そのためである。

一方、片桐洋一は、上記のような現代語訳を示した後に、「秋なき時や　咲かざらむ」について、以下のような説明を施している。

「や」は反語。しかし秋がないなんていうことは有り得ないので、必ず咲くはずだと言っているのである。

（片桐洋一［二〇一三］）

すなわち、「や」は「反語」だというのである。しかし、「や」が「反語」であれば、「秋なき時や咲かざらむ」は、すでに触れたように、〈秋が来ない時でも咲く〉の意になって、片桐の言うような意味にはならない。上記の現代語訳から見ても、片桐は実のところ「や」を「疑問」と見ているのである。しかも、「秋が来ない時は咲かない」ということを真に疑っているわけではないのだから、「軽い疑問」だ、と考えているのである。

要するに、従来の諸注の多くは、「秋なき時や　咲かざらむ」の「や」を「軽い疑問」と解しているのである。しかし、この箇所は、なぜそのような疑問文を発する必要があったのだろうか。もし、最終的に〈毎年必ず咲くものだ〉と言いたいのだとして、「秋なき時や　咲かざらむ」（＝秋が来ない時は咲かないだろうか、やはり咲かないだろう）と当たり前のことをわざわざ表現する必要はないのではないか。

なお、由良琢郎［一九六五］は、「『や』は、この場合、係助詞ではなく、間投助詞であろう」と言っている。だとすると、文の中核は〈秋が来ない時は咲かないだろう〉の意であり、そこに〈詠嘆〉の意が付け加えられることになるが、ますます言わずもがなのことを表現している感が強くなる。

三　「や」は「疑問」か「反語」か

ここで、改めて「や」の用法を検討してみたい。一般に、「や」に「疑問」と「反語」の用法があることは、今さら言うまでもあるまい。そこで問題を絞って、「秋なき時や　咲かざらむ」と同じく、〈～ヤ～ム〉の形式をもった文例で考えてみたい。なお、木下正俊［一九七八］は、『万葉集』を中心にこの文型を扱い、一人称主格の疑問文の場合は、話し手の不本意な気持を表すことを述べているが、ここでは、平安時代について、一人称主格と限定せずに見ていくことにする。

次に挙げるのは、「や」が「疑問」を表している例である。

・**年のうちに　春は来にけり　一年《ひととせ》を　去年《こぞ》とや言はむ　今年とや言はむ**

（古今集・春上・一）

［年内に立春は来てしまったなあ。だとすると、これから大晦日までの残りの日は、去年と呼ぼうか、それとも今年と呼ぼうか。］

・**龍田川　紅葉乱れて　流るめり　渡らば錦　中や絶えなむ**

［龍田川に紅葉が乱れ散って流れているのが見える。もし今この川を渡ったら、紅葉の錦は断ち切れてしまうのだろうか。］

（古今集・秋下・二八三）

・**越《こし》の国《くに》へまかりける人に、詠みてつかはしける**

よそにのみ　恋ひやわたらむ　白山《しらやま》の　ゆき見るべくも　あらぬ我が身は

［越の国へ下向する人に詠んで贈った歌。「これからは遠くからあなたのことを恋し続けることになるのだろうか、越の国の白山《しらやま》の雪を見ることも出来ないように、あなたのもとに行って逢うことも出来ない私の身では。」］

（古今集・離別・三八三）

・**我がやどの　庭の秋萩　散りぬめり　後《のち》見む人や　くやしと思はむ**

［我が家の庭の秋萩が散り始めたのが見える。後で見る人はもっと早く来ればよかったと後悔するのだろう

か。」

・ふるさとの　霞飛び分け　ゆく雁は　旅の空にや｜　春を暮らさむ｜
（後撰集・秋中・二九九）

［故郷へと霞を分けて飛んで行く雁は、旅の空で春の日を過ごすのだろうか。］
（拾遺集・春・五六）

以上のほかにも、「疑問」の例は容易に見出だせる。

一方、「反語」のほうは確実な用例が比較的少ない。

・見てのみや｜　人に語らむ｜　桜花　手ごとに折りて　家づとにせむ

［見るだけで折らずにその美しさを人に語ることが出来ようか。さあ、それぞれが桜の花を折って家への土産にしよう。］
（古今集・春上・五五）

右の歌の場合、末尾に「手ごとに折りて　家づとにせむ」とあるところから見て、「見てのみや　人に語らむ」は、〈見るだけで（折らずに）帰るとすると（この桜の美しさを）人に語り尽くすことが出来ようか、いや出来ない〉の意であることは、明らかである。すなわち、これは「反語」の例である。

・おほつぶねに物のたうびつかはしけるを、さらに聞き入れざりければ、つかはしける
貞元親王

おほかたは　なぞや｜我が名の　惜しからむ｜　昔のつまと　人に語らむ

［「おほつぶね」という女房に自分の気持を伝えてやったのだが、全然聞き入れなかったので、贈ってやった歌。貞元親王。「そもそも、どうして私の名誉が惜しいことがあろうか。もし逢ってくれないならば、あなたのことを昔の妻だと人に話して噂を広めようと思う。」］
（後撰集・恋二・六二三）

右の歌における問題の部分は、〈どうして私の名誉が惜しいことがあろうか、いや惜しくない〉の意であるから、やはり「反語」である。

・人の妻《め》に通ひける、見つけられ侍りて　賀朝法師
身投ぐとも　人に知られじ　世の中に　知られぬ山を　知るよしもがな
［他人の妻のもとに通っていたのを、見つけられまして詠んだ歌。賀朝法師。「身を隠したとしてもそれを人には知られたくない。世間の人には知られていない山のありかを知る方法があったらいいのに。」］
返し　もとの男
世の中に　知られぬ山に　身投ぐとも　谷の心や　言はで思はむ
［返歌。元の夫。「世間の人には知られていない山に身を隠したとしても、その山の谷は黙っていてくれるだろうか。」］
（後撰集・雑二・一一六三／一一六四）

片桐洋一［一九九〇］は、右の第二歌について、次のように現代語訳している。
世間に知られていない山を探し出して身を投げるとしても、その山の谷はこのことを何も非難することもな

く黙っているだろうか。

「黙っているだろうか」と疑問形で訳されているが、「黙っていないだろう」という含意があるはずである。片桐もそのつもりであろう。そうでないと、「もとの男」が「賀朝法師」に反撃したことにならない。なお、工藤重矩［一九九二］は、この歌の「大意」を次のように記している。

たとえ世間に知られない山に身を隠したとしても、その谷は心の中で、言葉で言う以上に様々に思うのではないでしょうか。

確かに、右の歌は、工藤のように「疑問」と解することも可能ではあるが、それでは相手に対する反撃として弱すぎるように思われる。

さらに、次のような例になると、「疑問」か「反語」かを判断することが一層難しくなる。

・**我のみや｜あはれと思はむ｜きりぎりす　鳴く夕かげの　やまとなでしこ**（古今集・秋上・二四四）

［私だけが可憐だと思うのだろうか、こおろぎの鳴く夕方の光の中で咲いている大和撫子よ。］

右の歌について、たとえば小島憲之・新井栄蔵［一九八九］は、「『や』は疑問の表現」と注記しつつ、次のように訳している。

わたくしだけが可憐《あわれ》と思うのだろうか。こおろぎの鳴く夕べの光の中に咲くやまとなでしこよ。

一方、奥村恒哉［一九七八］の訳は、次のようなものである。

私ひとりが、このいじらしさを賞《め》でるだけでいいものだろうか。いやいやそれでは惜しい、こおろぎが鳴く夕影にひっそり咲く大和撫子《やまとなでしこ》は。

これは、「や」を「反語」と見た解釈である。

この歌の場合は、どちらの解釈も十分に成り立つようであって、判断に迷うところである。

・白菊の花をよめる　　**凡河内躬恒**

心あてに　折らばや折らむ　初霜の　置き惑はせる　白菊の花　（古今集・秋下・二七七）

この歌についても、「疑問」と見る説と「反語」と見る説とが対立している。また、竹岡正夫［一九六八］の指摘するように、かつては「折らばや」の「ばや」を〈願望〉の意に解する説まであった。なお、「心あてに」の語は、従来〈当て推量に・当てずっぽうに〉の意と解されてきたが、工藤重矩［二〇〇九］によって、〈心にはっきり見当をつけて〉の意であることが指摘されている。

この歌の中心は、白菊のあたりに初霜が降りて、どれが白菊か区別がつかないと表現することの面白さにある。躬恒には同じような趣向の歌が、他にも存する。

・月かげに　色分きがたき　白菊は　折りても折らぬ　心地こそすれ

［月光のもとで色の見わけが付かない白菊は、折ろうとしても、他の色の菊と紛れて折ることが出来ない気がする。］　（凡河内躬恒集・一三七）

「心あてに」の歌については、現在「疑問」説が優勢のようであるが、「反語」と考えたほうがよいのではないか。この歌の意味は、次のようなものであると考えられる。

　心にしっかり見当をつけて折ったならば折ることが出来るだろうか、いや出来そうもない、初霜が白く降りて、霜なのか花なのか、人を迷わせている白菊の花よ。

すなわち、「反語」説を採ると、霜も白く菊も白いために、両者の区別がつかないという意味がより強まることになるのである。

右の訳では、「折ることが出来るだろうか」と原文にない〈可能〉の意味を入れて訳したが、原文にない可能表現を補足するのは不当であるという見方も存するであろう。西下経一［一九五七］は、「折るならば折ることもできよう」の意と解する説について、「ことばの上にない『できる』を添えるのが難点であ」ると評している。

しかし、右の歌について、原文に現れない可能の意味を読み取ることは、難点とは言えないのである。

古代語の否定表現には、単なる〈否定〉としてでなく、〈不可能〉の意を入れて訳したほうがよい場合がある。

これは、佐伯梅友［一九六八］が指摘した注意すべき文法的事実である。

①**老いぬれば　避《さ》らぬ別れの　ありと言へば　いよいよ見まく　欲しき君かな**（古今集・雑上・九〇〇）

［年老いてしまうと、死別という避けられない別れがあると言いますので、それにつけても、いよいよお会いしたいと思うあなたなのです。］

②**あはれてふ　言《こと》こそうたて　世の中を　思ひ離れぬ　ほだしなりけれ**

［「あはれ」という言葉こそ、困ったことに、この世の中を諦められない手かせ足かせなのです。］
（古今集・雑下・九三九）

①の「避《さ》らぬ」は「避けない」でなく「避けられない」、②の「思ひ離れぬ」は「諦めない」でなく「諦められない」のように訳すのが、現代語としては自然である。

また、同じようなことは、否定表現の場合だけでなく、肯定表現の場合でも起こる。

③**佐伯山　卯の花持ちし　愛《かな》しきが　手をし取りてば　花は散るとも**
［佐伯山の卯の花を持っていた愛《いと》しいあの娘《こ》の手を握ることが出来たなら、花は散ってもよい。］
（万葉七・一二五九）

④**白雲の　絶えずたなびく　峰にだに　住めば住みぬる　世にこそありけれ**
［白雲が絶えずたなびいている峰でさえも、住めば住むことが出来る世の中なのだ。］
（古今集・雑下・九四五）

右の場合も、③の「手をし取りてば」は「手を握ることが出来たなら」、④の「住みぬる」は「住むことが出来る」と訳すのが、現代語としては自然である。

山口堯二［一九八〇］（一二四ページ）は、これを古代語と現代語との違いとして説明する。すなわち、話し手が実現を願っている事柄で、その実現に話し手の意志が関与する場合、現代語では可能を表す形を用いる。たとえば、次のごとくである。
・手に取って見られるなら、もっと詳しく調べるのだが……。
・知らせずにおけたら、知らせないでおく。
しかし、古代語では、その意志をもって実現を願っている事態であっても、意志の関与しない場合と特に区別する形は採らないのが普通であったと言うのである。

したがって、古代語の文において、原文に現れない可能の意味を読み取ることは、場合によっては、不当とは言えないのである。

以上のように、従来「疑問」の例とされているものの中には、「反語」の例とすべきものもあるが、それらの例を加えたとしても、「反語」の例は決して多くない。これは「反語」の場合は、単なる「や」でなくて、「やは」を用いることが多いためであると思われる。しかし、「反語」の例が皆無でないことも認めるべきである。だとすれば、問題とする「植ゑし植ゑば」の歌も、「反語」である可能性を検討すべきであろう。

四　反語の「や」と歌の意味

「植ゑし植ゑば」の歌の「や」が「反語」だとすれば、歌意は次のようになる。

こうして私がしっかり植えたとすれば、秋が来ない時は咲かないだろうか、いや秋が来なくても必ず咲くだろう。そして、その花は散るだろうが、根まで枯れることはないだろう。

従来、右のような理解の仕方の可能性が十分検討されて来なかったのは、ひとえに〈秋が来なければ菊は咲かない〉という常識が強固であったためであろう。しかし、祝賀の歌を理解する上で、いわゆる「常識」がどこまで通用するのであろうか。

①本康《もとやす》の親王《みこ》の七十の賀の後ろの屏風に詠みて書きける　**紀貫之**

春来れば　宿にまづ咲く　梅の花　君が千歳の　挿頭《かざし》とぞ見る

［本康親王の七十の賀のお祝いをした時に、親王の背後に立てた屏風に詠んで書いた歌。紀貫之。「春が来たので我が家に最初に咲いた梅の花、それをあなた様の千年の長寿を飾る髪飾りにふさわしいものだと思う。」］（古今集・賀・三五二）

②春宮《とうぐう》の生まれ給へりける時に、参りて詠める　**典侍《ないしのすけ》藤原因香《よるか》朝臣**

峰高き　春日の山に　出づる日は　曇る時なく　照らすべらなり

［皇太子がお生まれになった時に、参上して詠んだ歌。典侍藤原因香朝臣。「峰の高い春日山から出て来た太陽は、曇る時もなく、天下を照らすに違いない。」］（古今集・賀・三六四）

③女八の親王《みこ》、元良の親王《みこ》のために四十の賀し侍りけるに、菊の花を挿頭《かざし》に折りて　**藤原伊衡《これひら》朝臣**

万代《よろづよ》の　霜にも枯れぬ　白菊を　後ろやすくも　挿頭《かざ》しつるかな

［第八内親王が元良親王に対して四十の賀のお祝いしました時に、菊の花を髪に挿すために折って詠んだ歌。藤原伊衡朝臣。「万年も続く霜にも枯れない白菊を、安心して親王様の髪に挿したことだよ。」］（後撰集・慶賀・一三六八）

④初めて平野祭に男使《をとこづかひ》立てし時、歌ふべき歌詠ませしに　　大中臣能宣《おほなかとみのよしのぶ》

ちはやぶる　平野の松の　枝繁み　千代も八千代も　色は変らじ

（拾遺集・賀・二六四）

［初めて平野神社の祭に男の勅使を立てた時に、祭で歌うはずの歌を宮中で詠ませたので、詠んだ歌。大中臣能宣。「（ちはやぶる）平野神社の松は、枝が繁茂しているので、千代も八千代も常緑の色は変わらないだろう。」］

①「親王が千年生きること」・②「春日山から出る太陽は曇る時がないこと」・③「白菊が万年の霜に枯れることがないこと」・④「平野神社の松は永遠に色が変らないこと」は、いずれも現実には決して起こらないことである。しかし、それを敢えて起こるように言うのが、祝賀の歌なのである。

したがって、「秋なき時や　咲かざらむ」も、反語表現であってこそ祝賀の歌らしくなるというものではないだろうか。その点、『古今集』の同じ歌（秋下・二六八）に対する小島憲之・新井栄蔵［一九八九］の次の解釈は注目される。

こうして植えておけば、秋のない場合には咲かないだろうか、いやそんな場合にも咲くだろう――しかも秋のない年などないのだから必ず咲くだろう。花はなるほど散るだろうけれども、根まで枯れることがあろうか。

ただし、「しかも秋のない年などないのだから必ず咲くだろう」の部分は、余分である。〈秋があってもなくても必ず咲く〉という、慶祝性の強い、論理を超越した表現と見るべきである。

［引用論文］

秋山　虔［一九九七］『〈新日本古典文学大系〉伊勢物語』（岩波書店）
奥村恒哉［一九七八］『〈新潮日本古典集成〉古今和歌集』（新潮社）
片桐洋一［一九九〇］『〈新日本古典文学大系〉後撰和歌集』（岩波書店）
片桐洋一［二〇一三］『伊勢物語全読解』（和泉書院）
木下正俊［一九七八］「『斯くや嘆かむ』という語法」（『万葉集研究』第七集、塙書房）
工藤重矩［一九九二］『〈和泉古典叢書〉後撰和歌集』（和泉書院）
工藤重矩［二〇〇九］『源氏物語の婚姻と和歌解釈』（風間書房）
小島憲之・新井栄蔵［一九八九］『〈新日本古典文学大系〉古今和歌集』（岩波書店）
佐伯梅友［一九五八］『〈日本古典文学大系〉古今和歌集』（岩波書店）
鈴木日出男［二〇一三］『伊勢物語評解』（筑摩書房）
竹岡正夫［一九七六］『古今和歌集全評釈・補訂版』（右文書院）
西下経一［一九五七］『古今和歌集新解』（明治書院）
福井貞助［一九九四］『〈新編日本古典文学全集〉伊勢物語』（小学館）
山口堯二［一九八〇］『古代接続法の研究』（明治書院）
由良琢郎［一九八五］『伊勢物語講説・上巻』（明治書院）
渡辺　実［一九七六］『〈新潮日本古典集成〉伊勢物語』（新潮社）

第一一章　第六〇段（花橘）

一　問題の所在

第六〇段は、次のような文章になっている。

◎昔、男ありけり。宮仕へ忙しく、心もまめならざりけるほどの家刀自《いへとうじ》、「まめに思はむ」と言ふ人につきて、人の国へ去《い》にけり。この男、宇佐の使にて行《い》きけるに、ある国の祇承《しぞう》の官人《くわんにん》の妻《め》にてなむある、と聞きて、「女あるじにかはらけ取らせよ。さらずは飲まじ」と言ひければ、かはらけ取りて出だしたりけるに、肴《さかな》なりける橘を取りて、

五月待つ　花橘の　香をかげば　昔の人の　袖の香ぞする

と言ひけるにぞ思ひ出でて、尼になりて山に入りてぞありける。

「昔、男がいた。男が宮廷勤めに忙しく、妻に愛情を注ぐというふうではなかった時の妻は、「一心に愛情を尽くそう」と言う人に従って、地方に行ってしまったのであった。この男が、宇佐八幡宮への勅使として出掛けた時に、ある国の勅使接待の役人の妻になっている、と聞いて、「女あるじにかはらけ取らせよ。

さらずは飲まじ」と言ひければ、かはらけ取りて出だしたりけるに、男は、酒肴としてそこに置かれていた橘の実を手に取って、

「五月待つ　花橘の　香をかげば　昔の人の　袖の香ぞする」

と詠んだので、それを聞いた女は、その勅使がかつての夫であることに気付き、現在の身を恥じて、尼になって山に入って暮らしたのだった。」

（伊勢物語・六〇段）

一見、簡単な話のように思われやすいが、この段の読み取り方は、注釈書によって必ずしも一定しない。特に問題になるのは、現代語訳中の傍線を付した部分である。そこだけを原文のままに残したのは、改めて意味を考える必要があるからである。

従来、たとえば上坂信男［一九六八］は、次のような話としてまとめている。

公務に励む男の、社会的役割を理解できず、他の男のもとに奔る女。当時の生活様式やら社会機構やらを思えば、女性の視野の狭さを云々することはできない。が、職務に精励した男がその甲斐あって勅使に任ぜられるほどに帝の信任を得たのに、女は祗承の官人の妻に過ぎない。やはり女の浅薄な思慮を笑われても仕方ない。女自身、それを自覚するから、最初から酒席に出なかったのだろう。結局、居たたまれなくなって恥じて尼となり、山に入ったということで、その女は救われる。

これは、どちらかと言えば、「女あるじ」に厳しい読み方である。

一方、竹岡正夫［一九八七］は、次のように述べている。

この段の男は、言うなればこの「時じくの香の木の実」さながらというべく、多忙にかまけて、ろくに愛し

てやらなかったために、他の男のもとへ走り去った女に対し、怒ったり、なじったりすることもなく、昔のまま少しも変わらぬ愛情で酒をくみかわし、歌を詠みかけているのである。そんな「時じくの香の木の実」さながらの夫であればあるほど、女は一層申訳なく、かつ自分がみじめで、堪えきれなかったのである。

右の解説で、竹岡は「時《とき》じくの香《かく》の木《こ》の実《み》」という語を持ち出したが、その語は『古事記』（中・垂仁天皇条）や『万葉集』（一八・四一一一）に「橘」の異称として現れる語で、〈四季を通じて香《かぐ》わしい香を保っている〉ことからの称であるとする竹岡の説明と関わる。すなわち、竹岡は、その場に酒肴として供された橘がそのような異称をもつことから、「男」の変わらぬ愛情を示す比喩として、「時じくの香の木の実」の語を用いているのである。

ここで、「時じくの香の木の実」という語を持ち出すことが適切かどうかという問題もあるが、いずれにせよ、これは「男」の優しさを評価した読み方と言える。

どのような読み方が適切であるかを決める前に、まずこの段が語っているのがどんな内容であるのかを、正確に把握する必要がある。

二 「かはらけ取らせよ」の意味

この章段を読む上で、意外に大事なのは、「男」の「女あるじにかはらけ取らせよ。さらずは飲まじ」という言葉をどう解するか、である。この言葉は、〈女あるじに酌をさせなさい。そうでなければ、私は飲みません〉の意であると見るのが通説である。

たとえば、上に掲げた上坂信男［一九六八］も、このあたりを次のように現代語訳している。

「この家の主婦に盃を捧げさせよ。さもなければ飲むまい」と言ったので、主婦が盃を手ずから勧めると、
他にも、同じような理解の仕方をしたものが多い。

「この接待役人の妻である女主人に、私にお出しになる素焼の杯をすすめさせなさい。そうでなければ酒はのみませんよ」といったので、（勅使の命にそむくわけには行かず）主婦が杯をもってさし出したところ、

（阿部俊子［一九七九］）

「この家の主婦に盃をとらせろ。そうしなければ飲まないぞ」と言ったので、女が盃をとって出したところ、

（中野幸一・春田裕之［一九八三］）

「当家の主婦に盃《さかずき》を捧《ささ》げさせよ。そうでなくては酒は飲むまい」と言ったので、主婦が盃を捧げ持って差し出したところ、

（福井貞助［一九九四］）

「女主人にかわらけをとらせてください。そうでなければ飲みますまい」と言ったところ、その妻がかわらけを取って差し出したので、

（永井和子［二〇〇八］）

「その女主人に杯を持たせて酌をさせよ。そうしなければ酒は飲むまい。」と言ったので、女主人が酒杯をとってさし出したところ、

（片桐洋一［二〇一三］）

「女主人に盃を持って来させよ、そうでなければ飲むまい」と言ったので、その女主人が盃を持って来て差し出したところ、

（鈴木日出男［二〇一三］）

もしそうだとすれば、勅使としての「男」は、地方官としての相手の男に対して、いかにも高圧的な態度を取っていることになる。

この点について、窪田空穂［一九五五］は、次のように解説している。

「取らせよ」は、我に差させよ、の意。「さらずは飲まじ」は、それでなければ酒を飲むまい、というので、酒を飲まないということは饗応を拒絶することと同じで、祇承の役を果させないという意である。公式の饗応の席なので、主婦は、顔出しをしなかったのである。勅使は、この機会にどうでも以前の妻を見ようと思っていたので、勅使という役名を笠に著て、権柄づくで強要したのである。

しかし、「かはらけ取らせよ」は、そのようにしか解釈できないものであろうか。石田穣二［二〇〇四］も指摘しているように、そもそも、「かはらけ取る」には、次のような二つの使い方があるのである。

①（自分が酒を飲むために）かはらけを手に取る。

・**右大将、民部卿などの、おほなおほなかはらけ取り給へるを、あさましく咎《とが》め出でつつおろす。**

［右大将や民部卿などが軽々しくかわらけを手に取りなさるのを、博士たちは呆れるほどに咎め立てをしてはこき下ろす。］

（源氏物語・少女・新編全集③二四ページ）

②（相手に酒を勧めるために）かわらけを手に取る。

・**帰る鷹飼に、中将の君、かはらけ取りて限りなく饗《あるじ》し給ひて、細長添へたる女の装束一装《ひとよそひ》賜ひて帰し給ひつ。**

［帰る右大将家の鷹飼には、中将の君が自らかわらけを手に取って、この上なく手厚く饗応なさって、禄には細長を添えた女の装束を一揃い与えて、お帰しになった。］

（宇津保物語・内侍のかみ・新編全集②一八八ページ）

石田は、言葉の解釈の問題としては、いずれとも解し得るが、①と解した場合は、「先に女主人に酒をすすめるのであるから、かなり優雅な印象の場面になり」、②と解した場合は、「女主人に酌を強いるのは（しかもそれがもとの妻と知っての上のことであるから）、勅使の権威を笠に来た残酷な印象の場面になる」と述べる。そして、「これはこの段全体の内容の読み取り方とも関連する問題であるが、この場面に限って言えば、『さらずは飲まじ』と、強い調子で、饗応を受ける条件として持ち出しているところからの感触では、酌を強いたものと見るべきであろう」と論じている。

しかし、石田自身、「かはらけ」について、次のように解説しているのである。

「かはらけ」（土器）は、素焼の酒坏。宴席ではこれを上座から順にまわし飲みする。

そうだとすれば、①と解した場合、「男」は「女あるじ」を自分より上位に遇したことになるのではないか。そして、「男」の「さらずは飲まじ」という言葉は、「女あるじ」に上位を譲ることを強く確認した言葉とも解されるのである。

森本茂［一九六二］は①で解釈し、このあたりを次のように現代語訳している。

男が「この家の主婦にさかずきを与えよ。そうでなければ酒を飲むまい」と言ったので、主婦はさかずきを取って飲み、男に返したので、

また、竹岡正夫［一九八七］も、森本解釈と同様で、次のように述べている。

「女主人が、この私の取らせ与える盃を受けとって、盃をあけ、次にそれに酒を注いで私に返盃しなければ、私は酒を飲むまい」といった気持である。

「取らす」が一語化していたとすれば、〈与える〉の意になるから、森本・竹岡のような解釈が出て来るのは、

当然である。

ところで、「『女あるじにかはらけとらせよ。さらずは飲まじ』と言ひければ」とある後に、「かはらけ取りて出だしたりけるに」と記されており、「出だし」と表現していることが問題になる。

これについては、片桐洋一〔二〇一三〕が「女は几帳の中にいて召使いを通じて酒をつがせているから『出だしたりける』と言ったのである」と解説しているのが当たっているであろう。もっとも、片桐自身は②で解釈しており、「女あるじ」が酌をしたと考えている。もし「女あるじ」が几帳の中にいたままであるならば、片桐のように召使いを使って酒をつがせたということになろうが、そのような形で「女あるじ」が「男」に酌をしたと考えるのは、かえっておかしいのではないか。

ここは、森本・竹岡のように、「女あるじ」がまず飲み干し、「男」に返盃するという流れで考えるべきである。ちなみに、中古・中世の女性にも飲酒の習慣があったことは、岩佐美代子〔一九九七〕・阿部健〔二〇〇九〕に指摘があり、女性だからと言って、酒席では酌専門だったと考える必要はない。

右のように考えれば、「男」は「祇承の官人」（＝勅使接待の役人）や「女あるじ」に対して高圧的な態度を取っているのではなく、「女あるじ」を高く遇していることになるのである。すなわち、次のような意味と考えることになる。

男は、夫である役人に、「女主人に盃を受けてもらいなさい。その後でなければ、私は飲みますまい」と言ったので、几帳の中にいた主婦は盃を受けて、その几帳の中から返盃を差し出したので、

ただし、この読み方が正しいかどうかは、石田の言うように、この段全体の読み取り方と関連するものであるから、残りの部分を読んでみる必要がある。

三　「五月待つ」の歌の意味

さて、その後「男」が、酒肴としてそこに出されていた橘の実を手に取って詠んだ歌が、次の歌である。

・**五月待つ　花橘の　香をかげば　昔の人の　袖の香ぞする**

右の歌に対する従来の解釈は、次のようなものである。

五月を待って咲く橘の花の香をかぐと、昔親しんだ人の袖の香が、なつかしくかおってきます。

（福井貞助［一九九四］）

そして、「袖の香」については、「袖にたきしめた香《こう》の香り」と注している。これがこの歌の一般的な捉え方である。なお、この歌は『古今集』にも一三九番歌として収められているが、やはり同様に解釈されている。

しかし、「五月待つ」と言うと、〈今、五月が来るのを待っている〉の意にとるのが自然である。そして、「五月待つ　花橘」を〈五月を待って咲く橘の花〉の意と解すると、橘の花は、まだ咲いていない趣である。一方、「花橘」は〈すでに花の咲いている橘の樹〉の意である。ここには矛盾が生じている。また、「袖の香」は、「袖にたきしめた香《こう》の香り」だと言われているが、そのような香りの香《こう》があったことは、確かめられていない。

上記のように通説的解釈には問題のあることを指摘し、新たな解釈を打ち出したのが、小松英雄［一九九六］である。詳しくは同論文に譲るとして、ここでは、その結論のみを紹介することにする。

（一）「花橘」（＝花の咲いている橘の樹）が待っていたのは、ホトトギスの到来である。「五月待つ」の歌自体の中にはホトトギスが登場しないが、当時の和歌には、五月になると、花橘の枝にホトトギスが宿るということが頻りに詠まれており、また、『古今集』の中でもホトトギスを詠んだ一連の歌の中に、この「五月待つ」の歌が配列されているからことから見て、この歌には、ホトトギスが詠まれているはずである。すなわち、花橘が五月を待っていたのは、五月になるとホトトギスが訪ねてくるからである。

（二） 平安時代の人たちには、「五月待つ花橘」は、花をいっぱい咲かせてホトトギスの訪れを待つ清楚な女性の立ち姿としてイメージされた。一方、『古今集』以降の和歌のホトトギスは、浮気者の男性としてイメージされている。

（三） 「昔の人の袖の香」とは、昔、親しんだ女性はタチバナの小枝を袖にしのばせ、良い香りを漂わせて自分を迎えてくれたが、その時の花の香りである。タチバナの小枝を袖にしのばせ香りを漂わせるという習慣のあったことは『万葉集』の歌にも見えるし、タチバナだけでなく、梅や馬酔木《あしび》の花を摘み取り袖に入れて香りを漂わせる行為が存在したことも、『万葉集』の歌からうかがうことが出来る。

小松の論旨に従って、試みに現代語訳を施すならば、以下のようになる。

花の咲いている橘の樹は、ホトトギスが訪れる五月が来るのを待っているが、その花橘の香りをかぐと、昔親しんだあの人の袖の香りと同じ香りがすることだ。（あの人は、橘の小枝を袖にしのばせて私のことを迎えてくれたっけなあ。）

小松が直接に解釈の対象としたのは『古今集』の歌のほうであるが、『伊勢物語』の同歌についても、小松説に従うべきであると考えられる。

小松説に従った場合はもとよりとして、たとえ通説に従った場合でも、この「男」の歌は飽くまでも、二人が

三省堂 出版案内

2018 1

〒101-8371　東京都千代田区神田三崎町2-22-14
☎(03)3230-9411(編集)、9412(営業)
ホームページ URL＝http://www.sanseido.co.jp/
＊表示価格は本体価格。ISBNの出版コードは978-4-385です。
三省堂 Web Dictionary=http://www.sanseido.biz/

■書評から

『夢みる昭和語』

女性建築技術者の会　編著　1,900円　36069-0

執筆者が少女時代を過ごしたのは昭和30年代から40年代だ。日本中の大人も子供も貧しいながら、ひたすら前を目指した時代の息づかいと暮らしぶりの一コマが、アナログの記録としてよみがえった。トリビアリズムでふくらんだ薀蓄や解説があるわけではない。すべてが実体験から生まれたレポートであり、ごくささやかなエッセイになっている。執筆者たちは文章を書くプロではないから、あざとい作為がなく、比喩や修飾などの技巧に走らないのも好ましい。彼女たちは大舞台に堂々と立って主役を演じると同時に冷静な観察者であり、また鋭い分析力を備えた批評家でもある。まさに「読む辞書」といってよい。

週刊朝日　2017年12月8日増大号

出版案内（1月）

※表示価格は本体価格です。別途、消費税がかかります。なお書名・価格・発売日等一部変更になる場合がございます。ご了承ください。

デイリーコンサイス国語辞典 第6版

佐竹秀雄　三省堂編修所　編

B7変型判・960ページ・2、100円
［中型版］B6変型判・2、500円

持ち運びしやすく、的確・簡潔・明快な解説がわかりやすいと好評の本格派国語辞典に最新改訂版が登場。新聞・テレビや雑誌、インターネットでよく見る現代語を中心に新語・外来語を増強し、類書中最大の74、800語を収録。類書にない慣用的な言い回しも積極的に採録。

14144-2／14145-9（中型版）

日常英語連想辞典

橋本二郎　編著

日常生活で使用する一般的な英語について、英語話者はどのような事物を関連して思い浮かべるか、どのような語や表現を連想するかを収録した、今までにない名詞中心の連想辞典。米英文化・習慣の理解にも役立つ、読んで楽しい内容。料理・動植物・行事・家具・

11037-0

好評の既刊

朝日書評大成 2009-2016

朝日新聞社文化くらし報道部　編

17、200円

15119-9

夢みる昭和語

女性建築技術者の会　編著　—— 1、900円

36069-0

大林啓吾　白水隆　編著

世界の選挙制度

Ａ５判・２５６ページ・２、６００円

日本の選挙制度は、一票の較差の問題など様々な課題が山積しているが、遅々として改革が進まない。そもそも日本の制度は諸外国と比べてどうなのか？　その問いに答えるべく気鋭の学者が各国の制度を解説する。

32110-3

堀田龍也　西田光昭　編著

だれもが実践できるネットモラル・セキュリティ

Ａ４判・１９２ページ・１、８００円

今やネットモラルは学校で指導して当たり前、内容の充実が求められる時代となった。豊富な実践事例の紹介を通して、具体的な指導方法や研修、保護者との連携まで、情報モラル指導の全体像を描く。

36266-3

ケータイ行政書士2018
学習初日から試験当日まで

水田嘉美　著

――１、３００円

32415-9

ケータイ行政書士公式ガイド2018

水田嘉美　著

――２、２００円

32412-8

れない。

夫婦であったかつての日々を懐かしむ歌である。そこには、「女あるじ」に対する批判的・攻撃的な態度は見ら

四　この章段の読み方

以上、「男」は、一貫して「女あるじ」に対して優しい態度を崩していないと見るべきである。「かはらけ取らせよ」を女に酌を強要する言葉と見るのは、やはり無理がある。むしろ、女を高く遇しているのだと解するべきである。

しかし、女は「五月待つ」の歌を聞いて、「男」との過去の生活を思い出し、尼になって山に入ったのであった。女が尼になって山に入ったのは、「男」が辱めたからではない。「男」が優しければ優しいほど、今の自分の境遇がみじめに感じられたからである。すでに触れた竹岡正夫の読み取りは、ほぼ正しかったと言うべきである。

第六〇段の通説的解釈は、誤っていると考えられる。

〔引用論文〕

阿部　健［二〇〇九］『どぶろくと女―日本女性飲酒考―』（酒文化研究所・新宿書房）

阿部俊子［一九七九］『〈講談社学術文庫〉伊勢物語全訳注』（講談社）

石田穣二［二〇〇四］『伊勢物語注釈稿』（竹林舎）

岩佐美代子［一九九七］「御酒すゝむる老女」（季刊文学増刊、岩波書店）

上坂信男［一九六八］『伊勢物語評解』（有精堂出版）
片桐洋一［二〇一三］『伊勢物語全読解』（和泉書院）
窪田空穂［一九五五］『伊勢物語評釈』（東京堂出版）
小松英雄［一九九六］「和歌表現の包括的解析―「さつき待つ花橘」の和歌を対象にして―」（駒沢大学研究紀要三号、『みそひと文字の抒情詩』〈笠間書院、二〇〇四年〉所収）
鈴木日出男［二〇一三］『伊勢物語評解』（筑摩書房）
竹岡正夫［一九八七］『伊勢物語全評釈』（右文書院）
永井和子［二〇〇八］『〈笠間文庫〉伊勢物語』（笠間書院）
中野幸一・春田裕之［一九八三］『伊勢物語全釈』（武蔵野書院）
福井貞助［一九九四］『〈新編日本古典文学全集〉伊勢物語』（小学館）
森本　茂［一九八二］『伊勢物語全釈』（大学堂書店）

第一二章　第六二段（こけるから）

一　問題の所在

第六二段は、以下のような文章になっている。

◎昔、年ごろ訪れざりける女、心かしこくやあらざりけむ、はかなき人の言《こと》につきて、人の国なりける人に使はれて、もと見し人の前に出で来て、物食はせなどしけり。夜さり、「この、ありつる人給へ」とあるじに言ひければ、おこせたりけり。男、「我をば知らずや」とて、

古《いにし》への　にほひはいづら　桜花《さくらばな》　こけるからとも　なりにけるかな

と言ふを、いと恥づかしと思ひて、答《いら》へもせで居たるを、「など答《いら》へもせぬ」と言へば、「涙のこぼるるに、目も見えず、物も言はれず」と言ふ。

これやこの　我に逢《あ》ふ身《み》を　逃れつつ　年月経《ふ》れど　まさりがほなき

と言ひて、衣《きぬ》脱ぎて取らせけれど、捨てて逃げにけり。いづち去《い》ぬらむとも知らず。

［昔、男が数年訪れずにいた女が、賢明な人柄ではなかったのであろうか、あてにもならない人の言葉に従っ

て地方に下り、そこに住んでいた人に使われていたが、ある時、かつての夫であった男の前に出て来て、食事の給仕などをした。夜になって、男は、「あの、最前いた女の人をこちらに寄こして下さい」と、この家の主人に言ったので、主人は女を寄こしたのであった。さて、男は、「私のことが分かりませんか」と言って、次のような歌を詠んだ。

「古《いにし》への　にほひはいづら　桜花《さくらばな》　こけるからとも　なりにけるかな」

こう言うと、女はたいそう恥ずかしいと思って、返事もしないで座っていると、それを見て、男が「どうして返事もしてくれないのですか」と言ったところ、女は「涙がこぼれるので、目も見えませんし、ものを言うこともできません」と言った。そこで、男は、次のような歌を詠んだ。

「これやこの　我に逢《あ》ふ身《み》を　逃れつつ　年月経《ふ》れど　まさりがほなき」

男はこう言って、自分の衣服を脱いで与えたのだが、女はそれを捨てて逃げてしまったのであった。女がどちらに行ってしまったのかということも、分からない。」

（伊勢物語・六二段）

一言断っておくと、本文にある「この、ありつる人給へ」の「この」は、目の前にいない人を指しているのであって、現代語にはない「この」の用法である。古代語の「この」には、現代語の「あの」に当たる場合がある。たとえば、次のような例がそれである。

・**（忠こそは）いかでこの我が見し人見む、と思ふ心深くて、暗部山《くらぶやま》に帰りて、思ひ嘆くこと限りなし。**

［忠こそは、何とかしてあの、私が垣間見た姫君（＝あて宮）をお世話したいものだ、と心に深く思って、

暗部山に帰っても、思い嘆くことはこの上なかった。〕

（宇津保物語・春日詣・新編全集①二七八ページ）

右の文における「我が見し人」とは、あて宮のことであるが、そのあて宮が、忠こその目の前にいるわけではないのに、「この」が使われている。

・三郎なりける子なむ、「よき御男ぞいで来む」と合はするに、この女、気色《けしき》いとよし。異人《ことひと》はいと情けなし、いかでこの在五中将に逢はせてしかな、と思ふ心あり。

〔女の三男だった子が、「よい殿御が現れることでしょう」と夢合わせをすると、この女は大変機嫌がよかった。三男には、他の人は本当に情愛がない、何とかしてあの在五中将に逢わせてあげたいものだ、という気持があったのだ。〕

（伊勢物語・六三段）

右の例も同様で、「つくも髪」の女の三男が、眼前にはいない「在五中将」に「この」を冠している。

さて、この章段には、二つの歌が含まれているが、その二首に対する従来の解釈には、重大な疑問が感じられる。したがって、ここでも歌の解釈を問い直すことにしたい。

二　第一の歌の解釈

さて、第一の歌は、次のようなものである。

・古《いにし》への　にほひはいづら　桜花《さくらばな》　こけるからとも　なりにけるかな

ここに出て来る「にほひ」は、〈美しい色艶〉の意を表す。
また、語釈的には、「こけるから」の部分が特に問題になるが、「こく」は〈しごき落とす・むしり取る〉の意である。たとえば、次のような用例がある。

・秋風の　吹きこき〈古吉〉敷ける　花の庭　清き月夜《つくよ》に　見れど飽かぬかも
［秋風が吹いてしごき落として散らした花の庭は、清らかな月の光に照らされて、幾ら見ても飽きないことだ。］
（万葉二〇・四四五三）

・𢮦《（揃）》稲　伊祢古久
（天治本新撰字鏡）

一方、「から」は、〈（草木の）幹《みき》や茎《くき》〉の意である。次の例が参考になる。
・石上《いそのかみ》　古幹《ふるから》小野の　本柏《もとかしは》　もとの心は　忘られなくに
［（石上《いそのかみ》）冬枯れで幹だけが残った野原の本柏（＝幹だけの柏）、その「本《もと》」ではないが、あなたの「もと」のやさしい心が忘れられないのです。］
（古今集・雑上・八八六）

・幹 加良　（和名抄）

したがって、「こけるから」は「扱《こ》ける幹《から》」、すなわち〈花をむしり取ったあとの幹《みき》〉の意になる。「から」を〈殻〉あるいは〈残骸〉の意とする説もあるが、「扱《こ》く」との関係から見ると、〈幹《みき》〉の意と見ておくのが穏当であろう。ただし、花がむしり取られて残された桜の木は、〈残骸〉と言えなくもないから、必ずしも二者択一的に捉える必要はないと思われる。

以上の点を踏まえると、歌全体は次のような意味を表すことになる。

過ぎ去った昔のつややかな美しさは、どこへ消え去ってしまったのか、桜の花よ。花をむしり取って残った幹だけになってしまったなあ。

問題は、この歌に出て来る「桜花」は、誰の比喩であるかということである。

これについては、「女」の比喩と見るものが、現代では圧倒的に多い。たとえば、次のごとくである。

「こけるから」は諸説があるが、「こく」は「しごく」こと、「から」は「なきがら、もぬけのから」などの「から」であろう。女の色香が失せたことへの残酷な比喩《ひゆ》である。　（渡辺実〔一九七六〕）

上句、「桜花」は、女を言い、昔のつやつやした美しさはどこへいってしまったのか、の意。下句の「こけるから」は「扱《こ》ける幹《から》」と見るほかはあるまい。花をしごき落して残った幹、ということで、すっかり色香の失せた今の女のみじめな姿を言うものと思われる。　（石田穣二〔二〇〇四〕）

女の美しさを桜花に擬えて、散るのを惜しむのが表現の常套ではあるが、しかしここでは、はかなく散ってしまう美しさへの、哀切な情もなければ悲嘆の情もない。それどころか、「こけるから」の無残さをいう点には、相手への悪意さえ感取されよう。女の容色の衰えを残忍なまでの言葉で言い表し、残酷な物語に仕立てていくのである。
（鈴木日出男［二〇一三］）

もし「男」の歌がそのような意味だとすると、そこには相手の「女」に対するいたわりも、憐憫もないことになる。しかし、「男」が、そのように残酷な内容の歌を相手の「女」に投げかけるということに違和感はないのか。この疑問は、『伊勢物語』の「男」だから、そんな優しさに欠けた行為をするはずがない、という前提から発するものではない。

仮に「男」が相手の女性を見て、彼女に容色の衰えを感じたとしよう。従来の捉え方であると、その時、「男」は、そうした感想をそのまま剥《む》き出しにして和歌にしたということになる。しかし、そもそも和歌というものは、その時々に抱いた感懐を直情的に言い放つものであろうか。その感懐が何であるにせよ、その場や相手にふさわしい表現を求めて、最大限の工夫をするのが、和歌（少なくとも平安時代の和歌）というものではないであろうか。

竹岡正夫［一九六七］は、このような疑問を解消するためであろうか、次のように考える。すなわち、「こく」は、「木についている花や葉を、強い風が吹きつけたりして、強引にもぎ取り、枝から落し尽くしてしまうというとらえ方を表す語」で、「女がすっかり田舎じみ、やつれ果てて往年のにおいやかな美しさも失われてしまっているさまを、自然現象的にとらえない」で、「このようなひどい環境と暮らしのために、可哀そうにこの女は、あの昔のにおうような美しさを、無理やりにもぎ取られ払い尽くされて、見る影もない姿にさせられてしまった、という、すこぶる女に同情的な受け取り方を、この一語で表しているのである」と説明するのである。しかし、「こく」一語の解釈から、この歌全体のもつ残酷性を払拭しようというのは、強弁と言うほかはない。

また、窪田空穂［一九五五］は、「男」が「女の成行きに対しては自身も責任を感じている」と指摘した上で、次のように述べている。

第一の歌は、純粋な憐れみで、恨みなどを含んだものではない。男は女に前行を悔いて、改めてたよってもらうことを約しているのである。この心理は自然である。

しかし、この歌の「桜花」を「女」の比喩と見る限り、そこに「純粋な憐れみ」のみを読み取るのは、無理というものである。

実は、かつてはこの「桜花」を「男」自身の比喩とする見方があった。

①是は、業平の我身の昔にかはりたるを述懐の歌也。　（飯尾宗祇『伊勢物語山口記』）〈室町中期〉

②我が身のことを言へり。女のうへにては侍らず。よく工夫すべし。　（宗長『伊勢物語宗長聞書』）〈一四七九年〉

③「こけるから」とは、桜花をこきちらしたる枝の事也。業平をも昔のやうにもなくなれる事をよそへて言へる也。　（牡丹花肖柏『伊勢物語肖聞抄』）〈一四八〇年〉

④我身ハ衰テ、昔ノ匂ハ、イヅクヘカユクラン、花ナドヲ、コキチラシタルヤウニ、ナルト、オボユルト也。　（清原宣賢『伊勢物語惟清抄』）〈一五三三年〉

⑤我身は衰て、昔の匂ひはいづくへか行らん。花などをこきちらし、枝ばかりの様になるとおぼゆると也。　（細川幽斎『伊勢物語闕疑抄』）〈一五九六年〉

（①④は筑波大学附属図書館蔵本、②③⑤は片桐洋一『伊勢物語の研究〔資料篇〕』〈明治書院、一九六九年〉所収本による）

右の説明の中に「業平」が出て来るものがあるのは、かつて『伊勢物語』の「男」を業平と同一視する見方があったからで、その点は度外視するとしても、歌の「桜花」を「男」自身の比喩とする捉え方があったことは、注目に値する。

「男」は、「女」の零落した姿を見て、おそらく驚いたであろうが、それに触れることなく、自分の衰えを表現することによって、相手を救ったのである。窪田が指摘しているように、もともと、「女」がこのような身の上になったのは「男」が数年訪ねなかったからであり、「男」に責任がないとは言えないのである。

この歌が「男」自身の老残を表現したものと解するほうが自然なのは、歌の直前に、次のようにあることである。

・男、「我をば知らずや（＝私のことが分かりませんか）」とて、

つまり、「女」が「男」を見て誰だか分からないのは、「男」自身が変わり果てた姿だからだろうと、歌で表現したことになる。そのように考えないと、直前の文と歌とのつながりが分かりにくい。

なお、南波浩［一九六〇］は、「男」「女」の両者と見て、「わしもお前も随分年ふけてしまつたね」の意であると注しており、異色を放っている。しかし、ここは自分の老残の表現があれば十分で、相手を巻き込む必要はないだろう。

そもそも、従来の見解において、この歌が「男」のことを詠んだものではなく、「女」のことを詠んだのだと解する決め手は、どこにあるのか。

森本茂［一九八二］は、従来、①「女」とするもの、②「男」とするもの、③「男」「女」の双方とするもの、と

いうように、三説あることを紹介した上で、①が適当である理由として、次の二点を挙げている。

（一）「女」がかつて美人であったこと、今はかつての容色がないことを、地の文で説明する代わりに、第一の歌で示したと思われること。

（二）第一の歌の引用に続いて、「と言ふを、いと恥づかしと思ひて、答《いら》へもせで居たるを」と書かれていること。

しかし、（一）は歌の通説的解釈に合わせた説明である。「女」がかつて美人であったこと、また今は容色が衰えたことを、この物語のどこかで是非とも表現する必要があったかどうか、疑わしい。もともと、この段の「女」が美人である必要があるのかどうかも、定かではないのである。

また、（二）については、別の説明が可能である。諸注は、「女」が「いと恥づかしと思ひて」とあることについて、「男」が歌で「女」を辱めたからであると考えている。しかし、この歌の表現しているのが、「男」自身の衰えであったとすれば、「女」はそこに「男」の優しさを読み取ったはずであり、それと同時に、表現されなかった「女」自身の容姿の衰えや身分の零落を意識して、羞恥を感じずにはいられなかったのである。

なお、この歌が「男」のことを詠んだものではなく、「女」のことを詠んだものだという理解が有力になった理由の一つとして、「花」に喩えられるのは一般に女性であって、男性ではないという判断が働いたものとも考えられる。確かに、「花」に喩えられたのは女性の例が多いが、男性の例がないわけでない。たとえば、以下の例がそれである。

・聖《ひじり》、御土器《かはらけ》賜りて、

奥山の　松の戸ぼそを　まれにあけて　まだ見ぬ花の　顔を見るかな

とうち泣きて見奉る。

［北山の聖は、源氏からお盃をいただいて、「奥山の松の扉を滅多にないことながらこうして開けて、今まで見たこともない花のようなお顔を拝見することです。」と、泣きながらお姿を拝見している。］

（源氏物語・若紫・新編全集①二二一ページ）

・おほかたに　花の姿を　見ましかば　露も心の　おかれましやは

［（藤壺が、花の宴での源氏のすばらしい姿を見て詠んだ歌）もし世間の人と同じ立場でこの花のようなお姿を見るのであったら、少しの気兼ねもなく賞賛することが出来ように。］

（源氏物語・花宴・新編全集①三五五ページ）

・人々、御格子など参りて、「この御褥《しとね》の移り香、言ひ知らぬものかな」「いかでかく、とり集め、柳が枝に咲かせたる御ありさまならむ。ゆゆしう」と聞こえ合へり。

［女房たちは、御格子を下ろすなどして、「この（源氏の座った後の）お敷物の移り香は、何とも言いようがありませんね」「（源氏は）どうしてこのように、何もかもすばらしくて、柳の枝に桜の花を咲かせたようなご様子なのでしょう。不吉なほどです」とお噂し合っている。］

（源氏物語・薄雲・新編全集②四六三ページ）

・宮（二条院に）渡り給ふ。（中将の君は）ゆかしくて物のはさまより見れば、いと清らに、桜を折りたるさまし給ひて、

［匂宮は二条院にお越しになった。中将の君は、そのお姿を見たくて物の隙間から覗いてみると、匂宮はと

ても上品で美しく、まるで桜の花の枝を手折ったような様子をなさっていて、」

（源氏物語・東屋・新編全集⑥四二ページ）

・ただ今、いかで、居給ひつらむ御簾《みす》引き上げても入りなまほしく、鎮めがたきに涙ぞこぼれぬる。盛りなる桜の、朝露にしほれぬる心地して、あまりにはしたなかるべければ、

［中納言は、今すぐに、何とかして中の君が座っていらっしゃったと思われる所の御簾《みす》を引き上げてでも入ってしまいたく思って、その気持を抑えるのが難しいので、涙がこぼれた。そのお姿は盛りを誇る桜が朝露に濡れているように見えたが、中納言は余りに間が悪いように思われて、］

（夜の寝覚・一・新編全集八五ページ）

したがって、その点から「女」のことを詠んだものと決めつけるのは、適切でない。

また、「男」が他人の容貌でなくて、自分の容貌を「花」に喩えるということがあってよいかどうか、という問題もある。すなわち、そのような喩えは「我ぼめ」になるからである。

この場合、たとえ「我ぼめ」であるにしても、それが現在の容貌でなく、失われた過去の容貌である点に注意する必要がある。すなわち、現在の衰えを強調するためには、過去の自分を美化して表現することが、許されるのではないかということである。

この歌はいわゆる「嘆老歌」の系列に属するのではないか。「嘆老歌」とは、文字通り老いを嘆く歌群で、柳田国男［一九二九］はこれを「男山式」と呼んでいるが、次のような歌がその代表である。

・今こそあれ　我も昔は　男山　さかゆく時も　有り来《こ》しものを
［今でこそこんなに衰えているが、私も昔は、（男山の坂《さか》を行《ゆ》くのではなく）栄《さか》え行《ゆ》く男盛りの時もあったのだがなあ。］　（古今集・雑上・八八九）

ここでも、過去の自分を「栄行《さかゆ》く」と表現している。

なお、後世の次のような表現は、この系統を引くものである。

・今は梅干婆アであれど、花の若い時ゃ色香も深く、鶯啼かせた事もある。
（歌舞伎・質庫魂入替《しちやのくらこころのいれかえ》）〈一八六七年初演〉

問題の「古《いにし》への　にほひはいづら　桜花」も、やはりかつての自分自身の容色の比喩と考えてよいのではないか。

吉田達［一九六八］は、「こけるから」の注釈史をめぐって、一条兼良『伊勢物語愚見抄』が「女」を「あざけりいふ詞也」と記したのに対して、飯尾宗祇『伊勢物語山口記』が男自身の述懐と解した点について、次のように発言している。

彼（＝宗祇を指す、山口注）は、男から「我をば知らずや」と問われるまで男の存在に気づかなかった女の様子を見て、男が自分自身の変容ぶりを自ら嘆く述懐の歌ととった。ここには、再会までの歳月の大きさと、従って両者の年齢における懸隔をも含んでいようが、何よりも、「昔男」が「女」に対して非情である筈がないという伝統的な信念が、大きく心底を支えていたであろうことは否定できまい。然し、いずれにしても、昔男が自分自身を「桜花」に表徴させるのは些か無理というものであろう。

確かに、宗祇に「『昔男』が『女』に対して非情である筈がないという伝統的な信念」があったとしたら、この場合、邪魔である。しかし、「昔男が自分自身を『桜花』に表徴させるのは些か無理というものであろう」という吉田の判断に、特に根拠が挙げられていないのは問題である。

三　小野小町「花の色は」の歌の意味

ところで、右の問題に関わってまず想起されるのは、小野小町の次の歌である。

・花の色は　移りにけりな　いたづらに　我が身世にふる　ながめせし間に　（古今集・春下・一一三）

一般的な解釈によれば、この「花の色」は実際の花の色を意味すると同時に、自身の容色の意が掛けられていると見られている。ただし、これには異論がないわけではなく、飽くまでも実際の花の色を表現しているに過ぎないという意見もある。その論拠としては、下記の二つが指摘されている。

（A）もし容色の比喩ならば、「春」の部でなくて、「雑歌」の部にあるはずである。

（B）容色の比喩を認めるならば、作者は自分の容色を「花の色」に喩えていることになるが、そのような「我ぼめ」は考えにくい。竹岡正夫［一九六六］は、「自分の器量を自分で『花の色』などと言う者はあるまい」と述べている。

まず、(A)についてであるが、『古今集』における四季の歌は、純粋に自然を詠んだ歌とは限らず、人事が重ねられているものが少なくない。以下に、「春」の部の中から若干の例を挙げてみる。

・**雲林院にて桜の花を詠める　承均法師**
いざ桜　我も散りなむ　一盛り　ありなば人に　憂き目見えなむ
[雲林院で桜の花を詠んだ歌。承均法師。「さあ、桜よ。私もお前と一緒にさっさと散ってしまおう。これから先、盛んな一時があったりしたら、その後にみじめな姿をさらしてつらい目に遭うのを人に見られるだろう。」]　(古今集・春下・七七)

・**「桜の如疾《ごとと》く散るものはなし」と人の言ひければ、詠める**　(貫之)
桜花　疾く散りぬとも　思ほえず　人の心ぞ　風も吹きあへぬ
[「桜ほど早く散るものはない」と人が言ったので詠んだ歌。貫之。「桜の花が特に早く散ってしまうものだとも思われない。桜は、風が吹くのを待って散るが、人の心は風が吹くまでもなく変わってしまうのだ。」]　(古今集・春下・八三)

・**花の如《ごと》　世の常ならば　過ぐしてし　昔はまたも　帰り来なまし**
[花が一度散っても次の年にまた咲くように、繰り返すのがこの世の常であるならば、過ぎ去った私の若い日もまた帰って来ようものを。]　(古今集・春下・九八)

・**志賀の山越えに、女の多く遇《あ》へりけるに、詠みてつかはしける　貫之**

梓弓《あづさゆみ》　春の山辺を　越え来れば　道も避《さ》りあへず　花ぞ散りける

［志賀の山越えをした時に、女が多く目の前に現れたので、詠んで贈った歌。貫之。「（梓弓）春の山辺を越えて来たところ、道を避けることが出来ないほど、花が盛んに散っていました。あなた方はそんなふうに見えましたよ。」］

（古今集・春下・一一五）

右の諸例を点検すれば見て取れるように、季節の部の歌には人事が入らないというようなことは、簡単には言えないことが分かろう。

次に、（B）について言えば、これが既述の「嘆老歌」の系列に入る歌であることに注意する必要がある。そして、そこに「我ぼめ」があるにしても、その対象が過去の自分である点が重要なのである。

以上のように、「花の色」の理解について、現在の通説を否定する論拠も、確実なものではない。したがって、話は振り出しに戻って、いずれの解釈が適切であるかを改めて考える必要がある。

もし、「花の色」が飽くまでも実際の花の色を意味するのみであったならば、この歌は次の［Ⅰ］のように理解されることになる。

［Ⅰ］

（花の色は　うつりにけりな　いたづらに　我が身世に経る　眺めせし間に―現実の花
降る　長雨《ながめ》せし間に―現実の花）

一方、「容色」の意を含むとすれば、次の［Ⅱ］のようになる。

［Ⅱ］

花の色は　うつりにけりな　いたづらに　我が身世に経る　眺めせし間に—美しい容色

降る　長雨《ながめ》せし間に—現実の花

［Ⅰ］は、［Ⅱ］に比べて、内容の乏しい歌となる。やはり［Ⅱ］を採るべきではないか。ということは、自分の過去の容色を自分でほめることは、あり得るということを意味する。

四　第二の歌における「これやこの」

第二の歌は、次のようなものである。

・これやこの　我に逢《あ》ふ身《み》を　逃れつつ　年月経《ふ》れど　まさりがほなき

右の歌に対する従来の解釈は、たとえば、以下のようなものである。

これが、私の妻であることを避けて、以来年月経っても、このように一向に、ましになった様子もない人の姿なのか。
（上坂信男［一九六八］）

はてさて、お前は、私の妻の座をのがれ去って、あれから何年もたったのに、いまだにパッとしないことよ。
（石田穣二［二〇〇四］）

これがまあ、私に逢《あ》うのをきらって近江《おうみ》を逃れ逃れ、年月はたったけれど、一向まさったふうもみえぬ人なのか。
（永井和子［二〇〇八］）

これがまあ、私と結婚している身であるのに、逃れよう逃れようとして年月を経たものの、以前よりすぐれた点は見られない女の実体なのだなあ。
（片桐洋一［二〇一三］）

この歌に見られる表現については、二つの問題がある。

第一の問題は、「これやこの」という句の使い方である。これについては、次のようなことが言える。

①この句は一般に、〈これが（かねてから聞いていた）あの……なのか〉という気持を表す慣用句である。すなわち、伝聞のみで未見であった光景や事象を目のあたりにした時の感動を表す句である。

②普通、「これやこの」を受ける〈名詞〉または〈名詞＋ナリ〉が文中に存在する。

・**これやこの**　**大和にしては　我《あ》が恋ふる　紀路《きぢ》にありといふ　名に負ふ背の山**

［これがあの、大和において私が見たいと思っていた、紀伊路にあるという有名な背の山なのか。］
（万葉一・三五）

・**これやこの**　**名に負ふ鳴門の　渦潮に　玉藻刈るといふ　海人処女《あまをとめ》ども**

［これがあの、有名な鳴門の渦潮で玉藻を刈るという海人乙女たちなのか。］　　（万葉一五・三六三八）

・**これやこの　天の羽衣　うべしこそ　君が御衣《みけし》と　奉りけれ**

［これがあの、天の羽衣なのか。なるほど、あなたが自分のお召し物として身につけていたわけですね。］　　（伊勢物語・一六段）

・**これやこの　行くも帰るも　別れつつ　知るも知らぬも　逢坂《あふさか》の関**

［これがあの、行く人も帰る人も、知り合いの人も見知らぬ人も、別れては会い別れては会う、逢坂の関なのか。］　　（後撰集・雑一・一〇八九）

・**越後より上りけるに、をばすて山のもとに月明かかりければ　　橘為仲朝臣**

これやこの　月見るたびに　思ひやる　をばすて山の　ふもとなりける

［越後から上京した時に、姥捨山のあたりに月が明るかったので。橘為仲朝臣。「これがあの、月を見る度に思いを馳せた姥捨山の、その麓なのか。」］　　（後拾遺集・羇旅・五三三）

・**蓮花初開楽**

これやこの　憂き世のほかの　春ならむ　花のとぼその　あけぼのの空

［極楽往生して蓮華が初めて開く時の喜びを詠んだ歌。「これがあの、憂き世のほかの浄土の春なのだろう。蓮華の花に囲まれた庵の扉を開くと、曙の空が広がっている。」］　　（新古今集・釈教・一九三八）

ところが、問題の歌の「これやこの」は、①の「伝聞のみで未見であった事象」というのが何か明確でないし、②の〈名詞〉または〈名詞＋ナリ〉で受けるという条件にも合致していないように見えるのである。

これについては、「近江《あふみ》」という語を引き出すために、「これやこの」が使われているとしか考えられない。この男女が再会した場所が「近江《あふみ》」であるとは、どこにも明記されていないが、暗黙のうちに近江の地が想定されており、この歌に至って、〈ここがまあ、あの音に聞こえた近江の地なのか〉という意味で、初めて「近江《あふみ》」の地名を表に出したということであろう。しかし、この「近江《あふみ》」は「逢《あ》ふ身《み》」と掛詞になっていて、以下の文脈はそちらに流れてゆくのである。

五　第二の歌における「我に逢ふ身を　逃れつつ」

第二の問題は、「我に逢ふ身を　逃れつつ」の部分である。これを諸注は〈あなたは、私と夫婦になるはずの身であったが、その境遇を逃れ逃れて〉のような意であると見ている。結論的には正しいものと思われるが、一応、この「身を逃る」という言い方の意味について確認しておきたい。

この言い方は、『伊勢物語』以前には発見できず、今までに見出だしたのは、次の諸例である。

①……なほ露霜と　重なりて　桑の扉《とぼそ》に　身を逃れ　苔の袂に　しをれても　君が御蔭《みかげ》を　偲びつつ　山路の
菊に　なづさひて　和歌の浦廻《うらわ》の　藻塩草　かき集むべき　勅《みことのり》　下りしことの　畏《かしこ》さに　千々の言の葉
書き載せて　万代《よろづよ》までも　見そなはせ　と思ひしものを……

［……後白河院が亡くなった悲しみは、ますます露や霜のように重なって、救いを求めて仏門に入り、僧衣を纏って元気を失っていても、院のご恩恵を思い出しながら、仙人の住むという山路の菊の露に親しんで

命を永らえているうちに、和歌の詠草を集めるようにという勅が下ったことの恐れ多さに、数々の歌を書き載せて、万代の後までご覧になって下さい、と思っていたのに……」］

〈俊成歌集〈長秋草〉・一五一〉

②**（盧生は）これより楚国へは行かずして、身を遁《のが》れ世を棄て人となりて、つひに名利に絆《つな》がる心はさらになかりけり。**

［盧生はそこから楚国へは行かないで、遁世して世捨て人となり、最後まで名声利欲にとらわれる心は全くなかったのだった。」］

〈太平記・巻二五・黄粱午炊の夢の事・新編全集③二八四ページ〉〈一四世紀後期〉

③**筵《むしろ》**

いつかさて　憂き世の夢の　さ筵《むしろ》に　はかなき塵の　身を逃れまし

［筵の歌。「いつかそのようにこのつらい俗世のはかない夢から覚めて、取るに足りない穢れた我が身から救われたいものだ。」］

〈飛鳥井雅世集・五九〇〉〈飛鳥井雅世＝一三九〇年生～一四五二年没〉

④**シテ「着たる兜《かぶと》の錣《しころ》を摑《つか》んで、ツレ「後ろへ引けば三保《みほ》の谷《や》も、シテ「身を遁《のが》れんと前へ引く、**

［シテ「身に着けている兜の錣をつかんで、ツレ「後ろへ引くと、源氏方の三保の谷四郎も、シテ「身を逃れようと前へ引く。」］

〈謡曲・八島・新編全集謡曲集①一三五ページ〉

⑤**題知らず　忠秋**

今はとて　我にあふみを　逃れ行く　人にぞ不破の　関はすゑまじ

［題知らず。小崎忠秋。「今はこれまでと言って、私と逢うはずの境遇から逃れて行く人に対して、不破の関のような堅固な関を設けて邪魔するようなことはしません。」］〈林葉累塵集・恋四・一〇〇六〉〈一六七〇年刊〉

⑥**御法事に付き諸国の籠払《ろうばら》ひ、有難や、あぶなきこの身をのがれて、かの女を負ひて筑磨川《ちくまがは》わたりぬ。**

［将軍家のご法事だというので、諸国における軽罪の囚人に対する特赦が行われ、ありがたいことに、自分の身の危ないところを助かって、彼女を背負って千曲川を渡った。］
〈好色一代男・四・新編全集西鶴集①一一〇ページ〉〈一六八二年刊〉

⑦**吉弥《きちや》といふふり袖が野田藤見がへりに、福島の里に身をのがれし人の許へ尋ねしに、**
［吉弥という歌舞伎若衆が野田の藤見をした帰りに、福島村に隠れ住んでいた人のもとを訪ねたところ、］
〈西鶴置土産・五・新編全集西鶴集③五九二ページ〉〈一六九三年刊〉

⑧**詮議の時は、みなわしがわざにして、身を逃れてくださんせ。**
［取り調べの時は、全て私の仕業だということにして、あなたは自分の罪を逃れて下さいませ。］
〈長町女腹切・新編全集近松門左衛門集①四七三ページ〉〈一七一二年頃初演〉

⑨**尋不遇恋**
さしもなど　なしと答へて　つらからむ　頼めしものを　杉立てる門
問ひ佗びぬ　いかなる山に　跡絶えて　われに契りの身を　逃るらむ
［尋ねたけれども逢えない恋の歌。「そのように何だって居ないと答えて冷たいのだろうか、頼りにさせてきたのに、杉が立っているこの門口は。」「私は、あちらこちら尋ねて窮してしまった。あなたは、行方が分からなくなり、私と約束した身なのに、その境遇から抜け出して、どんな山に入っているのだろうか。」］
〈芳雲集・三三六二／三三六三〉〈武者小路実陰＝一六六一年生～一七三八年没〉

⑩**貞極法師**
墨染の　袖師の浦の　うつせ貝　身を逃れても　越ゆる年浪

〔貞極法師。「私は、墨染めの衣の袖ならぬ袖師の浦に落ちているうつせ貝（＝空になった貝）のように、空しい俗世から身を救っているとしても、寄る年波はそれ以上につらいことだ。」〕

（霞関集・冬・六七九）〈一七八八年再撰〉

以上を通覧すると、「身を逃る」は、〈ある状態から逃げて自分を救い出す〉の意であることが分かる。「身を逃る」において、「逃る」は移動を表す自動詞であるから、「身を」は目的語ではない。「身より」と同じく起点を表す語である。その「身」は、自分のある状況における「身」で、そこから抜け出して、異なる状況の「身」になることを表現する語であると言えよう。

六　第二の歌における「まさりがほなき」

第三の問題は、歌末にある形容詞「まさりがほなき」の意味である。諸注は、この形容詞「まさりがほなし」を「まさりがほ」と「なし」とに分解して、そこから考えられる意味を適当に当てはめているように見える。辞典類も同様である。『日本国語大辞典・第二版』の「まさりがおなし」の項では、次のように説明されている。

人に自慢できるような顔付、様子もない。以前にまさる様子がない。＊伊勢物語〔10C前〕六二「これやこの我にあふみをのがれつつ年月ふれどまさりがほなき」＊発心集〔1216頃か〕八・聖梵永朝離山住南都事「聖梵はまさりがほも無かりければ」

ただし、単独の「まさりがほ」は、次のように使われている。

①**藤壺、「あなまさりがほや。なでふ人をか、さは馴《な》らはす。よろづのこと、心にまかせてこそ」とのたまふ。**
［藤壺は、「まあ、えらそうなこと。何だってあの大輔にそんな振舞を許しておくのですか。彼女は万事思い通りに振る舞っていますね」とおっしゃった。］
（宇津保物語・国譲・上・新編全集③一〇四ページ）

これは、いぬ宮の乳母である大輔の専横ぶりに対して、藤壺が非難している箇所である。「まさりがほ」は、〈えらそうな様子・得意げな様子〉を表している。

②**冬の木の　霜もたまらず　吹く風に　星の光ぞ　まさりがほなる**
［冬の木に降りている霜も枝にとどまっていられないくらいに強い風が吹いているが、星の光はますます冴え返っている。］
〈拾遺愚草員外・五一八〉〈藤原定家＝一一六二年生～一二四一年没〉

③**長月の　月の名にあふ　今宵ぞと　見るに光の　まさりがほなる**
［（「九月十三夜に三首」とある中の一首。）「長月という月の名前にぴったり合って、ずっと月が見られる今夜だなと思って見ていると、月の光もいよいよ冴えて得意そうに見える。」］
〈年代和歌抄・一八五三・私家集大成〉〈北畠国永＝一五〇七年生～一五六四年以後没？〉

②③の「まさりがほ」は、星や月の光が冴え返って、〈えらそうな様子・得意げな様子〉に見えることを表しているものと思われる。

さて、このような「まさりがほ」に「なし」がつくと、諸注や辞典類の説くような意味になるのかどうか、必ずしも判然としない。ここはやはり、「まさりがほなし」の用例を集めて、実際にどのような意味に使われているのか、検討する以外に方法はあるまい。

この語は、用例は多くないようだが、三つの用法に分けることが出来る。

（一）（他人を意識して）恥ずかしい。合わせる顔がない。面目ない。

①「あはれ、今様は、女も数珠引き下げ、経引き下げぬ（者）なし」と聞きし時、あなまさり顔な、「さる者ぞやもめにはなるてふ」など、もどきし心はいづちかゆきけむ、夜の明け暮るるも心もとなく、いとまなきまで、そこはかともなけれど、行ふとそそくままに、（②に続く）

（蜻蛉日記・中・天禄二年四月・父の家で精進）

これは、形容詞「まさりがほなし」の語幹用法で、詠嘆の句を作るものである。道綱母は、現在は仏道に励むようになっていて、信仰心のなかったかつての自分を反省し、過去の言動を思い返している場面である。現代語訳すると、次のようになる。

「ああ、当世風の風潮では、女でも数珠を手にし経を持たぬ者はいない」と、人から聞いた時、「あなまさり顔な」「そんな女に限って寡婦になるといいます」などと、非難した気持はどこへいったのだろうか、毎日明けても暮れても焦《じ》れったいような思いで、途切れることもないほど、正式な勤行のやり方は知らないが、

勤行に精を出していると、

そして、「あなまさり顔な」は、自分が現在は勤行に精を出しているくせに、かつては信心している女性たちを見て非難したことに対して、今となっては〈恥ずかしい・面目ない〉気持だと言っているである。

なお、この「あなまさり顔な」の解釈は、諸注の間で揺れている。ただ、一致しているのは、その部分を、道綱母が信心している女を非難している言葉の一部と見ている点である。すなわち、次のように文を捉えているのである。

「あはれ、今様は、女も数珠引き下げ、経引き下げぬ（者）なし」と聞きし時、「あなまさり顔な。さる者ぞやもめにはなるてふ」など、もどきし心はいづちかゆきけむ、

そして、その「あなまさり顔な」に対しては、次のような注釈を加えている。

ものずきな。（川口久雄［一九五七］）

しょぼしょぼしている。以前にまさる面影が見えない意。（柿本奨［一九六六］）

人にまさって得意然たる顔つきでないこと。つまり悄然として見すぼらしげありさまを言う。（大西善明［一九七一］）

みじめな、悄然としている、の意。（犬養廉［一九八二］）

みっともない。（今西祐一郎［一九八九］）

みっともない。みじめだ。（木村正中・伊牟田経久［一九九五］）

すなわち、意味の取り方は必ずしも一定しないものの、信心している女たちを非難する言葉の一部と解する点では共通しているのである。

しかし、この直後にもう一度登場する「まさりがほなし」の使い方から見ると、すでに述べたように、今では自分も勤行しているくせに、かつては信心している女性たちを見て非難したことに対して、〈恥ずかしい・面目ない〉気持だと言っているのだと考えるべきである。

②**あはれ、さ言ひしを聞く人、いかにをかしと思ひ見るらむ、はかなかりける世を、などてさ言ひけむ、と思ふ思ふ行へば、片時涙浮かばぬ時なし。人目ぞいとまさり顔なく恥づかしければ、（涙を）おしかへしつつ、明かし暮らす。**

（蜻蛉日記・中・天禄二年四月・父の家での精進）

これは、①の直後に続く文である。これを現代語訳すると、次のようになる。

ああ、私があのように言ったのを聞いた人は、今はどんなに滑稽だと思っているだろうか、頼りにならなかった夫婦仲なのに、何だってあんなふうに言ったのだろうと思いながら、勤行していると、片時も涙が浮かばない時がない。人がどう見ているかと思うと、非常に面目なく恥ずかしいので、涙を押さえつつ日を過ごした。

この②の用例を見ても、①の用例は既述のごとく捉えるのが適切である。

「勝り顔＋無し」という語構成から見ると、〈えらそうな様子がない・得意げな様子がない〉の意になりそうであるが、これらは〈恥ずかしい・面目ない〉の意に転義していると見られる。

（二）変わり映えがしない。前よりよくなったという様子がない。

①世とともに　まさりがほなき　身にしあれば　古郷人《ふるさとびと》に　見えま憂《う》きかな
［いつまでも変わり映えがしない我が身であるので、故郷の人に会うのがつらいことだな。］
〈永久百首・故郷・五五一〉〈一一一六年〉

②此の二人、劣らぬ智者なれど、永朝は心うるはしき者にて、行くままに、興福寺へ行きて、程なく進みて僧都になりぬ。聖梵《しやうぼん》は、まさりがほもなかりければ、月の明かりける夜、つくづくと身の有様を思ひ続けて詠みける。

昔見し　月の影にも　似たるかな　我と共にや　山を出でけむ
［この永朝・聖梵の二人はいずれも劣らぬ智者であったけれど、永朝は真面目な人で、比叡山を出発して、そのまま興福寺へ行って、間もなく昇進して僧都になった。東大寺に行った聖梵は変わり映えしない有様だったので、月の明るい夜に、よくよく我が身の状態を思い続けて詠んだ歌。「今見ている月の光は、昔見た月の光と余り変わっていないな。変わり映えのしない私と一緒に比叡山を出たのだろうか。」］
〈発心集・八・一一〉〈一一二六年頃？〉

「勝り顔＋無し」という語構成から見れば、〈前よりよくなったという様子がない・旧態依然である〉の意が考えられるから、右も一つの用法と認めるべきであろう。

（三）恵まれない。不運だ。不幸せだ。

①賤《しづ》の男に《を》　ならぬばかりを　こととして　まさりがほなき　目をも見るかな

（風情集・六二五）〈藤原公重＝一一一八年生〜一一七八年没〉

［卑しい身分の男にならないというだけがせめてものことだな。もっぱら不運なひどい目ばかり見ていることよ。］

②数奇マサリカホナシ　スキ／数奇サチナシ　又マサリカヲナシ

（前田本色葉字類抄）

①の例は、（二）に入れるのも一案であるが、少しずれているように見える。（二）から転義したものと考えておく。

②の用例の存在を指摘したのは、後でも触れるが、竹岡正夫［一九六七］である。「数奇」の「数」は〈めぐり合わせ・運命〉の意、「奇」は〈異常〉の意で、「数奇」は、〈不運・不幸〉の意を表す。別訓として「サチナシ」とあるのは、その意である。

以上、「まさりがほなし」には、（一）（二）（三）の三つの用法があることが言えよう。問題の歌における「まさりがほなき」が、右の（一）〜（三）のうち、どの例と見るべきかは、飽くまでも歌全体の意味、およびこの歌を含む章段全体の理解と絡めて、判断されるべきである。

七　第二の歌の解釈

そこで、もう一度、問題の歌を掲出してみる。

・**これやこの　我に逢《あ》ふ身《み》を　逃れつつ　年月経《ふ》れど　まさりがほなき**

この歌全体の意味から考えると、「まさりがほなし」の（三）と見るのが適当であろう。すなわち、歌全体は次のような意味と考えられる。

ここがまあ、あの音に聞こえた「近江《あふみ》」の地なのか。そして、あなたは、もともと私と「逢《あ》ふ身《み》」（＝夫婦になる身）であったが、その境遇から逃れ逃れて、年月を経たのだけれど、不幸せなのだなあ。

すなわち、第一の歌において、「男」は自分の衰えを表現することによって「女」を救ったのだが、この第二の歌においても、「男」は「女」に対する同情の姿勢を崩していないと見ることが出来る。「まさりがほなき」を（二）の〈変わり映えがしない〉の意で捉えると、「女」を貶めていることになって、この場面における「男」の歌として不適切と思える。そもそも、初めに「年ごろおとづれざりける女」とあって、男の行動にも問題があったのであり、「男」が「女」を一方的に貶めていると見るのは、無理があるのである。

なお、竹岡正夫［一九六七］は、次の二点を指摘した。

（ア）「これやこの」は、「これが例の（かねてから聞いている、あの）…か。」という気持に用いる言い方であること。

（イ）「まさりがほなし」は、「数奇」の訓に当てられたとおり、「運命の巡り合わせが悪く、不運不幸を繰り返すさまを言う」語であること。

その上で、次のように述べている。

かくてこの一首は、「ああ、これ（目の前の女のさま）が、世間に言われている、例の『私に逢う身であるのに、それをのがれ、のがれし続けて、年月が経ったけれど、相変らず数奇な運命にもてあそばれている』さまなのか。」と訳せる。右の『　』内は、おそらく当時の有名な、故事か諺の類などをふまえて言っているのであろうと考えざるを得ない。その場合、「逢ふ身」に「近江」を掛けて了解されるところがあったのであろう。

竹岡は、「これやこの」が「我に逢《あ》ふ身《み》を　逃れつつ　年月経《ふ》れど　まさりがほなき」全体にかかると考えたために、「当時の有名な、故事か諺の類など」の存在を想像するという無理を犯している。その点は従えないが、「まさりがほなし」の意味について、〈不運だ・不幸だ〉の意があったことを指摘した点は、改めて評価してよい。ただし、竹岡は、すでに述べたように、第一の歌については、通説に近い読み方をしたために、全体として不徹底に終わっている。

以上のように、二つの歌に対する筆者の解釈は、通説とは異なり、ほとんど正反対と言ってもよいものである。当然、この一段の理解もかなり変わってくる。その要点を言えば、「男」は、この状況において、「女」に対して終始優しく、同情的であったということである。

従来、「男」は「女」に対して残酷な態度を取っていると解するものが圧倒的であったのは、第一文の中に「（女が）心かしこくやあらざりけむ」とあることが影響しているのではないかと思われる。確かに、この言葉には批判的な意味合いがある。しかし、この部分は、語り手の立場から、「女」の行動に疑問を投げかけたものであって、「男」の気持を表現したものではない。読者は、そこに次元の違いを認めるべきである。

八　『伊勢物語』第六二段と『今昔物語集』巻三〇・第四話

問題とする『伊勢物語』第六二段と似た話が『今昔物語集』にあることは、よく知られている。その内容は、次のようなものである。

中務大輔某の娘が父母に先立たれて零落し、夫の兵衛佐の世話が思うようにできないのを嘆いて、夫と別れ、わび住まいをしていた。その後、同居していた尼の仲立ちで近江国の郡司の子と結ばれて、近江国へ下り、郡司の館の下婢となった。ところが、その近江国に新任の国守として赴任した旧夫に再会し、我が身の上を恥じてショック死する。この説話は、離別した夫婦の意外な再会がもたらした悲劇譚である。

最後の部分は、次のようになっている。

・守《かみ》、「然《さ》レバコソ怪ク思《おもひ》ツル者ヲ。我ガ旧妻《ふるめ》ニコソ有ケレ」ト思フニ、奇異《あさまし》クテ、涙ノ泛《こぼるる》ヲ然《さ》ル気無シニ持成《もてな》シテ有ル程ニ、江ノ浪ノ音聞エケレバ、女、此レヲ聞テ、「此《こ》ハ何《な》ニノ音ゾトヨ。怖《おそろ》シヤ」ト云《いひ》ケレバ、守此《かく》ナム云《いひ》ケル、

　コレゾコノ　ツヒニアフミヲ　イトヒツ、　世ニハフレドモ　イケルカヒナシ

トテ、「我レハ実然《まことさ》ニハ非《あら》ズヤ」ト云《いひ》テ泣ケレバ、女、「然《さ》ハ、此《こ》ハ我ガ本ノ夫《をうと》也ケリ」ト思《おもひ》ケルニ、心ニ否《え》

ヤ不堪《たへ》ザリケム、物モ不云《いは》ズシテ、只氷《ただひえ》ニ氷痓《ひえすくみ》ケレバ、守、「此《こ》ハ何《いか》ニ」ト云《いひ》テ騒《さわぎ》ケル程ニ、女失《うせ》ニケリ。

此レヲ思フニ糸哀《いとあは》レナル事也。

女、「然《さ》ニコソ」ト思《おもひ》ケルニ、身ノ宿世《しゆくせ》思ヒ被遣《やられ》テ、恥カシサニ否不堪《えたへ》デ死ニケルニコソハ。男ノ、心ノ無カリケル也。其事《そのこと》ヲ不顕《あらは》サズシテ只可養育《やういくすべ》カリケル事ヲ、トゾ思《おぼ》ユル。

此ノ事、女死《しに》テ後《のち》ノ有様ハ不知《しら》ズ、トナム語リ伝ヘタルトヤ。

［近江守は、「だからこそ不思議に思っていたのだ。やはり私の昔の妻だったのだ」と思うと、呆然として涙がこぼれてくるのを、強いてさりげなく振る舞っていると、湖の波の音が聞こえたので、女はそれを聞いて、「あれは何の音ですか。恐ろしいこと」と言ったので、守は次のように詠んだ。

これこそまさに、あの音に聞こえた近江の湖の波の音なのだが、私は、結局はあなたと夫婦となる身であったのに、その運命から逃れ逃れて世の中に生きてきたけれど、あなたと離れては生きている甲斐もないことだ。

と詠んで、「私は間違いなくあなたの夫ではないか」と言って泣いたので、女は、「それでは、これは私の元の夫だったのだ」と思ったので、心の中で恥ずかしさに耐えられなかったのであろうか、物も言わないで、体がどんどん冷たくなり、硬直してきたので、守は、「これはどうしたことだ」と言って騒いでいるうちに、女は死んでしまった。思えば、たいそう可哀想なことである。女は、「昔の夫だったのか」と思うと、我が身の宿世が思いやられて、恥ずかしさに耐えられないで、死んだのに違いない。男の配慮が足りなかったのだ。そのことを明らかにせず、ただよく面倒を見てやればよかったのに、と思われる。この話について、女が死んだ後どうなったかは分からないと、このように語り伝えているということだ。］

（今昔物語集・巻三〇・中務太輔娘成二近江郡司婢一語第四）

ここに現れた歌は、『伊勢物語』の第二の歌によく似ている。「コレゾコノ」は、「これやこの」に似た用法の慣用句で、「近江」を引き出すものである。ただし、こちらは舞台が「近江」と明記されている箇所がある分だけ、その語の出て来る必然性が分かりやすい。また、「ツヒニアフミヲ」以下の主語は、『伊勢物語』が女であるのと違って、男である。

この話では、近江守となった男は、「旧《ふる》キ妻《め》」に対して、自分は「世ニハフレドモ　イケルカヒナシ」であると後悔の念を詠い、また、「我レハ実然《まことさ》ニハ非《あら》ズヤ」（＝私は間違いなくあなたの夫ではないか）と女に訴えて泣いている。男は、飽くまでも女に対して優しく接しているのである。

『今昔物語集』の撰者は、この男について、黙って女の面倒をみてやればよかったのに、正体を明かして女を死なせてしまったのは、男の思慮が足りなかったのだと、非難している。そして、撰者は、男には女を辱める意図がなかったように語っている。

かつて野口元大［一九六二］は、『伊勢物語』（第六二段）と『今昔物語集』（巻三〇・第四話）とを比較して、「作者の感情なり力点の置き方なりはおよそ正反対であると言わなければならないにしても、話の素材となっている事件そのものは同じであると断定してさしつかえないであろう」と述べた。そして、両者の関係については、「同一の源泉をもつと思われる説話が」「正反対の解釈によって伝えられ」たものと把握している。現在でも、こうした捉え方は健在であろう。

しかし、今述べたように、従来における『伊勢物語』第六二段の解釈は、歌を中心として、余りに問題が多い。

筆者の理解の仕方は、すでに述べたとおりである。『伊勢物語』の話を、『今昔物語集』の話と正反対のものと見る必要はないのではあるまいか。

［引用論文］

石田穣二［二〇〇四］『伊勢物語注釈稿』（竹林舎）
犬養　廉［一九八二］『〈新潮日本古典集成〉蜻蛉日記』（新潮社）
今西祐一郎［一九八九］『〈新日本古典文学大系〉蜻蛉日記』（岩波書店）
上坂信男［一九六八］『伊勢物語評解』（有精堂出版）
大西善明［一九七一］『蜻蛉日記新注釈』（明治書院）
柿本　奨［一九六六］『蜻蛉日記全注釈』（角川書店）
片桐洋一［二〇一三］『伊勢物語全読解』（和泉書院）
川口久雄［一九五七］『〈日本古典文学大系〉かげろふ日記』（岩波書店）
木村正中・伊牟田経久［一九九五］『〈新編日本古典文学全集〉蜻蛉日記』（小学館）
窪田空穂［一九五五］『伊勢物語評釈』（東京堂出版）
鈴木日出男［二〇一三］『伊勢物語評解』（筑摩書房）
竹岡正夫［一九八七］『伊勢物語全評釈』（右文書院）
竹岡正夫［一九九六］『古今和歌集全評釈・補訂版』（右文書院）
永井和子［二〇〇八］『〈笠間文庫〉伊勢物語』（笠間書院）

南波　浩［一九六〇］『〈日本古典全書〉竹取物語・伊勢物語』（朝日新聞社）
野口元大［一九六二］「みやびと愛―伊勢物語私論―」（日本文学一一巻五号、『古代物語の構造』〈有精堂出版、一九六九年〉所収）
森本　茂［一九八一］『伊勢物語全釈』（大学堂書店）
柳田国男［一九二九］『民謡の今と昔』（地平社書房、『定本柳田国男集第十七巻』〈筑摩書房、一九六二年〉所収）
吉田　達［一九八八］『伊勢物語・大和物語―その心とかたち―』（九州大学出版会）
渡辺　実［一九七六］『〈新潮日本古典集成〉伊勢物語』（新潮社）

第一三章　第六四段（玉すだれ）

一　問題の所在

第六四段は、次のような文章である。

◎昔、男、みそかに語らふわざもせざりければ、いづくなりけむ、あやしさに詠める。
　吹く風に　我が身をなさば　玉すだれ　ひま求めつつ　入るべきものを
返し。
　とりとめぬ　風にはありとも　玉すだれ　誰《た》が許さばか　ひま求むべき
（伊勢物語・六四段）

これは、次のような話である。

昔、ある男が、秘かに契りを結ぶということも出来なかったので、相手に次のような歌を贈った。

もし自分の身を吹く風に変えることが出来るならば、あなたの部屋の御簾《みす》の隙間を探し求め続けて、その部屋に入ることが出来るでしょうに。

それに対する返歌は、次のようなものであった。

たとえあなたが手でつかまえることが出来ない風であったとしても、いったい誰の許しで、御簾の隙間を探して入ってくるというのでしょうか。

ざっと言えば、以上のような話である。

この段は文章が比較的に平易で、特に取り上げるべき点はないように見える。しかし、「いづくなりけむ、あやしさに詠める」という箇所を中心として、幾つかの箇所の解釈に問題があるために、さまざまの想像が生まれ、一段全体の理解に混乱が生じているのである。

改めて、この段を読み直してみたい。

二　普通表現と可能表現

まず、次の箇所を問題にしたい。

・みそかに語らふわざもせざりければ

ここは、たとえば、次のように訳されている。

女が自分とひそかに契りあうこともしなかったので、（福井貞助〔一九四〕）

女が自分と人目を忍んで睦言を交わすということもしなかったので、（秋山虔〔一九七〕）

しかし、原文には主語が「女」であるとは明記されていない。上坂信男［一九六八］は、「語らふわざ」に対して、『女が』と主語を補うとよい」と注し、「塗籠本などに、『女みそかに……』とあり、それによって、文意明確になる」と記している。しかし、今は定家本系統に属する学習院大学本によって読んでいるのであるから、他系統の本の本文を根拠にすることは、出来るだけ避けたほうがよい。

それでは、原文に「せざりければ」とあって、「出来なかったので」とは書いていないという事実を根拠にするという考え方はどうか。「男」は「語らふ」ことを望んでいたであろうから、それを「しなかったので」という以上、主語は「男」でなく「女」と判断できるのではないか、という考え方である。

しかし、「せざりければ」は、「しなかったので」と必ずしも同義ではない。

すでに第一〇章でも取り上げたように、古代語の否定表現は、単なる〈否定〉ではなく、〈不可能〉に訳したほうがよい場合がある。また、古代語の肯定表現は、単なる〈肯定〉ではなく、〈可能〉に訳したほうがよい場合がある。このような現象が生ずるのは、現代語では、それが望ましい事態かどうかで、〈普通表現〉か〈可能・不可能表現〉かを選択するが、古代語では必ずしもそうではないからである。

したがって、第一の歌にある「吹く風に　我が身をなさば」は、「吹く風に自分の身を変えたならば」ではなく、「吹く風に自分の身を変えることが出来たならば」と訳すのがよいであろう。

また、第二の歌にある「とりとめぬ　風にはありとも」は、「あなたが手でつかまえない風であったとしても」ではなく、「あなたが手でつかまえることの出来ない風であったとしても」と訳すのが適切であることになる。第二の歌については、諸注で前者のように訳すものがないのは、さすがに現代語として変だという感覚が校注者に働くからであろう。

以上によって分かることは、問題の原文である「せざりければ」は、〈しなかったので〉の意でもあり得るが、〈出来なかったので〉の意でもあり得るということである。

そこで、原文「昔、男、みそかに語らふわざもせざりければ」について考えると、まず「男」とあり、その後主語が変わったことを示す徴表はないのであるから、「みそかに語らふわざもせざりければ」の主語は「男」であると見るのが、自然であろう。すなわち、「男」は相手の女と関係を結ぶことを望んでいたが、堂々と相手を訪ねることはもとより、人目に触れずに訪ねることも出来なかったので、ということになろう。その理由は、相手の女が承諾しなかったからである。

三　「いづくなりけむ」に対する従来の解釈

さて、最も問題なのは次の部分である。

・いづくなりけむ、あやしさに詠める。

ここで、従来の諸注釈の立てた本文を見ると、［A型］［B型］の二つのやり方があることが分かる。

（一）［A型］＝右のように「いづくなりけむ」の下に読点を入れるもの。

（二）［B型］＝読点を入れずに「いづくなりけむあやしさによめる」として続けるもの。

［A型］は、「いづくなりけむ」を挿入句として扱ったもののように見える。また、［B型］は、「いづくなりけ

む」を「あやしさ」にかかる連体修飾句として扱ったもののように見える。

しかし、読点を入れるか入れないかが、挿入句と理解したのか連体修飾句と理解したのかということと、必ず対応するというわけではない。また、文意の理解もそれに一対一的に対応するものではない。したがって、今の段階で言えるのは、この部分の構文理解・文意理解には問題があるということである。

窪田空穂〔一九五五〕は、[B型]であり、読点を入れず「いづくなりけむ怪しさに詠める」とする。そして、「いづくなりけむ怪しさに」の語釈の項で、「『いづくなりけむ』は、女の住所は何処だろうかと。『怪しさに』は、訝しさに」と説明する。また、以下のように解説している。

これは簡潔を極めた言い方で、こうしたことのあり得る場合は、初めて艶書を寄せたのは女の方からで、その艶書は使の持って来た物であるが、その使は、女が誰であり、何処に住んでいるかということを、口止めされていて言わなかった場合のことである。この簡潔は、この当時の貴族生活にあっては、直ちに通じたのである。

しかし、そもそも女が最初に自分から男に「艶書」を寄こしながら、しかも自分の身分も住所も明かさないというようなことが、あり得るのだろうか、という疑問が生ずる。ただし、それについては、以前から、藤井高尚『伊勢物語新釈』〔一八一三年〕のように、「高き宮づかへする女の、男をこころ見んとて、名を隠して文おこせたる」という状況を想定し、次のように理解する者もあったのである。

昔、男女の文贈るは懸想心ありての事なれども、今の世のさまとは異にして、花・紅葉につけてあはれなる歌ども書きて贈りて、その返事のやうを見こころむる事どももありき。されば、文おこせたりとて頼むべきにあらず。ここもそれ也。(文政三年刊本による)

阿部俊子［一九七九］も、読点を入れない［B型］であるが、「いづくなりけむあやしさ」の語釈の項では、「女の住居はどこだったのだろうという不審さ」と説明している。また、「補説」では、男が女の住んでいる場所を知らないままに、互いに歌の贈答を行うというような人間関係がどのようなものだったのかという点を中心に、下記のごとく、あれこれ想像を巡らせている。

この男女の関係は、物見の折か公《おおやけ》の場（祭りとか遊びとか饗宴《きょうえん》の折）とかで、男が女に目をとめて、しかるべき—男の方に関係のある使用人クラスの—女にでもたのんで歌をおくったことからはじまって、二三度は歌の贈答を使いを介してしていたのであろうが、女はそれ以上に近づこうとしない。名前や住んでいる場所を教えようとしない、というような状態にあることになる。また住んでいる場所がはっきりつかめず、歌のことばからみると、簾《すだれ》の垂れている部屋の中にいるらしいということ、男とある程度文通していても、一般の交際以上にたやすく近づかないという、世なれた交際常識をもっていること、歌の贈答をこの程度すすめていても、親や乳母《めのと》が介入してもいないし正式の結婚のための交際でもないというように考えてくると、この女は、しかるべき人の家の娘というのでなく、局《つぼね》をもっていた女房ではなかろうかと思われる。そこで「いづくなりけんあやしさに」というように、はっきりした居所が男につきとめられないということがおこって来ているように思われる。この段の話は、男女の歌の贈答のいろいろな場合、関係の種類、文《ふみ》使いのあり方などを考えておかなければなるまい。

鈴木日出男［二〇一三］は［A型］で、「いづくなりけむ、あやしさによめる」と読点を入れ、「いづくなりけむ」の語釈で「男の疑問をいう挿入句」とはっきり述べており、その後に「女の所在を詳しく知らないとする。文通は使者を介してのことか」と続けている。そして、このあたりを「あの女はどこに住んでいるのか、それを不審に思うところから詠んだ」と現代語訳しているから、文意の解釈から言うと、［B型］とは特に差異が生じていない。鈴木は、さらに次のような「評釈」を加えている。

たがいに文通することもあるのに、男が相手の女の所在がわからないというのは不自然である。実際には機転のきく使者などがそれを可能にしたのだろうか。古来、これを四・五段あたりの後日譚、すなわち藤原高子が后として入内《じゅだい》した後の業平との交流を語る内容と解する一説があるのも、女の所在への不審を解消させるための解釈によるのだろうか。文中の「いづくなりけむ、あやしさに」の叙述がじつは、人の容易に近づくことのできない大内裏であることを、ぼかして言っているともみられる。四段の「あり所は聞けど、人の行き通ふべき所にもあらざりければ」にも近似している。

秋山虔［一九七七］も、本文で「いづくなりけん、あやしさによめる」と読点を加えているから、［A型］である。もっとも、脚注では「いったい住まいはどこの女だったのかと不審に思って」と解しているから、文意の理解として見ると、これも［B型］と大した差異は生じていない。

同じ［A型］でも、永井和子［二〇〇八］の考え方は、右とは一線を画している。

永井は、冒頭を次のように現代語訳している。

むかし、男が、女がひそかに語らうこともしなかったので、――それはいったい、どこの女のことだか知らないが――不審に思ってよんだ、

そして、下記のような脚注を付けているのである。

「女が語らうこともしなかったので、一体文を寄こしたのはどこの女だったのだろう、と不審なので、次の歌をよんで、使いに持たせた」とするのが通説。「いづくなりけむ」は、作者の感想の挿入とみて、「……せ

ざりければ（そのことの）怪しさに」とみて解した。「いづくなりけむ」は、あるいは高貴な女ではないか、とほのめかしたとも、歌の内容から見られるのではなかろうか。

すなわち、通説では、［A型］であるか［B型］であるかを問わず、「いづくなりけむ」を「男」の疑問を表したものと解するのに対して、永井は、これを作者の感想と見るのである。この点は、結論的には、永井の考え方が正しいものと考えられる。その理由は、次の節で述べたい。

四　句末に「けむ」をもつ挿入句

『伊勢物語』の地の文に現れるケム（過去推量）は、すべて疑問を表す挿入句の末尾にあり、語り手の立場から、事柄の起こった事情・理由について推測を述べるという使い方である。以下に、その種の用例を幾つか例示する。

・**昔、男ありけり。京や住み憂かりけむ、東《あづま》の方に行きて住みどころ求むとて、友とする人一人二人して行きけり。**（伊勢物語・八段）

［昔、男がいた。京が住みづらかったのであろうか、東国のほうに行って住みつく場所を探そうとして、友人一人、二人と一緒に行った。］

・**昔、男、みちの国にすずろに行き至りにけり。そこなる女、京の人はめづらかにやおぼえけむ、切《せち》に思へる心なむありける。**

［昔、男が奥州に何という考えもなく行き着いた。そこに住む女は、都人を世にも稀なものと思ったのであ

ろうか、心から思慕する気持を抱いたのであった。]（伊勢物語・一四段）

・**昔、はかなくて絶えにける仲、なほや忘れざりけむ、女のもとより、「〈歌〉」と言へりければ、**

[昔、深い結びつきもなく絶えてしまった仲だが、やはり相手の男のことが忘れられなかったのであろうか、女のもとから、「〈歌〉」と言ってきたので、]（伊勢物語・二二段）

・**昔、年ごろ訪れざりける女、心かしこくやあらざりけむ、はかなき人の言《こと》につきて、人の国なりける人に使はれて、**

[昔、男が数年訪れずにいた女が、賢明な人柄ではなかったのであろうか、あてにもならない人の言葉に従って地方に下り、そこに住んでいた人に使われていたが、]（伊勢物語・六二段）

・**昔、男ありけり。いかがありけむ、その男、住まずなりにけり。**

[昔、男がいた。どうしたことであろうか、その男が、ある女のもとに通わなくなってしまった。]（伊勢物語・九四段）

その他の用例も同様である。

したがって、「いづくなりけむ」は挿入句で、語り手が、「男」の相手である女性がどこに住んでいたのか自分には分からないと、読者に告げているのである。次に来る「あやしさ」を修飾する語句ではない。もっとも、語り手が本当に知らなかったのか、あるいは実は知っていたのだが、言うと差し障りがあるので知らないことにしたのか、そこまでは分からない。

また、この「あやしさ」は、先行の「みそかに語らふわざもせざりければ」を受けて、こっそりと逢うことも承知してくれない相手の女の真意が分からず、「男」が不審に思ったということである。

なお、竹岡正夫［一九七七］は、この問題について、「いづくなりけむ」の語釈で、次のように述べている。少し長いが、そのまま引用する。

本物語においては、末尾に「けむ」の伴う句はこの1例を除いてすべて、疑問の係助詞「や」又は「か」と共に用いられ、物語作者が登場人物の心中などを推測した言い方の挿入句となっている。たとえば、

◇宮の内にて、ある御達の局の前を渡りけるに、何のあたにか思ひけん、「よしや、草葉よ、ならむさが見む」と言ふ。男、…　（三一段）

ところがここのみは、「や」「か」と共に用いられず、「新釈」の説くように、男の心中の直接的な表現になっている。ただし純粋な直接法なら「いづくなるらむ。」のようにあるべきところであるが、「けん」とあるため、半ばは物語作者の「あやしさ」の説明的な挿入句的な言い方ともなっている。

右の説明には、二つの問題点がある。

第一は、末尾にケムをもつ句が、他では疑問の係助詞ヤまたはカを伴っているのに、ここではそうなっていない点について、何か特別な意味があるかのように説いていることである。この部分にヤまたはカが現れるとすれば、「いづくにかありけむ」の形であるが、〈ニ＋アリ〉がナリとなったために、カが排除されたものである。

疑問詞は、上代では助詞カを伴うのが普通であったが、平安時代以降には下記のようにカを脱することもあった。

・（女は）いと恥づかしと思ひて、答《いら》へもせで居たるを、（男は）「など答《いら》へもせぬ」と言へば、

［女はたいそう恥ずかしいと思って、返事もしないで座っていると、男が「どうして返事もしてくれないのですか」と言ったところ、］

（伊勢物語・六二段）

・（千兼が）「**雨のいたく降りしかば、え参らずなりにき。さる所にいかにものし給へる**」と言へりければ、

［千兼が、「雨がひどく降ったので、お訪ねすることが出来ないままになってしまいました。雨漏りするような所に、あなたはどんなふうに過ごしていらっしゃいますか」と言ってきたので、］

（大和物語・六七段）

したがって、この部分に力が現れないことに、何か特別な意味があるかのように考えるのは、適切でない。

第二は、「いづくなりけむ」を、「男」の心中の直接的な表現であると捉えると同時に、「半ば」は「あやしさ」に対する物語作者の説明を表す表現と見なしており、言わば複合的な性格をそこに認めている点である。

上記に竹岡の説明を引用したが、そこで言及されている「新釈」とは、前節で触れた藤井高尚『伊勢物語新釈』のことである。その「新釈」に先立って、賀茂真淵『伊勢物語古意』（一七五三年）は、次のように述べている。

こは、もと言ひ通はせし女の宮の内などに在るが、今は心かはりてみそかに語らふことをだにせず、其の住みたらん所をだに言はねば、おぼつかなく、女の心をあやしみたる也けり。此の詞の様、大かたにては聞こえがたかるべし。（龍谷大学図書館本による）

すなわち、真淵は、以前はつき合いのあった女が、今は心変わりして住んでいる所さえも言わなかったので、不審に思い、女の心を怪しんでいるのだ、と考えているのである。

それに対して、高尚は、そういうことであれば、「いづくなりけむ」でなく、「いづくなるらむ」とあるべきだ

として反対している。高尚によれば、ここが「いづくなりけむ」とあるのは、前に手紙を寄こしたのは、宮仕えする女房だとは分かっているが、名を隠しているために、「いづくの局よりなりけん、知られねば」、「事のさまのあやしさに」、歌を詠んでやったのだ、というふうな文脈だからだという。高尚は、すでに述べたように、そうした文脈理解の前提として、「高き宮づかへする女の、男をこころ見んとて、名を隠して文おこせたる」という状況を考えているのである。

『伊勢物語新釈』によれば、高尚の師である本居宣長は、この高尚の意見に賛成していなかったらしい。宣長は、「けむ」とあることを援護して言うならば、「物語の地の詞として、いづくにての事なりけんと見るべし」と述べたという。しかし、高尚は、これにも反対する。高尚は、ここが「いづくなりけむ、あやしさに詠める」と続いていることから、飽くまでも「男の思ふ意を言へる詞」と考えるからである。

ところで、竹岡は、「いづくなりけむ、あやしさに詠める」を、「（その女の局は）どこだったのだろうか、さっぱりわからず、疑わしさに詠んだ歌」と訳している。すなわち、文脈理解は『伊勢物語新釈』に同調している。しかし、「いづくなるらむ」でなく、「いづくなりけむ」とあることに落ち着かないものを感じたために、「男」の心の直接的表現であると同時に、物語作者の説明的表現でもあるという複合的性格を認めたのであろう。

しかし、事はもっと単純ではなかろうか。

すなわち、「いづくなりけむ」を、語り手の立場から事態の経緯に関して疑問を述べる挿入句、また、「みそかに語らふわざもせざりければ」は、「あやしさに詠める」に掛かる条件句と考えれば、極めてスムーズな文脈理解が得られるのである。

五　この章段全体の理解

以上、第六四段の冒頭の文について考えてみた。この部分における文構造の理解を誤ったために、解釈は混乱することになった。ここは、「いづくなりけむ」を語り手の感想を表す挿入句と見ることで、順直な解釈が得られる。この考え方は、すでに述べたとおり、永井和子［二〇〇八］に見られる。ただし、上記で触れたように、宣長は「挿入句」というような言い方こそしていないが、すでにその見解に達していたようである。

なお、永井の理解について、さらに二点を述べておきたい。

第一に、永井は、「女がひそかに語らうこともしなかったので」と訳して、「女」を主語に立てているが、これは、すでに述べたように、賛成できない。

第二に、永井が『「いづくなりけむ」』は、あるいは高貴な女ではないか、とほのめかしたとも、歌の内容から見られるのではなかろうか」と述べている点は、考慮に値する。歌には、二首とも「玉すだれ」の語が用いられているが、これは、いかにも、その中にいる女が高貴な女性であることを匂わせているようである。しかし、「玉すだれ」の語は、「すだれ（簾）」の美称であって、用例から見て、その中にいる人物が特別に高貴でなくても用いられている。たとえば、次のような例がある。

・年を経て信明《さねあきら》の朝臣まうで来たりければ、簾越《すだれご》しに据ゑて物語し侍りけるに、いかがありけむ

中務

内外《うちと》なく　馴れもしなまし　玉すだれ　たれ年月を　隔てそめけむ

［しばらく年が経った後、源信明朝臣がやって来たので、簾越しに置いて話をしたのだが、どういうことがあったのだろうか、次のような歌を詠んだ。中務。「簾の内と外に別れてというような他人行儀なことでなく、馴れ親しむことが出来たらよかったのに、今は簾を垂れて隔てを置くようになってしまった。いったい、誰が年月を隔てて逢うというようなことを始めたのでしょうか。」］（拾遺集・恋四・八九八）

右の場合、自分と相手を隔てている簾を「玉すだれ」と表現しているが、中の人物が高貴であることを表現しているとは思えない。

なお、「玉すだれ」の語は、散文にはほとんど用例のない語で、「す（簾）」「みす（御簾）」「すだれ（簾）」に対する歌語であると思われる。また、「掛く」「掛かる」「垂る」にかかる枕詞としての用例も少なくない。

以上によって、二首の和歌から女が高貴な女性であると読み取ることは難しい。すなわち、高貴な女性であってもよいが、なくても構わないということである。

最後に、全文について、筆者の考える現代語訳を掲げておこう。

昔、ある男が、相手が承知してくれないため、秘かに契りを結ぶということも出来なかったので、その女の住んでいたのはどこだったのだろうか、承知してくれない理由がよく分からず不審に思うままに、詠んで贈った歌。

もし自分の身を吹く風に変えることが出来るならば、あなたの部屋の御簾《みす》の隙間を探し求め続けて、その部屋に入ることが出来るでしょうに。

返歌。

たとえあなたが手でつかまえることが出来ない風であったとしても、いったい誰の許しで、御簾《みす》の隙間を探して入ってくるというのでしょうか。

従来の通説は、冒頭の文の構造を読み誤ったために、さまざまな想像が生まれることになった。このような場合、あれこれ想像力を働かせるよりも、表現そのものを観察し直すことが先決であろう。

〔引用論文〕

秋山　虔［一九九七］『〈新日本古典文学大系〉伊勢物語』（岩波書店）
阿部俊子［一九七九］『〈講談社学術文庫〉伊勢物語全訳注』（講談社）
上坂信男［一九六八］『伊勢物語評解』（有精堂出版）
片桐洋一［二〇一三］『伊勢物語全読解』（和泉書院）
窪田空穂［一九五五］『伊勢物語評釈』（東京堂出版）
鈴木日出男［二〇一三］『伊勢物語評解』（筑摩書房）
竹岡正夫［一九八七］『伊勢物語全評釈』（右文書院）
永井和子［二〇〇八］『〈笠間文庫〉伊勢物語』（笠間書院）
福井貞助［一九九四］『〈新編日本古典文学全集〉伊勢物語』（小学館）

第一四章　第七五段（海松）

一　問題の所在

問題としたい第七五段は、次のように記されている。

◎昔、男、「伊勢の国に率《ゐ》て行《い》きてあらむ」と言ひければ、女、

大淀の　浜に生ふてふ　みるからに　心はなぎぬ　語らはねども

と言ひて、ましてつれなかりければ、男、

袖濡れて　海人《あま》の刈り干す　わたつうみの　みるを逢ふにて　止《や》まむとやする

女、

岩間より　生ふるみるめし　つれなくは　潮干潮満《しほひしほみ》ち　かひもありなむ

また、男、

涙にぞ　濡れつつしぼる　世の人の　つらき心は　袖の雫《しづく》か

世に逢ふこと難き女になむ。

（伊勢物語・七五段）

これは、次のような話である。

昔、男が女に、「伊勢の国にあなたを連れて行って、そこで暮らしたい」と言ったところ、女は、伊勢の国の大淀の浜に育つという海松（みる）ではないが、あなたを見るだけで心は落ち着きました、契りを結んではいませんが。

と詠んで、今まで以上に冷淡だったので、男は、次のように詠んだ。

袖を濡らして泣きながら海人が刈って干す海の海松（みる）ではないが、見ることを逢うことの代わりにして、それで終わりにしようとしているのですか。

それに対して、女は、次のように詠んだ。

岩の間から生えている海松布（みるめ）に変化がなくずっと生えているならば、潮が引いたり満ちたりするうちに、それに取り付く貝もあるに違いない。そして、見る目（＝見る機会）をもつことに変化がなくずっと逢っているならば、いつかその甲斐あって共寝することも、きっとあるでしょう。

また、男は、次のように詠んだ。

「涙にぞ　濡れつつしぼる　世の人の　つらき心は　袖の雫《しづく》か」

本当に逢うことが難しい女であった。

こんな話であるが、最後の歌を原文のまま引用したのは、この歌に対する従来の理解に問題があるからである。

以下、それについて考えてみたい。

二　シボル（絞）とシホル（湿）

前半の「涙にぞ　濡れつつしぼる」は、〈私は涙に濡れながら袖を絞ることだ〉の意だとするのが通説であって、特に問題はないように思われる。「袖を」という目的語が容易に補えるのは、後半に「袖」の語が使われているからである。

しかし、片桐洋一［二〇一三］は、次のように述べ異説を唱えているので、簡単に通り過ぎるわけにはいかないだろう。少し長いが、以下に引用する。

涙にぞ濡れつゝしほる…＝通説は「しぼる」と読み、「私の流す涙に濡れ続けながら袖をしぼっております。あなたの薄情な心がこうしてしぼっている私の袖のしずくになったのでしょうか――あなたのひどいお気持ちが変わらないように、袖のしずくも乾く時がありません」（角川ソフィア文庫）と訳しているが、このようにくどい繰り返しのある訳し方をしなければ意が通らないし、自分の流す涙が、相手のつれない心に擬されるというのはおかしい。また「濡れつつしぼる」という言い方では、歌の調べとしても好ましくない。「しぼる」ではなく、「しほる」と清音に読み、「萎る」と解すべきであろう。「しほる」は、『名義抄』に「汐」「汗」「澤」の字などを「シホル」と訓んでいるように「濡れてぐっしょりとなる」という意であり、「しぼる」ではない。なお、「しほる」の第二音節の「ほ」が早くハ行転呼を起こして「しをる」と表記されている場合も多く、「しをる」の用例の中にも、本来「しほる」であったものがかなり含まれていると思われる。なお、現行の古語辞典の中に、「しをる」はあるが、「しほる」を採っていないものが多いのは遺憾である。

そして、一首全体を次のように現代語訳している。

あなたを恋しく思って流す涙に濡れてぐっしょりいたしております。まことに、この世におわす人のつれないお心は、この袖の雫になったのでありましょうよ。

片桐は、従来「しぼる」と濁音に読まれてきた箇所を「しほる」と清音に読み、〈濡れてぐっしょりになる〉という意の自動詞だというのである。

すなわち、片桐の主張によって改めて問題になったのは、原文に「しほる」とある部分を「しぼる」と濁音に読むか、「しほる」と清音に読むか、そしてその場合、自動詞か他動詞か、意味はどうなるのかという問題である。

まず、シボル（絞）という動詞であるが、これは、〈物に含まれている水分をとるために、その物を捻ったり押さえたりして力を加える〉の意の四段他動詞である。シボル（絞）は、上代には例が見出だせないが、平安時代になると、たとえば、次のような例が現れる。

①**譬《たと》（へ）ば乳牛に種種の色有レども、其（の）乳を搆《シボ》リて、之を一処に致（す）に及（び）ては白色に（し）て異なること无《な》（き）が如ク、仏性も亦尓《しか》なり。**

（石山寺本法華経玄賛平安中期点・九五〇年頃・中田祝夫［一九七九］による）

［たとえば、乳牛にはさまざまな色があるけれども、その乳を絞って、それを一箇所に集めると、白色であって違いがないように、仏性というものもまたそのようなものである。］

②**立たぬより　しぼりもあへぬ　衣手に　まだきなかけそ　松が浦波**

［出発する前から別離の悲しさに涙で濡れて絞りきれない袖に、まだ行き着いてもいない讃岐の松が浦よ、波をかけないでおくれ。］

（後拾遺集・別・四八七）

③女の無き名立つ由恨みて侍りければ、つかはしける　　左兵衛督隆房

同じくは　重ねてしぼれ　濡れ衣　さても干すべき　無き名ならじを

［女が事実無根の噂が立っていることを恨んでいると言ってきましたので、贈った歌。左兵衛督隆房。「同じことなら、あなたの濡れ衣と私の濡れ衣とを重ねて絞って下さい。ただそのようにしても、乾かすことが出来る事実無根の濡れ衣というわけでもないでしょうに。あなたと私の仲はただの噂というだけではないのですから。」］　（千載集・恋一・六九五）

この意のシボルの第二音節が濁音であったことは、次のような資料から言える。それらの資料では、和訓の仮名に声点《しょうてん》（＝声調を示すための点）が打たれている場合があり、単点であれば清音、複点であれば濁音であることを示しているのが普通だからである。

・**絞**シホル〈平・平濁・上〉　（観智院本類聚名義抄）
・**擣**シホル〈平・平濁・〇〉　（観智院本類聚名義抄）
・**犕**チシホル〈平・平・平濁・上〉　（観智院本類聚名義抄）
・**私**アセシホル〈平・上・平・平濁・上〉　（観智院本類聚名義抄）

右の「私」字に対する「アセシホル」は、アセシボルと読み、〈汗絞る〉の意であろう。ただし、「私」字にそのような和訓が付される理由は、不明である。

一方、次節で詳しく述べるように、かつてシホル（湿）という動詞が存在した。これには、次のように自動詞と他動詞が存在した。

下二段自動詞〈ぐっしょり濡れる〉―四段他動詞〈ぐっしょり濡らす〉

片桐は、上記で紹介したように、〈濡れてぐっしょりになる〉という意の自動詞シホルがあると主張している。問題の部分が「涙にぞ　濡れつつしほる」であるとすれば、この「しほる」は係助詞「ぞ」の結びになっているから、連体形である。したがって、これは下二段活用とは考えられず、四段活用のはずである。これが、シホル（湿）であるならば、四段活用であるから、〈ぐっしょり濡らす〉意の他動詞ということになる。ところが、片桐説では自動詞と考えているわけであるから、その考え方は、成り立たないと言わなければならない。

それでは、ここを「しほる」と読んで、〈ぐっしょり濡らす〉意の他動詞と考える案はどうか。それであれば、〈私は涙に濡れながら袖をぐっしょり濡らすことだ〉の意になるから、一応成り立つ解釈である。しかし、〈涙に濡れる〉と〈袖をぐっしょり濡らす〉との間に全く飛躍がなく、表現として平板である。その点、〈涙に濡れる〉と〈袖を絞る〉との間には、変化があって面白い。また、第五句の「袖の雫《しづく》」との対応関係から見ると、〈袖をぐっしょり濡らす〉よりも〈袖を絞る〉のほうが、後に「袖の雫」という表現が出て来る必然性が説明しやすい。

やはり、問題の「しほる」は、「しぼる」と読み、〈絞る〉の意と考えるのがよいであろう。

三　シホル（湿）という語

ここで、シホル（湿）について、もう少し詳しく考えてみる。かつて、〈ぐっしょり濡れる〉または〈ぐっしょり濡らす〉意のシホル（湿）という語があり、第二音節は清音であったらしい。

すなわち、次の例を見ると、「ホ」には単点が施されているから、第二音節は清音だったと思われる。

・**湝**シホル〈平・平・上〉　（観智院本類聚名義抄）

・**湝**シホル〈平・平・上〉　（鎮国守国神社本類聚名義抄）

右の「湝」字には、他にヌル（濡）・アラフ（洗）の和訓が付けられているところから見て、シホル（湿）の例であると考えられる。ただし、文脈をもたないので、これが他動詞であるのか自動詞であるのかまでは、分からない。

なお、片桐は、すでに引用した部分で、次のように述べている。

　『名義抄』に「汐」「汗」「澤」の字などを「シホル」と訓んでいる

しかし、この説明は不正確である。ここに挙げられた三字のうち、「汐」字・「汗」字には、下記のように声点が付いていない。

・**汐**シホル　（観智院本類聚名義抄／鎮国守国神社本類聚名義抄）

・**汗**シホル　（図書寮本類聚名義抄）

したがって、この場合、ホの清濁は分からない。

また、下記は「澤」字の例であるが、「ホ」に複点が付いているから、第二音節は濁音である。

・**澤**シホル〈平・平濁・上〉（観智院本類聚名義抄）

・**澤**シホル〈平・平濁・○〉（二字目「ト」を「ホ」と訂す）（鎮国守国神社本類聚名義抄）

ただし、「澤」字の有するどのような字義に対して、シボルの和訓が付けられているのか、分かりにくい。他にも、次のような例がある。

・**洿**シホル〈平・平濁・上〉（図書寮本類聚名義抄）

これも、上記と同様、分かりにくい例である。

古辞書の場合、文脈がないために、どのような字義に対してその和訓が存在するのか、不明確な場合が多い。「澤」字・「洿」字に記された「シホル」という和訓は、シボル（絞）の例であると見ておくのが穏当であろう。

ところで、シホル（湿）という語について、かつて詳しく検討したのは、小西甚一［一九六六］である。これは、蕉風俳諧の理念を表す語の一つとして、従来「しをり」と考えられてきたものは、実は「しほり」と考えるのが正しいことを論じた論文である。蕉風俳諧の理念を表す語が「しをり」であったのか、「しほり」であったのかは、当面の問題ではないので、ここでは、シホル（湿）という動詞の存在という問題に限定して、小西論文を紹介・検討することにする。

〈ぐっしょり濡れる〉意のシホル（湿）は、下二段自動詞である。小西が示した例でいうと、たとえば以下がそれである。

①船も漕ぎ隠れ、日も暮るれども、（俊寛僧都は）あやしの臥しどへも帰らず、浪に足うち洗はせて、露にしほれて、其夜はそこにぞ明かされける。

[船も漕ぎ去って見えなくなり日も暮れたけれど、俊寛僧都は粗末な寝所へも帰らず、浪が足を洗うのに任せて、夜露に濡れて、その夜はその場で明かしなさったのであった。]

（平家物語・巻三・足摺・古典大系上二一六ページ）

②（六代御前は）汀《みぎは》の砂《いさご》も父の御骨《ごこつ》やらんとなつかしうおぼしければ、涙に袖はしほれつつ、塩汲むあまの衣ならねども、乾く間《ま》なくぞ見え給ふ。

[六代御前は、水際の砂も父親の遺骨であろうかと慕わしくお思いになったので、涙で袖はぐっしょり濡れ、海水を汲む海人《あま》の衣ではないけれども、乾く間もないようにお見えになった。]

（平家物語・巻一二・六代被斬・古典大系下四一四ページ）

③（頼朝の一行は）花やかなりし姿ども、思ひのほかにひきかへて、茅草《ちくさ》の蓑・菅の小笠、変はりはてたるむら雨に、袂はしほれ、裾は濡れ、上下ともに露けき色、無興《ぶきよう》と言ふも余りあり。

[頼朝の一行は、華やかだった姿も思いがけなくがらりと転じて、茅草の蓑を着て菅の小笠をかぶるという打って変わった姿になり、天候が急変して降ってきたにわか雨に、袂はびっしょりになり裾は濡れて、貴賤ともに湿った様子は、興ざめと表現したとしても言葉が足りないくらいであった。]

（曽我物語・巻五・一・古典大系二〇〇ページ）

小西の挙例はいずれも中世の文献からであったが、平安時代にも類例を上げることが出来る。

④姫君に聞こえし

常よりも　秋の空見る　今年なり　野べの草葉も　露にしほれて

（藤原高光集・一六）

［（七月七日、母上の没後に喪に服している）姫君に申し上げた歌。「例年よりも秋の空を見ることの多い今年だなあ、野辺の草葉も涙の露にぐっしょり濡れていて。」］

⑤堀川院の御時、百首の歌奉りけるうち、若菜の歌とて詠める　源俊頼朝臣

春日野の　雪を若菜に　摘み添へて　今日さへ袖の　しほれぬるかな

（千載集・春上・一四）

［堀川院の御代に、百首の歌を献上した歌のうち、若菜の歌として詠んだ歌。源俊頼朝臣。「正月七日、春日野の若菜を摘むのに、それに積もった雪を添えて摘むことになり、いつも涙で濡れている袖が、祝うべき今日までも濡れてしまったことだ。」］

⑥野径時雨といふことを詠める　賀茂実保

旅衣　裾野の露に　しほるるを　重ねて濡らす　むら時雨かな

（月詣和歌集・十月・八九七）

［野の道を行く時に時雨に遭うということを詠んだ歌。賀茂実保。「旅の衣が山の裾野に下りた露に濡れたのに、それをさらに濡らす、にわかに降ってきた時雨であることよ。」］

一方、これに対応する〈ぐっしょり濡らす〉意のシホル（湿）は、四段他動詞である。小西が挙げた例は、たとえば次のようなものである。

①**公卿・殿上人、皆涙を流し、袖をしほらぬはなかりけり。**
［公卿・殿上人は、皆涙を流し、袖を濡らさない人はなかったのだった。］
（保元物語・上・法皇崩御・古典大系六〇ページ）

②**「まことにしかなり。また親の顔おがまむ事もいと危《あやふ》し」と思ひて、泰時も鎧の袖をしほる。**
［本当にその通りである。再び親の顔を見ることもとても望みが薄い」と思って、泰時も鎧の袖を濡らした。］
（増鏡・新島守・古典大系二七三ページ）

③**（遊義門院は）召されて後《のち》も、例《ためし》なき御心惑ひ、よその袂も所《ところ》せきほどに聞こえさせおはしませば、心あるも心なきも、袂をしほらぬ人なし。**
［遊義門院は車にお乗りになった後も、母君のお亡くなりになったことに前例のないくらいお心を惑わせているご様子で、直接には関係の無い人の袂も涙で一杯になるほどに悲しんでお噂申し上げたので、心ある者も心ない者も、袂を濡らさない人はいなかった。］
（とはずがたり・巻五・古典全書四三三ページ）

これらの例は、従来シボル（絞）と解されてきたものである。しかし、小西は②の例を挙げて、「日常の衣服ならともかく、鎧の袖が絞れるものであろうか」と指摘している。①③はシボル（絞）で解釈することも不可能ではないが、少なくとも②は、シホル（湿）と考えるほうが確かによさそうである。

他に、小西は次の例を挙げて、「湿《リ》レ袖《ヲ》」は「袖をしほり」以外に読み方はあるまいと述べている。

④雲上に信仰の霞をたぐへ、月卿に随喜の雨をふらす。北房南房湿《リ》レ袖《ヲ》、千乗百官頭を傾く。

（私聚百因縁集・巻八・二三）

右の本文は、大日本仏教全書本を基に、小西が表記に手を加えたものであるが、大日本仏教全書本より古い形と考えられる承応二年刊本（古典文庫所収）では、次のようになっている。（濁点の有無は原文に従う。）

⑤雲上《ニ》副《ソヘ》二信仰《シンカウノ》霞《カスミヲ》一月卿《ケイニ》雨《フラス》二随喜《スイキノ》雨《ヲ》一北房南《ホクバウナン》房湿《シホリ》レ袖《ヲ》千乗《シヨウ》百官《クワン》傾《カタムク》レ頭《カウヘヲ》。

［（増賀上人が宮中で后宮に授戒の式を行った時）宮中には信仰の気が霞のように漂い、公卿は随喜の涙を流した。お側近く使える女性・男性は袖を濡らし、高官・百官は頭《こうべ》を垂れるのであった。］

（私聚百因縁集・巻八・二三）

この本文によれば、シホル（湿）の存在は一層確かなものになる。

なお、同資料には、他にも次のような例が見出だされる。

⑥朝夕常《ツネニ》随《ヒ》奉ル月卿雲客《ゲツケイウンカクハ》無《キ》レ主《アルシ》詠《ナカメ》レ花《ヲ》袖《ソデ》ヲシボリ夜昼《ヨルヒル》且《シハラクモ》不《サリシ》レ奉《ラ》レ離《ハナレ》女房南房《バウナンバウ》空《ハムナシク》跡《アトニ》連《ツヽ》居《キイテ》流《ナカス》レ涙《ナミタヲ》。

［（帝がいなくなった宮廷では）朝夕常にお仕えしていた公卿・殿上人は、今は主《あるじ》のない花をじっと見て涙

に濡れた袖を絞り、夜昼少しの間も離れ申し上げることのなかった側近の女性や男性は、空しく後に残って居並んで涙を流すのであった。」

（私聚百因縁集・巻一・三）

⑦**仍《テ》我《レ》不《ト》レ奉レ見レ王《ヲ》泣《ナク》々《、、》語《ルニ》　聞《キク》者《ノ》多《ク》袖《ソデ》ヲシホル**。

［「だから私は王様のほうを拝見しなかったのです」と、貧女が泣く泣く語ると、聞く者は多く袖を絞った（濡らした）。」

（私聚百因縁集・巻三・五）

⑥は濁点が付いているから、シボル（絞）であろう。しかし、⑦について言うと、これには濁点がない。ただし、この資料ではその音節が濁音であっても、濁点を付すとは限らないから、シボル（絞）かシホル（湿）かは、分からない。

以上によって、次のことが言えるであろう。

（一）シホル（湿）には、〈ぐっしょり濡れる〉意の下二段自動詞―〈ぐっしょり濡らす〉意の四段他動詞があったと考えられる。

（二）「袖をしほる」とあるような場合、「しぼる」と読んでシボル（絞）と解するか、「しほる」と読んでシホル（湿）と解するかは、断定できない場合があるということになる。

したがって、次のような例は、従来、シボル（絞）の例と考えられてきたが、シホル（湿）かも知れない。

①**偽りの　涙なりせば　唐衣　忍びに袖は　しぼら（しほら）ざらまし**

［もし偽りの涙であったなら、こっそり着物の袖を絞る（濡らす）ことはしないだろう。涙が本物だからこ

それを隠しているのだ。」

（古今集・恋二・五七六）

②契りきな　かたみに袖を　しぼり（しほり）つつ　末の松山　波越さじとは

［互いに涙に濡れた袖を絞り（濡らし）ながら約束しましたね、心変わりして末の松山を波が越えるようなことはないようにしようと。」

（後拾遺集・恋四・七七〇）

ちなみに、動詞シホル（湿）に現れる語基シホ（湿）は、次のように使われている。

「シホホニ」

・葦垣の　隈処《くまと》に立ちて　我妹子《わぎもこ》が　袖もしほほに〈志保々尓〉　泣きしそ思《も》はゆ

［葦垣の物陰に立って、いとしい妻が袖もぐっしょりさせて泣いていたのが思い出される。」

（万葉二〇・四三五七・防人歌）

「シホシホト」

・飽かず悲しくて、とどめがたく、しほしほと泣き給ふあま衣は、げに心ことなりけり。

［（大宮は今は亡き娘の葵の上を思い出すにつけて）限りなく悲しくて、涙をせき止めがたく、泣いてぐっしょり濡らしなさっている尼衣《あまごろも》（海人衣《あまごろも》）は、まことに格別の風情であった。」

（源氏物語・行幸・新編全集③三〇九ページ）

以上、シホル（湿）という動詞についての説明が長くなったが、要するに、問題の「涙にぞ　濡れつつしほるる」の「しほる」は、通説どおり、「しぼる」と読み、〈私は涙に濡れながら袖を絞ることだ〉の意と考えてよいということである。

四　通説的解釈の問題点

通説に問題があるのは、むしろ、後半の「世の人の　つらき心は　袖の雫《しづく》か」である。諸注は、次のように解釈している。

あなたのひどい心は私が絞る袖の雫になるのでしょうか。（上坂信男〔一九六八〕）

あなたのつれない心が私の袖のしずくになっているのでしょうか。（中野幸一〔一九九〇〕）

あなたの冷淡なお心は、私がしぼる袖の雫《しずく》となるのでしょうか。（福井貞助〔一九九四〕）

右のように、諸注の訳文において、原文に「世の人」とあるのを、現代語訳では「あなた」と訳しているものが多いのは、「世の人」という言い方で、暗黙のうちに相手のことを指していると見なしているからである。次のような評言もある。

「世の人」にはこの場合、相手を世間一般の人と同じと感じた悲しみがこめられていると解してよいであろう。（渡辺実〔一九七六〕）

また、そのまま、「世の人」と訳している注釈書もある。

世の人の冷淡な気持は私の袖のしずくに変るものなのでしょう。（秋山虔〔一九九七〕）

しかし、同書の脚注では、「『世の人』は相手の女をそれとなく表したもの」と注記しているから、それほど違った解釈をしているわけではない。

一方、窪田空穂［一九五五］は、以下のように述べているが、これは通説とは異なる解釈である。

「世の人」は、「世」は男女の交情をかわす意で、交情をかわしている人で、ここは女。

しかし、「世」が〈男女の仲〉を意味する例は少なくないが、「世の人」が〈交情をかわしている人〉の意に使われた例は見出だしにくい。

森野宗明［一九七二］は、次のように記している。

「よのひと」は、相愛の仲の相手とする説があるがとらない。このことば、直接には、そのまま世間の人と解すべきだろう。それが場面上、結果として相手の女をさすのにすぎない。二人は、相愛とはいえない関係で、男が女をくどきあぐねている状況であることも注意したい。

結局、窪田の解釈は、採用しがたいということである。すなわち、「世の人」は、直接的には〈世間の人〉の意であるが、結果的には相手の女を指す語であると考えてよいであろう。

ところで、ここで問題なのは、「世の人のつらき心」という場合の「心」とは誰の心かという点である。

下記の「現代語訳」は一見、通説とは異なる解釈をしているように見える。

世の人のつれなさを恨む心は、私の袖の雫となっているのか。　（鈴木日出男［二〇一三］）

「世の人のつらき心」の「心」について、通説は「あなたのつれない心」などと訳して、「世の人（あなた）の心」と解しているのに対して、鈴木は、「世の人のつれなさを恨む心」と訳して、「心」を「私の心」と解しているように見えるからである。しかし、「評釈」では、以下のように述べている。

ここで特に注意されるのは、相手の冷淡な気持ちを「世の人のつらき心」とする点である。「人」が相手をさすとともに、世の人一般にまで広がるところから、男と女の関係とは、あるいは世の人情とはしょせんこんなものなのか、という批評的な感情までが引き出されているのである。（鈴木日出男［二〇一三］）

右では、「世の人のつらき心」を「相手の冷淡な気持ち」と言い換えているから、通説と異なる考えをもっているようではない。だとすれば、「現代語訳」のほうが鈴木の考えを正確に伝えていないということになるだろう。しかし、この「現代語訳」の意味するところは、もう一度よく考えてみる必要がある。その点は、後に少し詳しく述べることにしたい。

それにしても、〈相手の冷淡な心が私の袖の雫になる〉という通説の解釈は、素直に理解できるものであろうか。これであると、〈相手の冷淡な心が、私の心を悲しませて私の涙となり、その涙が袖の雫になる〉という過程を想像することになろうが、極めて迂遠な解釈のように思われる。

五　問題の歌の真意

ここで改めて、問題の歌を見てみる。

・涙にぞ　濡れつつしぼる　世の人の　つらき心は　袖の雫《しづく》か

前節で紹介した通説的な解し方以外に、もう一つ別の解し方が存在するのではないだろうか。

形容詞ツラシ（辛）には、次のように二つの使い方がある。

①薄情だ。冷淡だ。

・心地損なへりける頃、あひ知りて侍りける人の訪《と》はで、心地おこたりて後、とぶらへりければ、詠みてつかはしける　　　　兵衛

死出の山　ふもとを見てぞ　帰りにし　つらき人より　まづ越えじとて

［病気で具合が悪かった頃、親しくしておりました人が訪れてくれないで、病気が治った後で、見舞ってくれたので、詠んで贈った歌。兵衛。「私は死出の山の麓だけ見て帰って来ました、薄情な人より先に死出の山を越えたくないと思いまして。」］

（古今集・恋五・七八九）

・（隣人は）いとはつらく見ゆれど、心ざしはせんとす。

［隣人は非常に薄情だと見えるけれども、お礼はしようと思う。］

（土左日記・二月一六日）

②（相手の仕打ちや自分の置かれた状況が苛酷で）耐えがたい。苦しい。恨めしい。

・世の中の　憂きもつらきも　告げなくに　まづ知るものは　涙なりけり

［私はこの世の憂さも苦しさも教えてやったことはないのに、真っ先にそれを知って流れ出るのは、涙であったなあ。］

（古今集・雑下・九四一）

・つらしとも　また恋しとも　さまざまに　思ふことこそ　ひまなかりけれ

［浮気なあなたのことを恨めしいとも思い、また一方では恋しいとも思い、さまざまに思って、心の休まる暇もありません。］

（和泉式部日記・新編全集三六ページ）

・（王昭君を詠める）　　　　　　　　　　　　懐円法師

見るからに　鏡の影の　つらきかな　かからざりせば　かからましやは

［王昭君の心になって詠んだ歌。懐円法師。「見るにつけて、鏡に映っている自分の姿が耐えがたく感じられるなあ。もし胡国に来ることがなかったら、こんなに容姿が衰えることもなかったのに。」］

（後拾遺集・雑三・一〇一八）

問題の歌は、従来、①の意に解しているが、②の意と解することも可能である。②で考えると、「世の人のつらき心」は、〈世の人（あなた）を恨めしいと思う私の心〉という意味になる。この場合、「つらき」が感情を表す語であるとすれば、「世の人」はそうした感情を引き起こす対象である。時枝誠記［一九四一］はこのようなものを「対象語」と呼んでいる。また、その感情の主体は表現的には潜在している「我」であるという解釈が可能である。

とすれば、歌は次のような意味になる。

私は涙に濡れながら、袖を絞ることだ。あなたを恨めしいと思う私の心は、袖の雫となったのか。

通説では、〈相手の冷淡な心が私の袖の雫になって現れる〉と解するのだが、それよりも〈相手を恨めしく思う私の心が私の袖の雫になって現れる〉と解する方がよほど自然ではないだろうか。

右の結論は、上記に触れた鈴木日出男［二〇〇三］の「現代語訳」と結果的に似ている。しかし、そこでも述べたように、鈴木は通説との違いをはっきり意識していないように見える。私説は、通説とは異なる見方をした上での結論である。

〔引用論文〕

秋山　虔〔一九九七〕『〈新日本古典文学大系〉伊勢物語』（岩波書店）
上坂信男〔一九六八〕『伊勢物語評解』（有精堂出版）
片桐洋一〔二〇一三〕『伊勢物語全読解』（和泉書院）
窪田空穂〔一九五五〕『伊勢物語評釈』（東京堂出版）
小西甚一〔一九六六〕「『しほり』の説」（言語と文芸四九号）
鈴木日出男〔二〇一三〕『伊勢物語評解』（筑摩書房）
時枝誠記〔一九四一〕『国語学原論』（岩波書店）
中田祝夫〔一九七九〕『改訂版　古点本の国語学的研究　訳文篇』（勉誠社）
中野幸一〔一九九〇〕『〈対訳古典シリーズ〉伊勢物語』（旺文社）
福井貞助〔一九九四〕『〈新編日本古典文学全集〉伊勢物語』（小学館）
森野宗明〔一九七二〕『〈講談社文庫〉伊勢物語』（講談社）
渡辺　実〔一九七六〕『〈新潮日本古典集成〉伊勢物語』（新潮社）

第一五章　第八三段（小野）

一　問題の所在

第八三段は、特に後半部に問題があると思われるのだが、まずは全文を表示することにする。

◎昔、水無瀬に通ひ給ひし惟喬《これたか》の親王《みこ》、例の狩しにおはします供に、馬《うま》の頭《かみ》なる翁仕うまつれり。日ごろ経て、宮に帰り給うけり。御送りしてとく去《い》なむと思ふに、大御酒《おほみき》賜ひ、禄賜はむとて、つかはさざりけり。この馬の頭、心もとながりて、

枕とて　草引き結ぶ　こともせじ　秋の夜とだに　頼まれなくに

と詠みける、時は三月《やよひ》のつごもりなりけり、親王大殿ごもらで明かし給うてけり。かくしつつまうで仕うまつりけるを、思ひのほかに、御ぐし下ろし給うてけり。正月《むつき》に拝《おが》み奉らむとて、小野にまうでたるに、比叡《ひえ》の山のふもとなれば、雪いと高し。しひて御室にまうでて拝み奉るに、つれづれといともの悲しくておはしましければ、やや久しく候《さぶら》ひて、古《いにし》へのことなど思ひ出で聞こえけり。さても候《さぶら》ひてしかなと思へど、おほやけごとどもありければ、え候《さぶら》はで、夕暮に帰るとて、

忘れては　夢かとぞ思ふ　思ひきや　雪踏み分けて　君を見むとは
とてなむ、泣く泣く来にける。

（伊勢物語・八三段）

この段の前半部は、次のような内容である。

昔、惟喬《これたか》親王が普段は京の宮殿にいて、そこから水無瀬の離宮にお通いになったのだが、例によって狩にいらっしゃった時に、そのお供として馬の頭である翁がいつも随従していていた。何日か経って、京の宮殿にお帰りになったのだが、お送りして早く辞去しようと思っていたところ、お酒を下賜され、ご褒美を下さろうとして、お放しにならなかった。この馬の頭は、早く帰りたいと思って、

枕にしようと草を引き結んで旅寝することは、いたしますまい。せめて秋ならば夜長を頼りに出来るのですが、春の短夜はそれさえも期待できず、すぐに明けてしまいそうです。

と詠んだのであったが、――時は三月の末であった――親王はご寝所に入ることもなく、馬の頭と夜を明かされたのであった。

後半部は、次のように話が展開する。

このように、馬の頭は親王のもとに参上してお仕えしていたのだが、思いがけないことに、親王は髪を下ろし出家なさったのであった。正月に拝謁しようとして、小野に参上したのだが、比叡山の麓であったので、雪が高く積もっていた。その雪をおしてご庵室に参上して拝顔し申し上げると、これといってなさることもなく、とてももの悲しい様子でいらっしゃったので、少し長くお側にいて、昔のことなどを思い出してお話し申し上げたのであった。そのままお側にいたいものだと思ったが、朝廷の用事などがあったので、そのままお側にいることは

出来ないで、夕暮れ時に帰ろうとして、

「忘れては　夢かとぞ思ふ　思ひきや　雪踏み分けて　君を見むとは」

と詠んで、泣きながら都に帰って来たのであった。

筆者が問題だと言うのは、後半部に現れる「忘れては」の歌の解釈である。この歌は、『古今集』に同じ歌が収められていて、そこでは作者が「業平朝臣」と明記されており、業平の名歌の一つとされている。しかし、この歌に対する従来の解釈には大きな疑問が存するのである。

以下、それについて論じてみたい。

二　従来の解釈

従来の解釈がどのようなものであったかを見るために、幾つかの注釈書の現代語訳を紹介する。

①前のことを忘れてしまってはこうしてお目にかかるのが夢ではないかと思います。かつて思ったでしょうか。こうして雪踏み分けて来て親王様にお目にかかろうなどとは。（上坂信男［一九六八］）

②あなたさまが、このようにしていらっしゃるのをふと忘れては、自分は夢でも見ているのではないかと思ってしまいます。ああ、あのころ、御出家なさる以前の、よく水無瀬へお供していたころ、一度でも思ったことがあったでしょうか、こうして雪を踏み分けて、ひっそり御庵室におくらしのあなたさまにお目どおりすることになろうなどとは。（森野宗明［一九七二］）

③これが現実だということを忘れて、夢ではないかとわが目を疑います。このように高く積った雪をふみわけ

てわが君にお目にかかりに来るようになろうとは、考えたことがありましたろうか。（渡辺実〔一九七六〕）

④ついうっかりしては（この思いもよらぬ現実を）夢か？　と錯覚するのです。かつて以前に思ったかしら、こんなに雪を踏み分けて君を見ようとは……。（竹岡正夫〔一九八七〕）

⑤いまのお姿を拝していると、ふと現《うつつ》を忘れては、夢を見ているのではないかという気がします。深い雪を踏みわけて、このような所でわが君にお逢《あ》いしようとは思っても見ませんでした。（福井貞助〔一九九四〕）

⑥このようにしていらっしゃる現実を、ついうっかり忘れては、夢でも見ているのではないかと思ってしまうのです。これまで一度でも思ったことがあるでしょうか、思いもよらぬことでありました。こうして雪を踏み分けてわが君にお目にかかることになろうとは。（秋山虔〔一九九七〕）

⑦現実であることをふと忘れて、これは夢ではないかと思う。今の今まで一度だって想像したことがあったか、雪を踏みわけてわが君を拝するとは。（鈴木日出男〔二〇一三〕）

⑧今の実情をつい忘れてしまって、これは夢かと思ってしまうことですよ。実際、このような所に雪を踏み分けてやって来て、あなた様にお会いしようと思いましたでしょうか、まったく思いはしませんでしたよ。（片桐洋一〔二〇一三〕）

このような現代語訳を見ると、二つの問題点が浮かび上がってくる。

第一の問題点は、「忘る」の対象が必ずしもはっきりしないことである。③は、「これが現実だということ」を対象として考えているが、これに似ているのが⑤⑥⑦であり、②⑧も大して違わないのであろう。④は「ついうっかりしては」と訳していて、「忘る」の対象がはっきりしなくなっているが、「釈」の部分で「夢の中でしかあり得ないような事で、しかも決して夢ではない現実の事実であるのに、ふと忘れては、夢を見ていたのではないかと思う、というのである。」と解説しているから、これも同類と見てよい。

しかし、〈(現状が) 現実であることを忘れる〉というのと、〈(現状が) 夢ではないかと思う〉というのとは、ほとんど同義語反復のような趣があり、短歌のような短詩形文学において、そのような冗漫な表現をするとは考えにくい。

すでに触れたところであるが、前半では、かつて翁が惟喬《これたか》親王に付き従って水無瀬の離宮に通った時のこと、また後半では、親王が突然出家した後、新年の挨拶のために翁が親王の隠棲先である小野に参上した時のことが語られている。「忘れては」の歌は、その後半部にある。そうした文脈を考えると、「忘る」の対象は、惟喬親王に従って水無瀬の離宮に通った時のことと見るのが適切であろう。

なお、①は「忘る」の対象を「前のこと」としており、筆者が右に述べたことと同じようなことを言っているように見えるが、そうではない。上坂は、次のようにも言っているのである。

「忘れては」―理屈をいえば忘れていないからこそ小野まで出向いて来たのだが、出家された事実を忘れて、今、僧形の親王を見るのが夢のような気がするというのだ。

すなわち、上坂の言う「前のこと」とは「出家された事実」を指しており、私見とは異なる。また、注意すべきことは、上坂が、「前のこと」を「忘れて」というのと、「小野まで出向いて来た」というのとは、「理屈」の上で矛盾していると自ら指摘している点である。

仮に、私見に従って、「前のこと」を、惟喬親王に従って水無瀬の離宮に通った時のことと考えたとしても、「忘れていないからこそ小野まで出向いて来た」のだから、やはり矛盾していると言える。

この、「忘る」の対象は何なのかという問題に対して、従来の解釈に満足することが出来ず、独自の見解に到達したのは、水原一［一九六六］である。水原論文によれば、「忘る」は、普通「〜を忘る」のように目的語を取る他動詞であるが、本来は、「目的語不要の、自発的な知覚消滅を言う」自動詞だったのではないか、と言うのである。その見方に基づいて、問題の歌を次のように解釈している。

――私の惘然とした意識の中では、これらすべて現実とは思われないのです。かくも淋しい里に、雪を踏み分け踏み分けして参りまして、宮様の法衣のお姿を拝しましたが、このような日をかつて想像だにした事がありましたろうか。ただ夢の中にいる心地でございます。

すなわち、この「忘る」を〈意識がぼんやりする〉というような意味の自動詞だと考えることによって、問題を解決しようとしたのである。しかし、「忘る」が本来、そのような意味の自動詞だったという論証が弱く、説得力に欠けている。

結局、問題はまだ片付いていないと言える。

第二の問題点は、原文は「ては」となっているのに、③⑦⑧では単に「忘れて」あるいは「忘れてしまって」と訳されていて、原文にあった「は」がどういう働きをしているのか、明瞭でないということである。そうかといって、

①前のことを忘れてしまっては―

④ついうっかりしては―

⑤ふと現《うつつ》を忘れては―

⑥このようにしていらっしゃる現実を、ついうっかり忘れては―

のように、「は」を温存して訳してみても、現代語文としては違和感のある表現になってしまい、「は」は邪魔な

存在のように見えてくる。

唯一、この「ては」の問題に意識的なのは②であって、森野は、「あなたさまが、このようにしていらっしゃるのをふと忘れては」と訳した上で、以下のように解説するのである。

「わすれては」の「ては」に注意したい。同じことがなん回も繰り返される意味になる。しばしば、夢ではないかという錯覚におちいるのだ。

しかし、このような理解は正しいのだろうか。

古代語の「ては」は、一般にどのような意味を表すのか、ここで改めて追究する必要が生ずる。

三　「ては」と「てば」

以下では、「ては」の用法について考えたいが、平安時代の仮名文では、もともと濁点が使われていないために、「ては」と「てば」とが表記上区別されないという問題がある。そこで、まずは清濁の区別が分かりやすい上代の例によって考え、続いて平安時代の例を取り上げることにする。

上代における「ては」と「てば」の用法について、筆者は、山口佳紀〔二〇一六〕で『万葉集』を中心に整理したことがある。今、それを簡略化して紹介するならば、以下のようなことになる。

以下、「〜ては」と読める例について考えると、〔A型〕・〔B型〕・〔C型〕の三種に分けることが出来る。

（二）「〜ては」について

［A型］

これは、〈〜してからは〉〈〜したあとは〉の意で、前件として既定の事実を述べて、後件に繋げるものである。

①**妹《いも》とありし　時はあれども　別れては〈和可礼弖波〉衣手寒き　ものにそありける**

（万葉一五・三五九一）

［妻と一緒にいた時はそうでもなかったが、別れてみると、袖が寒いものであったよ。］

②**山吹を　宿に植ゑては〈屋戸尓殖弖波〉見るごとに　思ひは止まず　恋こそ増され**

（万葉一九・四一八六）

［山吹を我が家の庭に植えてみたところ、それを見る度に思いは止まず、恋心が募るばかりであることよ。］

これら①②の場合は、後件も既定の事実である。

③**かはづ鳴く　清き川原を　今日見ては〈今日見而者〉いつか越え来て　見つつ偲《しの》はむ**

（万葉七・一一〇六）

［蛙の鳴く清い川原を今日見たからには、いつの日かまた山を越えてきて、見て賞《め》でよう。］

④**よそのみに　見ればありしを　今日見ては〈今日見者〉年に忘れず　思ほえむかも**

［遠くから見ていればどうということも無かったのに、今日見た以上は、毎年忘れることもなく、思い出す

だろうな。」
（万葉一九・四二六九）

これら「今日見ては」とあるものは〈今日見た後《あと》は〉の意であり、「今日見る」は既定の事態と考えてよいであろう。しかし、後件は未来の事態について述べたものである。すなわち、前件は既定の事実であるが、後件は既定の事実の場合と未来の事態の場合と両方あるのである。

［B型］

この型の「X＋ては＋Y」は、〈Xしたその場合には、いつもYする〉という意味関係を表し、恒常的・習慣的事態を描くのである。したがって、その〈X→Y〉という事態は一回的なものではなく、何度も繰り返されるという性質をもつ。

①冬ごもり　春さり来れば　鳴かざりし　鳥も来鳴きぬ　咲かざりし　花も咲けれど　山を茂《も》み　入りても取らず　草深み　取りても見ず　秋山の　木の葉を見ては〈木葉乎見而者〉　黄葉《もみち》をば　取りてそ偲《しの》ふ　青きをば　置きてそ嘆く　そこし恨めし　秋山そ我《あれ》は

［（冬ごもり）春がやって来ると、鳴いていなかった鳥も来て鳴き始めます。咲いていなかった花も咲いていますが、山は木が茂っているので、入って取ることも出来ず、草が深いので、手に取って見ることも出来ません。秋山の木の葉を見ては、黄色く色づいているのは手に取って賞《め》でます。青いのはそのままにして色づいていないのを嘆きます。その点だけが残念です。結局、秋山が良いと思います、私は。］

（万葉一・一六）

右の例で、「秋山の木の葉を見ては～」というのは、ある一回的な事態を述べるものではない。この例では、〈秋の山の木の葉を見たその場合には〉、いつでも〈黄葉を手に取って賞美するし、青い葉はそのまま枝に残し、色づいていないのを残念に思ってため息をつく〉のである。また、次のような例もある。

②**相見ては〈対面者〉　面隠《おもかく》さゆる　ものからに　継ぎて見まくの　欲しき君かも**

［逢った時はいつでも恥ずかしくて自然に顔を隠してしまうのだが、それでいて、続けて顔が見たくなるあなただなあ。］

（万葉一一・二五五四）

右の例も、①と同じような使い方である。

［C型］

これは、「は」が前句を強調しながら、前句と後句とを強く結びつけるものである。

①**……菟原壮士《うなひをとこ》い　天《あめ》仰ぎ　叫びおらび　地《つち》を踏み　牙嚙《きか》み猛《たけ》びて　もころ男《を》に　負けてはあらじと〈負而者不有跡〉　掛《か》け佩《は》きの　小大刀《をだち》取り佩き　野老葛《ところづら》　尋《と》め行きければ……**

［……菟原壮士は、天を仰ぎ叫びわめいて、地を踏み歯がみをして猛々しく振る舞って、好敵手に負けては

いられないと、肩に掛ける小太刀を身につけ、（野老葛《ところづら》）追いかけて行ってしまったので、……。」

（万葉九・一八〇九）

「負けてはあらじ」の場合、「じ」が否定するのは、直前の「あら」だけでなく、「負けて」「あら」全体である。「は」はそのような意味で、前句を強調しながら、前句と後句を強く結びつけるために介入した助詞である。

②**古《いにし》へゆ　言ひ継ぎけらく　恋すれば　苦しきものと　玉の緒の　継ぎては〈継而者〉言へど……**

［昔から言い伝えてきたことには、恋をすれば苦しいものだと、（玉の緒の）言い伝えているけれども……。］

（万葉一三・三二五五）

この場合も、「継ぎて」「言へ」全体を逆接の「ど」が受けており、その「継ぎて」と「言へ」とを明確に結合するために、「は」が介入しているものと解される。

次に、平安時代の例を見ることにする。前記したのは『万葉集』の例から帰納した結論であるが、平安時代についても同様の考え方を当てはめることが出来るものと思われる。

［A型］

この型は、〈〜してからは〉〈〜したあとは〉〈〜した以上は〉の意を表し、前件として既定の事実を述べて、後件に繋げるものである。

①起きもせず　寝もせで夜を　明かしては　春のものとて　ながめくらしつ

［昨夜は起きていたような気もせず、また寝ていたような気もせず、夢心地に夜を明かしてしまいましたが、その後は、春に付きものの長雨が降って、一日中雨を見ながら、物思いに沈んでおりました。］

（古今集・恋三・六一六）

②常夏《とこなつ》に　思ひ染めては　人知れぬ　心の程は　色に見えなむ

［常夏（＝撫子）の花のようなあなたに深く思い込んだ以上は、人には分からない私の愛情の程度は、常夏の花の色のように深いものと見えるに違いない。］

（後撰集・夏・二〇一）

③典侍《ないしのすけ》あきらけい子、父の宰相のために賀し侍りけるに、玄朝法師の裳・唐衣縫ひてつかはしたりければ、

典侍あきらけい子

雲分くる　天《あま》の羽衣　うち着ては　君が千歳に　会はざらめやは

［典侍あきらけい子が、父の宰相のためにお祝いをしました時に、玄朝法師が裳や唐衣を縫って贈ってきたので、詠んだ歌。典侍あきらけい子。「天女が雲を分けて飛ぶ天の羽衣をこうして私が身につけた以上は、父の長寿に立ち会うだけでなく、あなたの千年のお祝いに会わないことがありましょうか。」］

（後撰集・慶賀・一三六九）

［B型］

この型は、〈X→Y〉という習慣的事態が繰り返されるという意味を表す。

①いたづらに　行きては来ぬる　ものゆゑに　見まくほしさに　誘《いざな》はれつつ
［あなたは逢ってくれないので、行っては空しく帰って来るというだけなのに、それでもあなたに逢いたさにまた出掛けてしまいます。］
（古今集・恋三・六二〇）

②忍びて通ひ侍りける女のもとより、狩装束送りて侍りけるに、摺《す》れる狩衣《かりぎぬ》侍りけるに
元良の親王
逢ふことは　遠山摺《とほやまず》りの　狩衣《かりごろも》　きてはかひなき　音《ね》をのみぞ泣く
［こっそりと通っていました女のもとから狩装束を送って来ましたが、その中に模様を刷り出した狩衣がありましたので、詠んだ歌。元良の親王。「あなたとの距離は遠くてなかなか逢えませんが、いただいた遠山の模様を摺り出した狩衣を着てあなたのもとへ行っても、あなたに逢ってもらえず、出掛ける甲斐のないことよと、声を上げて泣いてばかりおります。」］
（後撰集・恋二・六七九）

③渡りては　あだになるてふ　染河の　心づくしに　なりもこそすれ
［渡ると浮気な心になるという筑紫の染河ですが、その染河を渡るとおっしゃるあなたに逢って、物思いの限りを尽くすことになると困ります。］
（後撰集・雑春・一〇四七）

④植ゑて見る　草葉ぞ世をば　知らせける　置きては消ゆる　けさの朝露
［植えて見ている草葉がこの世の無常を知らせていることだ。草葉に降りたかと思うとすぐに消える今朝の朝露だよ。］
（拾遺集・雑上・五〇〇）

［C型］

この型は、前句を強調しつつ、前句と後句とを一体として結合するものである。

①虫の如《ごと》　声に立てては　なかねども　涙のみこそ　下に流るれ

［虫のように声を上げて泣くということはしないけれども、涙はひたすら心の中を流れています。］

（古今集・恋二・五八一）

②山の井の君につかはしける　　詠み人知らず

音にのみ　聞きてはやまじ　浅くとも　いざ汲みみてむ　山の井の水

［山の井の君と呼ばれている女性に贈った歌。詠み人知らず。「噂に聞くだけで終わりにすることはしたくない。たとえ浅くても汲んでみよう、山の井の水を。（山の井だから、古歌にあるように、心が浅いかも知れないが、ともかく逢ってみたいものだ。）」］

（後撰集・雑二・一一六五）

③河原院にてはるかに山桜を見て詠める　　平兼盛

道遠み　ゆきては見ねど　桜花　心をやりて　今日は暮らしつ

［河原院ではるかに山桜を見て詠んだ歌。平兼盛。「道が遠いので、行って近くで桜の花を見ることは出来ないけれど、心は遠く馳せて、気晴らしをして今日は暮らしたことだ。」］

（後拾遺集・春上・九七）

以上の結果を、問題の歌に当てはめて、以下に考えてみる。

・忘れては　夢かとぞ思ふ　思ひきや　雪踏み分けて　君を見むとは

まず、［A型］とすれば、〈以前のことを忘れてから後は、現在のことを夢かと思います〉の意になるはずであるが、そもそも忘れるということがあるのかという疑問が生ずる。また、忘れていないからこそ、小野まで出向いて来たのではないか、という既述の疑問は解決されないままである。

また、森野の言うように、［B型］とすれば、〈以前のことを忘れては、現在のことを夢かと思い、また以前のことを忘れては、現在のことを夢かと思う〉の意になるが、この文脈では不自然の譏りを免れない。

最後に、［C型］の可能性であるが、「忘れては夢かとぞ思ふ」について、「忘れて」と「夢かとぞ思ふ」とを一体化するために「は」が介入している構文とは考えにくい。

そうなると、そもそも「忘れては」と読むこと自体の妥当性が疑われるのである。

四　「忘れてば」と読んだ場合

次に、「忘れては」の部分は、「忘れてば」と読む可能性がなくはないので、以下「〜てば」について考えてみる。この「〜てば」は、活用語の連用形の後に、いわゆる完了の助動詞ツの未然形テ、および接続助詞バの接したものである。これについても、山口佳紀［二〇一六］の調査結果を簡略化して示す。

（二）「〜てば」について

〈〜したならば〉の意で、仮定条件を表す。

①**山峡《やまがひ》に　咲ける桜を　ただ一目　君に見せてば〈伎美尓弥西氏婆〉　何をか思はむ**

［山間《やまあい》に咲いている桜をただ一目でもあなたに見せることが出来たら、何を不足に思いましょう。］（万葉一七・三九六七）

②**信濃《しなぬ》なる　千曲《ちぐま》の川の　小石《さざれし》も　君し踏みてば〈伎弥之布美弖婆〉　玉と拾はむ**

［信濃にある千曲川の小石でも、あなたが踏んだのだったら、珠玉だと思って拾いましょう。］（万葉一四・三四〇〇・東歌）

③**布勢《ふせ》の浦を　行きてし見てば〈由吉氏之見弖婆〉　ももしきの　大宮人に　語り継ぎてむ**

［布勢の浦に行って見ることが出来たら、（ももしきの）大宮人にそのすばらしさを語り伝えましょう。］（万葉一八・四〇四〇）

右に挙げた①〜③は「てば」の例であるが、いずれも〈〜したならば〉の意で、仮定条件を表すものである。後件に来るのは、いずれも未然の事態である。

これは、『万葉集』の例からうかがえる状況であるが、平安時代についても同様の考え方を当てはめることが出来るものと思われる。以下、実例を挙げる。

④梅が香を　袖に移して　とどめてば　春は過ぐとも　形見ならまし

［梅の香りを袖に移してとどめておくことが出来たならば、春が過ぎ去った後でも、春を思い出すよすがになるだろうに。］

（古今集・春上・四六）

⑤我が齢《よはひ》　君が八千代に　とり添へて　とどめおきてば　思ひ出でにせよ

［私が生きるはずの年齢をあなたの長寿に加えてそのまま残しておくことが出来たならば、あなたはその分長生きなさって、私のことを思い出して下さい。］

（古今集・賀・三四六）

⑥信濃なる　千曲の川の　さざれ石の（も？）　君し踏みてば　玉と拾はむ

［信濃にある千曲川の小石でも、あなたが踏んだのだったら、珠玉だと思って拾いましょう。］

（古今和歌六帖・二・くに・一二六八）

⑦直《ただ》に逢ひて　見てばのみこそ　たまきはる　命に向かふ　我が恋をらめ（やま？）

［直接あなたに逢って見ることが出来たならば、その時初めて（たまきはる）命がけの私の恋心が落ち着くでしょうに。］

（古今和歌六帖・四・恋・二〇〇二）

なお、平安時代になると、「〜てば」の例は多くない。⑥⑦の例は、いずれも『万葉集』に原歌のある歌である。

さて、この「〜てば」を問題の歌に適用したら、どうなるか。

・忘れてば　夢かとぞ思ふ　思ひきや　雪踏み分けて　君を見むとは

すると、第一・二句は、〈もし以前のことを忘れたならば、現在のことを夢かと思います〉となる。そこから、〈けれども、以前のことは忘れていないので、現在のことを夢かとは思わない〉の意となり、〈これは現実なのですね〉と改めて確認する表現と受け取れないこともない。

しかし、前件が「忘れてば」と仮定の表現であったとすると、後件は「夢かとぞ思ふ」ではなくて、「夢かとぞ思はむ」と未然の表現になるのが順当であろう。また、反実仮想の表現であれば、「夢かと思はまし」となるべきものである。

結局、「忘れてば」と読む案も、適切とは思われないのである。

五　「忘れでは」と読んだ場合

ここまで考えてくると、もう一つ「忘れでは」と読む可能性が存することに思い至る。

ここで、「では」について述べたいが、その形は奈良時代の文献には現れないから、平安時代の文献で考えることにする。なお、「では」は活用語の未然形に接続するから、「ては」「てば」と紛れることは比較的少ない。

(三)「では」について

〈活用語未然形＋で＋は〉には、下記に示すように、［A型］・［B型］・［C型］という三つのタイプがある。

［A型］～しないならば。～しないとすると。（未然事態）

①高円《たかまと》の　野辺の秋萩　散らさでは　君が形見と　見つつしのばむ

［高円の野辺に咲いている秋萩を散らさないですんだならば、今は亡きあなたの形見として見ながら偲ぶことにしよう。］

（大伴家持集・一八二・新編国歌大観）

この歌の「散らさでは」の部分は、和歌文学大系本では「散らざらば」（大伴家持集・一四九）となっている。すなわち、これは否定の仮定条件と言ってよいものである。

以下も同様である。

②折らば惜し　折らではいかが　山桜　今日を過ぐさず　君に見すべき

［山桜は折ったらもったいない。しかし、折らなかったら、どうやって今日のうちにあなたに見せたらよかろうか。］

（後拾遺集・春上・八四）

③よそにては　惜しみに来つる　花なれど　折らではえこそ　帰るまじけれ

［遠くいた時は折らずに散るまで名残を惜しもうと見に来た花ではあるが、近くに来たところ、折らずには帰れそうもない。］

（金葉集・春・五四）

④踏めば惜し　踏までばゆかむ　方もなし　心尽くしの　山桜かな

［散り敷く花びらを踏むともったいないし、踏まなければどこへも行かれない。あれこれと悩みは尽きない山桜だなあ。］

（千載集・春下・八三）

［B型］～しないでいると。～しないでいる以上。（既然事態）

①逢ふことの　今ははつかに　なりぬれば　夜深からでは　月無かりけり

［逢うことは今ははつか（＝わずか）になってしまったが、折しも二十日《はつか》になってしまったので、今は夜更けでない以上、月が出て来ないのだなあ。］　（古今集・雑体・一〇四八）

「夜深からでは」は、〈夜更けでない今は〉の意であり、既然事態の表現なのである。以下の②③も、同様に考えてよいだろう。

②絶えて三年《みとせ》ばかりになりたる人に

逢ひ見では　はや三年《みとせ》にも　成りにけり　一日《ひとひ》も経《ふ》べき　心地やはせし

［通うことがなくなって三年ほどになった人に贈った歌。「逢うこともなくて、もう三年にもなってしまったことだ。その間、一日も過ごせるような気持がしませんでした。」］　（大江匡衡集・八九）

③消え勝《まさ》る　ものにはあれども　逢ひ見では　心も雪も　消えぬばかりぞ

［心も雪も、いずれもどんどん消えてゆくものではあるのですが、あなたに逢えない今は心も消えないし（＝意識も失わないし）、光に照らされない今は雪も消えないというだけのことなのです。］

（藤原敦忠集・三二）

［C型］～せずに。～することなくて。（前句と後句を一体化する）

①初声は　今朝ぞ聞きつる　うぐひすの　鳴かでは過ぎぬ　花のもとにて
［鶯の初声は、今朝聞くことができたことよ、鶯が鳴かずには通り過ぎることの出来ない花のもとで。］
（一条摂政御集・一五六）

「鳴かでは過ぎぬ花のもと」は、〈「鶯が鳴かずに通り過ぎる」ということはない花のもと〉の意である。すなわち「ぬ」は直上の「過ぎ」だけを否定しているのではなく、「鳴かで過ぎ」全体を否定しているのである。「は」は上接の「鳴かで」を強調しつつ下接の「過ぎ」に結びつけているわけである。以下の②③④も同様に考えられる。

②門《かど》近き荻《をぎ》の末を、馬《むま》に乗りながら結びてゆく人なむあると聞きて、つとめて
なほざりに　穂末を結ぶ　荻の葉の　音もせでなど　人の行きけむ
返し
行きがてに　結びしものを　荻の葉の　君こそ音も　せでは寝にしか
［門に近いところに生えている荻の穂先を、馬に乗ったままで結んで行く人があると聞いて、翌朝贈った歌。「何という気もなく穂先を結んだ荻の葉のように、どうしてあの人は音を立てることもなく行ってしまったのだろうか。」返歌。「何もせずに通り過ぎることが出来ないので荻の葉を結んだのに、あなたこそその荻の葉のように音も立てないで寝ていたことですよ。」］
（大弐三位集・九）

③嘆かでは　いづれの日をか　過ぐししと　今日だに問ひて　人は知れかし

［一体今までにどの日を嘆くこともなく過ごしたかと、せめて今日だけでもあなたは私に尋ねてくれて、嘆かない日は無かったことを知って欲しい。］

（和泉式部集・六五六）

④**我が宿を　指して来ざりし　月だにも　入らではただに　帰るものかは**

［私の家を目指してきたわけでもない月でさえも、家に入らないでそのまま帰って行くものでしょうか。まして あなたはそんなことがあってはならないのです。］

（古今和歌六帖・二・宿・一三一二）

右のうち、問題にしている歌の解釈に関わりそうなのは、［B型］の用法である。そこで、以下の形で歌意を考えてみる。

・**忘れでは　夢かとぞ思ふ　思ひきや　雪踏み分けて　君を見むとは**

［B型］だとすれば、第一句・第二句は、〈かつて親王に付き従って水無瀬の離宮に通った時のことを忘れないでおりますと、今こうして隠棲先の小野に参上していることが夢のように思われます〉の意となる。第一句の「忘れでは」は、〈現に忘れていないのだが、そうしておりますと〉の意を表すのである。すなわち、第一句を「忘れでは」と読むことによって、初めて安定した解釈が得られることになる。

したがって、歌全体としては、次のような意味になる。

かつて親王に付き従って水無瀬の離宮に通った時のことを忘れないでおりますと、今こうして隠棲先の小野に参上していることが夢のように思われます。このように雪を踏み分けてあなた様にお会いすることになろうとは、かつて思ったでしょうか。

右のように解釈してみると、極めて自然な解釈であると思われるのであり、このような解釈がかつて提出されたことがないのは、不思議なくらいである。

ただし、この部分を「忘れては」と読むことは、遅くとも中世には起こっていたと考えられる。真名本（寛永二十年板本）には、次のようにある（池田亀鑑『伊勢物語に就きての研究・校本篇』〈有精堂出版、一九五八年〉による）。

・忘而者　夢歟与社思　念来哉　雪踏別而　君乎将見与波

もし、第一句が「忘れでは」であったら、「不」字を入れて表記したはずである。真名本『伊勢物語』では、この歌の直前の「え候《さぶら》はで」を「得不待」と表記しているように、このような場合、「不」字を用いるのが通例である。

しかし、このことは、問題のこの歌が本来「忘れては」であったことを意味するのではなく、真名本の作成者はそのように理解していたということを示すに過ぎない。真名本は鎌倉時代に作られたものと見られているから、少なくともその時代には、そうした理解があったということになる。

この歌の場合、「忘れては」「忘れてば」「忘れでは」の三者を比べて、いずれであれば自然な解釈が得られるかは、今検討したとおりである。

六　「忘れでは」と読むべき用例

上記のような例の存在に接すると、他にも、従来「忘れては」と読まれてきた用例のうちに、実は「忘れでは」と読むべきものがあるのではないかという可能性が浮上する。

次の三例は、上記に紹介した水原一［一九六〇］が、「いずれも忘るべくもない心でありながら、『忘れては』と歌う、その不条理の声調において業平の『忘れては……』と通うものがあるようである」と評している歌である。

①忘れては　うち嘆かるる　夕べかな　我のみ知りて　過ぐる月日を〈新古今集・恋一・一〇三五〉〈一二一〇年成立〉

②忘れては　恋しきものを　あひ見じと　いかに誓ひし　心なりけむ〈続拾遺集・恋五・一〇五七〉〈一二七八年成立〉

③忘れては　見し夜の影ぞ　偲ばるる　憂きならはしの　有明の月〈新後拾遺集・恋四・一二一三〉〈一三八四年成立〉

①については、峯村文人［一九九五］が、次のように現代語訳し、また鑑賞・批評している。

忘れては、嘆かれる夕暮であることよ。わたしだけが知っていて、過ぎていく月日であることよ。

心に秘めて恋い続ける思いの深さを詠んだ。上句と下句とが緊密に照応し、抒情を哀艶にした。

なお、上句に対しては、「結句を受ける」と注を加えていて、倒置であることを指摘する。また、下句に対しては、「自分の心の中だけに秘めて恋している片思いであることをいった」と注している。

この場合、下句に示された内容、すなわち「我のみ知りて過ぐる月日」を忘れることがあるかどうかも問題であるし、それを忘れると、どうして「夕暮」に「嘆かれる」のかということも分かりにくい。

これは、「忘れでは」と読んで、次のように解釈すべきではないか。
忘れないでいると、ついため息が出る夕暮であることよ、私だけが知っていてあの人は知らずに過ぎてきた今までの月日のことを。

②も、「忘れでは」と読んで次のように解するのが、適切なのではないか。
忘れないでいると、こんなにも恋しいのになあ。私はあの人にはもう逢うまいと誓ったのだが、あの時どんな気持で誓ったのだろうか。

③も、同様である。
忘れないでいると、あの人に逢った夜の月の光が自然、思い出されることだ、そういうつらい習慣が出来てしまった有明の月よ。

一方、従来どおり「忘れては」と読んでよい用例もある。

④**忘れては　よに来じものを　かへる山　いつはた人に　逢はむとすらむ**　（伊勢集・四一二）
［あの人が私を忘れている以上、もう決して私のもとに来ることはないだろうに。「かへる山」という名の山があるが、その名のようにあの人が帰ってきて、その人に逢えるということが、いつまたあるというのだろうか。］

⑤**百首歌中に菊を詠める**
忘れては　雪にまがへる　白菊を　夜な夜な霜の　置きかへてける
［百首歌の中で菊を詠んだ歌。「菊が咲いていることを忘れていると、雪だと間違えてしまう白菊だが、夜

になると、その雪の代わりに霜が降りていると思ってしまうなあ。」〕

（散木奇歌集・五四六）

ところで、水原論文が、後代に業平の「忘れては」の歌をなぞった歌と指摘するのは、次のような歌である。

⑥忘れては　秋かとぞ思ふ　片岡の　楢《なら》の葉分けて　出づる月影

［季節を忘れていると、今は秋かと思う、片岡の楢《なら》の葉を分けるようにして出て来る月光を見て。］

（新勅撰集・雑一・一〇六五）〈一二三五年成立〉

⑦忘れては　春かとぞ思ふ　蚊遣り火の　煙《けぶり》に霞む　夏の夜の月

［季節を忘れていると、今は春かと思う、蚊遣り火を焚《た》く煙に霞んでいる夏の夜の月を見て。］

（新後拾遺集・夏・二四二）〈一三八四年成立〉

⑧忘れては　秋かとぞ思ふ　風渡る　峰より西の　蜩《ひぐらし》の声

［季節を忘れていると、今は秋かと思う、風が吹き渡っている峰より西方に鳴いている蜩《ひぐらし》の声を聞いて。］

（新続古今集・夏・三四〇）〈一四三九年成立〉

これらは、確かに「忘れては」の例である。また、「～とぞ思ふ」との呼応も、問題の歌と共通しており、問題の歌を本歌としているという言い方をしても、間違いではない。上記で述べたように、問題の歌については、遅くとも鎌倉時代には「忘れては」と読む理解の仕方があったからである。

しかし、繰り返すことになるが、このことは、問題の歌が本来「忘れては」であったことを示すものではない。

むしろ、後世の人が「忘れては」と読んだことが、この歌の真意を分かりにくくしてしまったのである。

［引用論文］

秋山　虔［一九九七］『〈新日本古典文学大系〉伊勢物語』（岩波書店）
上坂信男［一九六八］『伊勢物語評解』（有精堂出版）
片桐洋一［二〇一三］『伊勢物語全読解』（和泉書院）
鈴木日出男［二〇一三］『伊勢物語評解』（筑摩書房）
竹岡正夫［一九八七］『伊勢物語全評釈』（右文書院）
福井貞助［一九九四］『〈新編日本古典文学全集〉伊勢物語』（小学館）
水原　一［一九九六］「業平詠『忘れては夢かとぞ思ふ』」（雨海博洋編『歌語りと説話』新典社）
峯村文人［一九九五］『〈新編日本古典文学全集〉新古今和歌集』（小学館）
森野宗明［一九七二］『〈講談社文庫〉伊勢物語』（講談社）
山口佳紀［二〇一六］「『万葉集』におけるテハとテバ」（成蹊大学文学部紀要五一号）
渡辺　実［一九七六］『〈新潮日本古典集成〉伊勢物語』（新潮社）

第一六章　第八五段（目離《めか》れせぬ雪）

一　問題の所在

第八五段は、次のようになっている。

◎昔、男ありけり。童《わらは》より仕うまつりける君、御ぐし下ろし給うてけり。正月《むつき》には必ずまうでけり。おほやけの宮仕へしければ、常にはえまうでず。されど、もとの心失はでまうでけるになむありける。昔仕うまつりし人、俗なる、禅師《ぜんじ》なる、あまた参り集まりて、正月《むつき》なれば事立《ことだ》つとて、大御酒《おほみき》賜ひけり。雪こぼすが如降《ごと》りて、ひねもすにやまず。みな人酔ひて、雪に降りこめられたり、といふを題にて、歌ありけり。

思へども　身をし分けねば　目離《めか》れせぬ　雪の積もるぞ　わが心なる

と詠めりければ、親王《みこ》、いといたうあはれがり給うて、御衣《ぞ》ぬぎて賜へりけり。（伊勢物語・八五段）

これは、以下のような話である。

昔、男がいた。子供の時からお仕えしていた主君が、出家なさってしまった。その後も、正月には必ず参上した。男は朝廷へのご奉公をしていたので、普段は参上できなかった。しかし、以前からの忠誠心を失わないで、正月には参上したのであった。昔お仕えした人は、俗人である者も、出家している者も、大勢参集したが、親王は、正月であるから、特別にということで、御酒を下された。雪が天からこぼすように降って、朝から晩までやまなかった。一同はみな酔って、「雪が降って閉じこめられた」ということを題として、歌を詠んだのであった。男は、

「思へども　身をし分けねば　目離《めか》れせぬ　雪の積もるぞ　我が心なる」

と詠んだので、親王はたいそう感嘆なさって、お召し物を脱いで、褒美としてお与えになったのであった。

この文章のうち、「思へども」の歌は、従来、その歌意が全く誤解されてきたのではないかと疑われる。もし歌の解釈が誤っているとなると、一段全体の読み取りにも大きく影響することになろう。我々は、先入観にとらわれず虚心に読むことが期待される。

二　「目離《めか》る」の語義

まず問題にしたいのが「目離《めか》れせぬ雪」の部分である。「目離《めか》る」の理解が異なれば、当然のことながら、「目離《めか》れせぬ雪」の解釈も違ってくる。そこで、従来の諸説から代表的な見解を選んで、幾つか紹介することにする。

（A）石田穣二［一九七九］は、「目離《めか》る」は〈親しい人に会わないで疎遠になる〉の意であると解する。そして、「目離《めか》れせぬ雪の積もるぞ」は、「なつかしいあなたのおそばにいつまでもいられるように、雪が降り積って京に帰れませんのは」と訳しているのである。

（B）渡辺実［一九七六］は、「めかれ」は「目離《めか》れ」であり、「目が離れる意から絶え間のある意に用いる」と説明する。そして、「目離《めか》れせぬ雪」は、「今絶え間もなく降りつづく雪」と訳されている。

（C）永井和子［二〇〇八］は、「目離《めか》れせぬ」は〈目から離れない〉の意であり、〈雪が絶えず降ること〉と〈親王に常に逢うこと〉とを言いかけていると考えている。

「目離《めか》れせぬ雪」の理解について諸注を見渡すと、それぞれ微妙に異なる点もあるが、大きく言えば、右の（A）～（C）のどれかに一致するものである。

そこで、まず、「目離る」とはどういう意味かを明らかにする必要があるが、これに関しては、竹岡正夫［一九八七］が次のように述べている。

「目離る」とは、

見ることが遠ざかる。逢わぬ日数が重なる。目《メ》=離《カ》ル。「佐保過ぎて　寧楽《ナラ》の手向けに　おく幣《ヌサ》は　妹を目不離《めかれズ》　あひ見しめとぞ」（万三〇〇〇）（時代別国語大辞典・上代編）

となり、雪が絶え間もなく降りしきる場合とか、目を離さずに雪をじっと見る場合などには、「目離《めか》る」とは言わないと考えられる。

したがって、竹岡は、「目離《めか》れせぬ」を「ずっとお会いしておられる」と訳しているのである。

しかし、竹岡が、『時代別国語大辞典・上代編』のみを引いてこの語の語義を判定したのは、軽率の譏りを免れない。もっと広く用例を見渡して、結論を出すべきである。

そこで、古代における「目離《めか》る」の用例を広く検討して整理すると、以下に示すように、二つの用法に分かれるものと思われる。この問題については、すでに、山本登朗［二〇〇二］によってある程度明らかにされてるが、扱われた用例が限られているから、さらに多くの用例を見渡して考えてみたい。

（一）〈誰かの目から離れる・誰かに会えないでいる〉の意。

この用法は上代から見られる。

①あぢさはふ　妹《いも》が目離《めか》れて　敷栲《しきたへ》の　枕も枕《ま》かず　桜皮《かには》巻き　造れる船に　真梶貫《まかぢぬ》き　我が漕ぎ来れば……

［（あぢさはふ）妻と別れて（しきたへの）その手枕をすることもなく、桜皮《かにわ》（＝カニワザクラなどの樹皮）を巻いて造った船に櫓《ろ》を通して、我々が漕いでくると、……］　（万葉六・九四二）

②思ふ故《ゆゑ》に　逢ふものならば　しましくも　妹《いも》が目離《めか》れて　我居《あれを》らめやも

［思ったからといって逢えるものであるならば、ちょっとの間もあなたに逢わずに私がいるであろうか、いやそうではない。］　（万葉一五・三七三一）

③大君の　遠《とほ》の朝廷《みかど》と……たらちねの　母が目離《めか》れて　若草の　妻をもまかず　あらたまの　月日数《よ》みつつ
葦が散る　難波の御津に　大船に　真櫂繁貫《まかいしじぬ》き……

［大宰府は大君の遠い役所であると……（たらちねの）母と別れ、（若草の）妻と共寝をもせず、（あらたまの）月日を数えて、（葦が散る）難波の御津で大船に櫂をいっぱい通し……］　（万葉二〇・四三三一）

右の①～③では、「妹《いも》が目離《めか》れて」あるいは「母が目離《めか》れて」となっており、〈動作主体が「妹が目」あるいは「母が目」から離れる〉の意に使われている。つまり、この「目」は、離れる相手の「目」を指し、その相手が自分を見てくれることを象徴的に表す語である。その人の「目」から離れることは、その人に別れることを意味するわけである。

④佐保過ぎて　奈良の手向けに　置く幣《ぬさ》は　妹《いも》を目離《めか》れず　相見しめとぞ

［佐保を通り過ぎて、奈良山の峠に幣《ぬさ》を奉るのは、妻に別れることなくずっと逢わせて下さいと思ってのことだ。］

（万葉三・三〇〇）

この例は、①〜③の例とは異なり、「妹《いも》が目離《めか》れず」ではなく、「妹《いも》を目離《めか》れず」となっている。これはなぜかと言うに、この「妹を」は「相見しめ」に呼応するものだからである。そして、「妹を」と「相見しめ」との間に「目離《めか》れず」が挿入されているのである。その「目離《めか》れず」の「目」は妹の目であろう。

次に掲げるのは、平安時代の例である。

⑤月日経ておこせたる文に、「あさましく、対面せで、月日の経にけること。忘れやし給ひにけむと、いたく思ひわびてなむ侍る。世の中の人の心は、目離《めか》るれば忘れぬべきものにこそあめれ」と言へりければ、詠みてやる。

目離《めか》るとも　思ほえなくに　忘らるる　時し無ければ　面影に立つ

［月日が経ってから寄こした手紙に、「驚くほど長い間お逢いしないで月日が経ってしまったことです。私のことをお忘れになってしまったのではないかと思って、とても心配しております。世の中の人の心とい

うものは、会わないでいると忘れてしまうものであるようです」と書いてあったので、詠んでやった歌。「あなたとはお会いしていないとも思われません。なぜなら、忘れる時がないので、いつもあなたが面影として現れているからです。」」

（伊勢物語・四六段）

⑥**難波江に　釣りする海人《あま》に　目離《めか》れけむ　人も我が如《ごと》　袖や濡るらむ**

［難波の入り江で、釣りをしに行く漁師に別れたという女も、私のように袖を濡らしているのだろうか。］

（小野小町集・六四）

以上のうち、⑤の第一例は散文の例であるが、⑤の第二例と⑥は和歌の例である。
また、散文には次のような用例もある。

⑦**（源氏が紫の上に）「昨夜《よべ》はしかじかして夜更けにしかばなむ。例の思はずなるさまにや思《おぼ》しなしつる。かくて侍るほどだに御目離《めか》れずと思ふを、かく世を離るる際《きは》には、心苦しきことのおのづから多かりけるを、……」と聞こえ給へば、**

［源氏が紫の上に「昨夜はこれこれのことで夜が更けてしまいましたので、帰って来られませんでした。例によって心外なことが起こったとお思いになりましたか。せめてこのようにしている時だけでもあなたのそばにいたいと思っているのですが、このように世間を離れる間際には、気がかりなことが自然多いものですから、……」と申し上げなさると、］

（源氏物語・須磨・新編全集②一七一ページ）

「御目」とあって単に「目」と言わないのは、それによって、この「目」が相手の紫の上の「目」であることが示されている。

⑧（内大臣は母の大宮に向かって）「ここに候《さぶら》ふもはしたなく、人々いかに見侍らむと心置かれにたり。はかばかしき身に侍らねど、世に侍らむ限り、御目離《めか》れず御覧ぜられ、おぼつかなき隔てなくとこそ思ひ給ふれ。……」と涙おし拭《のご》ひ給ふに、

［内大臣は母の大宮に向かって「こちらにお伺いするのも体裁が悪く、女房たちがどんな目で見ているかと思うと気兼ねしてしまいます。私は大した者でもございませんが、この世に生きております限り、お会いできないでいるというようなことなく、お目どおりを許していただいて、母上の様子がよく分からないというような隔たりがないようにと思っております。……」と涙を押しぬぐいなさるので、］

（源氏物語・少女・新編全集③四一ページ）

この例も同様で、「御目」とあるのは、相手の大宮の「目」だからである。

⑨（源氏が）さし並び目離《めか》れず見奉り給へる年ごろよりも、対の上（＝紫の上）の御ありさまぞなほありがたく、

［源氏が紫の上といつも一緒に過ごして夫婦として暮らし申し上げなさったこれまでの年月よりも、紫の上のお人柄が一層優れたものと思われて、］

（源氏物語・若菜上・新編全集④七四ページ）

右の⑨の例は、⑦と同じく紫の上を対象としているが、「御目」でなく、単に「目」とある。これは、⑦が源氏の会話の引用であるのに対して、⑨が地の文だからである。

下記の例も、（一）の用法と見てよいだろう。

⑩（宇治の女君は）**若君を目離《めか》れず見給ふに、いみじくをかしげにて、やうやう物語り、人の影まもりて笑みなどするを見るぞ、いみじうかなしかりける。**

［宇治の女君は若君といつも一緒にいてお世話なさっていると、若君はたいそう可愛らしく、段々おしゃべりをしたり、人の姿をじっと見てほほ笑んだりなどするのを見るにつけて、とてもいとおしく思われるのであった。］

（とりかへばや物語・三・新編全集三八〇ページ）

なお、次の「目離《めか》れず」も、鎌倉初期の用例ではあるが、同じく（一）の用法であると思われる。

⑪（弁の少将は母后を）**見奉り馴《な》るるままに、気近《けぢか》き御けはひの、たぐひなく美しきは、さるものにて、……うち忘れて、**（母后を）**目離《めか》れずぞまもられ給ふ。**

［弁の少将は、母后を見馴れ申し上げるにつれて、間近に感じられるご様子が、比べるものがないほど美しいのは、言うまでもないこととして、……自分の立場も忘れて母后のお側《そば》を離れず無意識にじっとご覧になってしまう。］

（松浦宮物語・二・新編全集九〇ページ）

この（一）の用法は、上代から存し、平安時代にも受け継がれている。そして、「目離《めか》る」という動作の主体は人間であり、対象も人間である。

次に、（二）の用法について述べる。

（二）〈対象から目が離れる・対象から目を離す〉の意。ただし、「目離《めか》れず」のように、否定形で用いられることが多い。

この用法は、平安時代にならないと見ることが出来ない。しかも、用例は和歌に偏っており、多くの場合、対象は花である。

①**暮《く》ると明《あ》くと　目離《めか》れぬものを　梅の花　いつの人間《ひとま》に　うつろひぬらむ**
（古今集・春上・四五）

［日が暮れても夜が明けても目を離さなかったのに、一体梅の花はいつの人のいない隙に散り方になったのだろう。］

②**目《め》も離《か》れず　見つつ暮らさむ　白菊の　花より後《のち》の　花し無ければ**
（後拾遺集・秋下・三四九）

［目を離すこともなくじっと見ながら暮らすことにしよう。この白菊の花より後に咲く花は、もう無いのだから。］

③**廿日《はつか》まで　つゆも目離《めか》れじ　深見草《ふかみぐさ》　咲き散る花の　おのが色々**

［深見草（＝牡丹）は二十日草というから、二十日経つまでは、少しも目を離さないようにしよう。咲いた

り散ったりする花のそれぞれに異なる色の美しさよ。」　（大宰大弐重家集・一〇）

④日し暮れば　夜も目離《めか》れじ　菊の花　秋過ぎぬれば　会ふべきものか

［もし日が暮れたら、夜も目を離さないようにしよう。菊の花は秋が過ぎてしまうと、来年まで会えないのだから。］　（是貞親王家歌合・七〇）

⑤朝な朝な　籬《まがき》の菊は　萎《しを》るれど　目離《めか》れぬものは　心なりけり

［毎朝、目の粗い垣根に咲いている菊はしおれるが、心は菊に執着して目を離さないのだなあ。］　（藤原実家集・一六八）

⑥春来なば　目離《めか》れず見てむ　藤の花　今年ばかりを　よそに聞くとも

［今度春が来たら藤の花を目を離さずに見ることにしよう、今年だけは事情があって見に行かれず、離れた場所で噂だけを聞くにしても。］　（藤原経家集・七六）

花自体に「目」は考えにくいから、この「目」は見る側の「目」であり、花から目を離すか離さないかが問題になっているものと思われる。これらの用例では、「目離《めか》る」が否定形で使われ、〈対象である花に心を惹かれて（あるいは、花がどうなってしまうか心配で）、目が離せない（目を離さない）〉という意味に用いられている。次の歌では、「目離《めか》る」が肯定形で用いられており、（二）としては珍しい用例である。

⑦右近《うこ》、里より撫子《なでしこ》の種を参らすとて、久しう参るまじきころ、

あふことかたき　種をまつかな

とあれば、

目離《めか》れ来《こ》し　垣ほの草の　恋しさに

［右近が、実家から撫子の種を選子内親王に差し上げようとしたが、長い間斎院の御所に参上することが出来そうもないころに、「お会いしたいのですが、お会いすることが難しくなるような原因を作っていることです。」と言ってきたので、「見ることが出来ずに過ごしてきた垣根の草である撫子のようなあなたが恋しく思われるので。」と詠んだ。］

（大斎院御集・九五）

⑦は、石井文夫・杉谷寿郎〔二〇〇六〕によれば、前句は選子内親王に仕えている女房である右近の作、後句は選子内親王の作、あるいは内親王の意を体した女房の誰かの作である。また、同書の言うように、「まつ」は「まく（蒔）」の誤写らしい。状況がよく分からず、歌意がはっきりしないところがある。

また、次の歌では、対象が「妹」すなわち人間になっており、この種の例としては珍しい。

⑧**唐衣　立ちも離れで　朝夕に　目離《めか》れず見れど　飽かぬ妹《いも》かな**

［（唐衣）立ち離れることなく朝晩目を離さず見ているけれども、幾ら見ても見飽きることのない乙女だな。］

（永久百首・妓女・六四四）

⑧の歌の場合、題に「妓女」とあるから、人間が「花」に見立てられているものとも考えられる。

これらは、いずれも和歌の用例であり、散文では、この（二）の用例がなかなか見つからない。

以上によって、「目離《めか》る」には、次の二つの用法があったことが分かる。

（一）〈誰かの目から離れる・誰かに会えないでいる〉の意

（二）〈対象から目が離れる・対象から目を離す〉の意

ただし、（二）の用例は和歌にしか見出だせない。

ところで、上記に取り上げた「目離《めか》る」の他に、「目離《めか》れ」という名詞形にサ変動詞「す」を付けて用いた例がかなり多くある。たとえば、次のごとくである。

①**目離《めか》れせず　ながめてをらむ　桜花　山下風に　散りもこそすれ**　（六条修理大夫集・一五七）

［桜の花から目を離さずにずっと眺めていよう。目を離している間に、山から吹き下ろす風で散ってしまうといけないから。］

②**時の間《ま》も　目離《めか》れやはする　日に添へて　真澄の色の　飽かぬ思ひに**　（堀河百首・思ひ・一二四六）

［ほんの短い時間も目を離さずに置くものか、日が経つにつれてますます澄んでいく月の色は幾ら見ても見足りないと思って。］

③**今年また　咲くべき花の　あらばこそ　うつろふ菊に　目離《めか》れをもせめ**　（詞花集・秋・一二八）

［今年のうちに咲くはずの花が他にあるのだったら、色褪せてゆく菊から目を離すこともするだろうが、そうではないから菊から目が離せないのだ。］

④**風をいたみ　響《ひびき》の灘《なだ》を　通る日も　嶺の桜に　目離《めか》れやはする**

［風が激しいので音が響き渡る響の灘（＝播磨灘）を通過する日も、嶺の桜に目を離すことがあろうか。］

⑤目離《めか》れせぬ　木末《こずゑ》の花に　我がごとく　散らぬ心に　ならへとぞ思ふ

（林葉集・春・一六七）

［目を離せない梢の花に対して、心変わりしない私の心を見習って、散らないで欲しいと思うことだ。］

（太皇太后宮小侍従集・二二）

⑥移し植ゑて　この一本《ひともと》に　目離《めか》れせじ　菊も主《ぬし》ゆゑ　色まさりけり

［あなたからいただいたこの一本の菊を移し植えたのだが、そこから目を離すことはしないでおこう。菊も主人次第で色がますます美しくなるのだなあ。］

（林下集・上・一二二）

⑦紅《くれなゐ》の　八入《やしほ》の色に　目離《めか》れすな　同じ葉守の　神といへども

［何度も染め汁に浸して染めたような濃い紅色のもみじから、目を離さないで下さい、この樹木に宿る葉守の神よ。同じ樹木を守る神だといっても、このもみじは特別美しいので。］

（経盛朝臣家歌合・紅葉・八二）

⑧山に向かひて花を待つ

これやこの　花の例《ためし》と　思ふより　目離《めか》れせられぬ　峰の白雲

［山に向かって花を待つ歌。「これがあの歌で詠まれていて評判の高い、桜の花の譬えになっているものだと思った時から目を離すことが出来ない、峰の白雲なのだなあ。」］

（源有房集・三七）

これらの「目離《めか》れす」の場合は、「目離《めか》る」の（一）の用法は見えず、（二）の用法に偏っている。また、否定形をとって、〈目を離さない・目が離せない〉の意となる。禁止形（⑦）や反語形（②・③・④）もあるが、同様の用法と考えてよい。なお、「目離《めか》れす」は、和歌にしか用例が見当たらない。また、この場合も花について言ったケースが多いが、花とは限らず、②は月、⑦は紅葉、⑧は白雲である。

そこで、問題の歌に帰る。

・思へども　身をし分けねば　目離《めか》れせぬ　雪の積もるぞ　わが心なる

従来の説の中には、渡辺実［一九七六］のように、「目離《めか》れせぬ雪」を〈絶え間なく降り続ける雪〉の意に解するものがあるが、「目離《めか》る」の用例を見渡した結果から言えば、到底採用することが出来ない解釈である。

また、竹岡正夫［一九八七］は、上記に紹介したように、「目を離さずに雪をじっと見る場合などには、『目離《めか》る』とは言わないと考えられる」と述べているが、これは、上代の用例だけを見た結果であって、平安時代については通用しない判断である。

ところで、上記に触れた山本登朗［二〇〇二］は、「目離《めか》る」について、（一）（二）の用法を認め、（一）から（二）へと用法の変化があったことを述べた上で、問題の例について、次のように記している。

> 詳細は省略するが、この場合も、「目離れせぬ」とは、親王の目の前から離れず、いつも親王の視線を受け続けているという意味であること、明らかである。伊勢物語に見られる「目離る」という表現は、万葉集以来の、相手から見られることを重視した意味のままに用いられていたと、まずは考えてよい。

すなわち、山本は、問題の「目離《めか》れす」は、（一）の用法であることが「明らかである」と言うのだが、果たしてそうだろうか。

「目離《めか》れせぬ雪」は、連体修飾語「目離《めか》れせぬ」と被連体修飾語「雪」とから成る。これを（一）の用法として考えると、「（その雪のために）ずっと会っていることが出来る＋雪」の意味になる。これは、被連体修飾語（名詞）が連体修飾語（動詞句）の内容の〈原因・理由〉になっている場合である。増淵恒吉［一九七八］は、『源氏物語』の和歌から、たとえば次のような例を挙げている。

①**かけまくも　畏《かしこ》けれども　そのかみの　秋思ほゆる　木綿襷《ゆふだすき》かな**

［言葉に出して申すのも恐れ多いことですが、あの昔の秋が思い出される木綿襷《ゆうだすき》です。］

（源氏物語・賢木・新編全集②一一九ページ）

②**山里の　あはれ知らるる　声々に　取り集めたる　朝ぼらけかな**

［山里の風情が感じられるさまざまな音や声（＝群鳥の羽音・朝の鐘・鶏鳴など）を聞いていると、いろいろな思いで胸が一杯になる夜明けです。］

（源氏物語・総角・新編全集⑤二三九ページ）

①は、「木綿襷」によって「そのかみの秋思ほゆる」のであり、②は「声々」によって「山里のあはれ知らるる」のである。

次の例もその類である。

③**ほととぎす　鳴くや五月《さつき》の　菖蒲草《あやめぐさ》　文目《あやめ》も知らぬ　恋もするかな**

［ほととぎすが鳴く五月に咲いているあやめ草《ぐさ》、そのあやめではないが、あやめ（＝物事の条理）も分からなくなるような恋をすることだなあ。］

（古今集・恋一・四六九）

この③は、恋故に物事の条理も分からなくなるのである。

一方、（二）の用法として考えると、「目を離さずにじっと見る＋雪」は、被連体修飾語（名詞）が連体修飾語〈動詞句〉の動作・作用の〈対象〉になっている場合である。これは、類例を挙げるまでもあるまい。

要するに、構文的な関係から言えば、どちらの解釈も可能である。

しかし、すでに述べたように、「目離れす」の形は、（二）の用法に偏っており、（一）の用法で使われた例は見えない。また、「目離れす」の対象になるのは花が多いが、花とは限らないから、雪であっても少しもおかしくない。

以上の検討に基づくならば、「目離《めか》れせぬ雪」は、〈心を惹かれて目が離せない雪〉の意に解するほうが、むしろ有利であると言えよう。

三　「身」と「心」の分裂

さて、「思へども」の歌全体は、従来、たとえば次のように理解されている。

いつもわが君のことを思っておりますが、公の務めと二つに身を分けることが出来ませんので、今絶え間もなく降りつづく雪が、こんなに積ってここに閉じこめられるのは、むしろ私の望みにかなったことなのです。

（渡辺実〔一九七六〕）

いつも宮様のことを思ってはいるのですが、公務があり、この身を二つに分けられませんので、ついお会い申し上げぬ日が重なるのですが、今日はおかげでこうして帰れなくなって、ずっとお会いしておられる、そんな雪の積もるのが、私の本望です。（竹岡正夫［一九六七］）

宮様のことをずっと思っているのですが、我が身を二つに分けることは出来ないので、普段はなかなかお訪ねすることが出来ないのですよ。今日、帰れないように、雪が積もっているのは、まさしく、ずっとお会いしていたいという私の心の表れでありますよ。（片桐洋一［二〇一三］）

すなわち、従来の解釈によれば、この歌は、〈普段は、身を二つに分けることが出来ないので、なかなかここに訪ねてくることが出来ないのだが、今日は雪に閉じこめられたので、帰ることが出来なくなった。けれども、それこそが私の本望なのだ〉というような意味の歌であると解されている。しかし、本当にそのような理解でよいのだろうか。

ここで気になるのは、この歌には、次のような類歌があると指摘されていることである。

①**東《あづま》の方へまかりける人に詠みてつかはしける　伊香子淳行《いかごのあつゆき》**

思へども　身をし分けねば　目に見えぬ　心を君に　副《たぐ》へてぞやる

［東国の方へ下向する人に詠んで贈った歌。伊香子淳行《いかごのあつゆき》。「あなたのことを思ってはいますが、私はこの身を二つに分けて、一方は都にとどまり、他方はあなたと一緒に東国に行くというようなことが出来ないので、身は都にとどまりますが、目に見えない心だけはあなたについて行かせます。」］（古今集・離別・三七三）

問題にしている『伊勢物語』の歌は、右に挙げた『古今集』の歌の改作であると考える人もいるくらいである。

①の歌の場合、身と心の分離という発想の歌になっている。

このような発想に基づく歌は、他にも少なくない。

②**小野千古《ちふる》が陸奥介《みちのくのすけ》にまかりける時に、母の詠める**

たらちねの　親の守りと　あひ添ふる　心ばかりは　関なとどめそ

［小野千古が陸奥介として下向する時に、母が詠んだ歌。「（たらちねの）母親が我が子を守るものとして付き添わせる心だけは、関所よ、どうかとどめないで下さい。」］

（古今集・離別・三六八）

②の歌では、「身」という語こそ使われていないが、母親である自分の身は都にとどまるが、心だけは陸奥に下る息子に付き添わせると言っており、同趣の歌と見られる。

また、次の③〜⑤の歌では、「身」と「心」と両方の語が出て来る。そして、「身」と「心」の分裂を歌い、「身」は離れていても、「心」は相手とともにあると訴えているのである。

③**我が身こそ　関山越えて　ここにあらめ　心は妹に　寄りにしものを**

［私の身こそ関所や山を越えてここにあるだろうが、心はあなたにぴったり寄り添ってしまったことよ。］

（万葉一五・三七五七）

④**寄るべなみ　身をこそ遠く　隔てつれ　心は君が　影となりにき**

［あなたに近寄る手段がないので、身は遠く離れていますが、心はあなたの影のようにあなたにぴったり寄

り添っています。」

（古今集・恋三・六一九）

⑤思ひやる　心に副《たぐ》ふ　身なりせば　一日《ひとひ》に千度《ちたび》　君は見てまし

［あなたを思いやって常にあなたと共にある私の心ですが、もし我が身がその心に連れ添うことが出来るのであれば、あなたは一日に千度も私の身を見ることになるでしょうに。］

（後撰集・恋二・六七八）

⑤の歌の「君は見てまし」は、『〈新日本古典文学大系〉後撰和歌集』や『〈和泉古典叢書〉後撰和歌集』では、〈私はあなたを見ることができるのだが〉の意に解されている。しかし、その意味であれば、「君は見てまし」でなく、「君を見てまし」と表現するであろう。これは、〈あなたは私を見ることになるだろうに〉の意と解すべきである。

さて、このような発想のパターンが存在することを考慮に入れると、問題の歌は、やはり「身」と「心」の分裂と、「身」は離れていても「心」は相手とともにあることを表現していると考えるのが、自然なのではあるまいか。すなわち、私案では、次のような解釈になる。

あなた様のことを深く思っておりますものの、この身を二つに分けることは出来ないので、いつものように身は帰らなければなりませんが、眼前にあって目を離せない雪のように、ここに積もりとどまっているのは、私の心なのです。

このような解釈が適切かどうか、よく考えてみる必要がある。

四　「心」が「積もる」ということ

ところで、「心」が「積もる」とは、どういうことか。この点を少し詳しく述べてみたい。これに関連する表現として、「恋」が「積もる」という言い方がある。

・春草の　繁き我《あ》が恋〈繁吾恋〉　大き海の　辺に行く波の　千重に積もりぬ〈千重積〉

［（春草の）盛んな私の恋は、大きな海の岸に寄せて行く波のように幾重にも積もってしまった。］

（万葉一〇・一九二〇）

・秋の夜を　長しと言へど　積もりにし〈積西〉　恋を尽くせば〈恋尽者〉　短かりけり

［秋の夜は長いと人は言うが、積もっていた恋心を晴らそうとすると、短いものだなあ。］

（万葉一〇・二三〇三）

・人を思ふ　心のうらは　池なれや　言ひそむるより　恋の積もれば

［人を思う心のうちは池だからであろうか、初めて気持を打ち明けて以来、あなたになかなか受け容れてもらえなくて、恋心が水のように積もり溜まったので。］

（壬生忠見集・一八六）

また、「思ひ」が「積もる」という表現もある。

・宗岳大頼《むねをかのおほより》が越よりまうで来たりける時に、雪の降りけるを見て、「おのが思ひはこの雪のごとくなむ積もれる」

と言ひける折に詠める　　　　　　　　　　　　　　　　（躬恒）

君が思ひ　雪と積もらば　頼まれず　春より後は　あらじと思へば

［宗岳大頼が越の国より参りました時に、雪が降ったのを見て、「自分の思いはこの雪のように積もっている」と言った折に、詠んだ歌。躬恒。「あなたの思いが雪のように積もるのであったら、それを頼りにすることは出来ません、春が去った後は、雪と同様、無くなっているだろうと思いますので。」］

（古今集・雑下・九七八）

・女の怨《うら》むることありて、親のもとにまかり渡りて侍りけるに、雪の深く降りて侍りければ、朝《あした》に女の迎へに車つかはしける消息《せうそこ》に加へて、つかはしける

兼輔の朝臣

白雪の　今朝は積もれる　思ひかな　逢はでふる夜の　ほどもへなくに

返し　　　　　　　　　　　　　　　　　　　　　　　　　　詠み人知らず

白雪の　積もる思ひも　頼まれず　春より後は　あらじと思へば

［女が私を恨みに思うことがあって、親のもとに行ってしまいました時に、雪が深く降り積もっていましたので、翌朝、女を迎えるために車を出してやった時の手紙に加えて、贈った歌。兼輔の朝臣。「白雪のように今朝は積もっている私の思いだなあ、あなたに逢えないで過ごした夜は、そんなに長い時間ではなかったのに。」返歌。詠み人知らず。「白雪のように積もる思いだと言っても、頼りになりません、春が去った後は、雪と同様、無くなっているだろうと思いますので。」］

（後撰集・恋六・一〇七〇／一〇七一）

ているこ とが注目される。

「思ひ」が「積もる」と言う場合、右の諸例では、「雪」が「積もる」ように「思ひ」が「積もる」と表現されていることが注目される。

さらに、「魂《たましひ》」が「積もる」と言った例も見られる。

・**君がため　塵と砕くる　魂や　積もれば恋の　山となるらむ**

［あなたのために塵のように砕け散る私の魂は、すでに積もっておりますので、今は恋の山となっていることでしょうか。］

（宇津保物語・菊の宴・新編全集②八八ページ）

散文には、「心ざし（＝愛情）」が「積もる」と言った例も見出だされる。

・**（夕霧は落葉宮に）「……ただあなたざまに思し譲りて、積もり侍りぬる心ざしをも知ろしめされぬは、本意なき心地になむ」と聞こえ給ふ。**

［夕霧は落葉宮に「……私の働きをただあちら（＝落葉宮の母である一条御息所）のためだろうとお思いになって、長年に渡って積もってきたあなたへの愛情もお分かりにならないのは、残念な気持がいたします」と申し上げなさった。］

（源氏物語・夕霧・新編全集④四〇一ページ）

・**岩の上のためしを頼むことにて、さりともわが心ざし、積もりゆくこともありなむと思ふべきを、**

［種さえあれば、岩の上にも松が生えるというたとえを頼りにして、今は報われないにしても、自分の愛情が積もり積もって実を結ぶこともあるに違いないと思わなければいけないのに、］

（浜松中納言物語・三・新編全集二六一ページ）

すなわち、「積もる」は、形のあるものだけでなく、形のないものがたまるという意味にも用いられるのである。したがって、「心」が「積もる」という表現もあり得るものであり、現に存在する。次に示すのは、「心」が「積もる」と言っている例である。

・道時、はじめたる所へまかりしに、

年を経て　思ふ心の　おのづから　積もりて今日に　なりにけるかな

（源経信集・一七八）

［道時が通い始めた所へ行った時に、「長年に渡ってあなたを恋い慕ってきた心が自然に積もって、今日の日になったことだなあ。」］

『〈日本古典文学大系〉平安鎌倉私家集』の頭注によれば、道時は経信の長男であるが、この歌は「道時が或る女の所へ始めて通った時、経信が祝福して代作したもの」であり、「年を経て思ふ心」とは、「長年思慕していた心」である。その「心」が「積もる」と表現されているのである。

・雪の朝《あした》に女のがりつかはしける

いかでもと　思ふ心は　積もれども　雪ならぬ身は　人もすさめず

［雪の降った翌朝に女のもとに贈った歌。「何としてでもあなたに逢いに行きたいと思う心は積もるのだが、

幾ら積もっても、雪でない我が身のことは、あなたはすばらしいとは思ってくれませんね。」

（散木奇歌集・六六五）

これは、源俊頼の歌であるが、「心」が「積もる」と表現した例である。

以上によって、問題にしている「雪の積もるぞ　我が心なる」は、〈ここに雪のように積もりとどまるのは、あなた様を思う私の心なのです〉という意味になるのである。

五　「雪のとむるぞ」と「身をし分けねば」

ここで注目したいのは、『古今和歌六帖』や『業平集』には、問題の歌に相当する歌が次のようになっていることである。

・思へども　身をし分けねば　目離《めか》れせぬ　雪のとむるぞ　我が心なる

（古今和歌六帖・一・雪・七二三）

・正月雪降る日、天王寺に参りて

思へども　身をし分けねば　目離《めか》れせぬ　雪のとむるぞ　我が心なる

（御所本業平集・一〇四・新編国歌大観第七巻）

この「雪のとむるぞ」とある形について、片桐洋一［二〇一三］は、以下のように言う。

「雪の積もる」の場合は「雪が降り積って」帰れなくするのは、まさに私の心と同じであると言っているのであるが、「雪のとむるぞ」の場合でも、「雪が降って私の帰るのを止めるのは、まさしく私の心に合致する」と読めて、意は通じる。

確かに、そのような読み方は不可能ではない。しかし、〈雪がここにとどめるのは私の心である〉の意であると考える解釈の自然さには及ばない。

また、「身をし分けねば」という句がどのように働いているかを、他の歌で見てみる。

①**思へども　身をし分けねば　目に見えぬ　心を君に　副《たぐ》へてぞやる**

（古今集・離別・三七三）［既出］

［あなたのことを思ってはいますが、私はこの身を二つに分けて、一方は都にとどまり、他方はあなたと一緒に東国に行くというようなことが出来ないので、身は都にとどまりますが、目に見えない心だけはあなたに付いて行かせます。］

②**思へども　身をし分けねば　一方《ひとかた》は　心の外《ほか》の　夜離《よが》れをぞする**

（治承三十六人歌合・三七）

［あなたのことは思っていますが、この身を二つに分けることが出来ないので、心はあなたのもとへ行きますが、もう一方である身は、不本意ではありますが、夜にあなたのもとに行かれないでおります。］

以下は、中世の例である。

③目に見えぬ　心ばかりに　慕《した》へども　身をし分けねば　秋もとまらず
［目には見えない心だけは、秋の後をついて行くのだが、我が身を二つに分けて、一方の身は秋を引き止めにやるということが出来ないので、秋も止まらない。］
（嘉元百首・九月尽・九四六）〈一三〇三年成立〉

④里ごとに　身をし分けねば　時鳥　鳴けどつれなき　名をや立つらむ
［幾つもある里ごとに身を分けて、あちらこちらに時鳥を聞きにやるということが出来ないので、私は時鳥が鳴いているのに知らない振りをしている、という評判が立っているだろうか。］
（草庵集・二八一）〈一三六〇年成立〉

⑤思へども　身をし分けねば　訪《と》ひがたみ　今夜《こよひ》は月を　独りかも見む
［思っているけれども、身を分けることが出来なくて、あなたを訪ねることが難しいので、今晩は月を独りで見ることになろうか。］
（松下集・二二〇五）〈一四九三年頃成立〉

⑥遠近《をちこち》の　花の色香は　思へども　身をし分けねば　一木《ひとつぎ》をぞ訪《と》ふ
［あちらこちらの花の、色や香りのすばらしさはどれも忘れてはいないのだが、身を分けることが出来ないので、一本の樹だけを訪ねることだ。］
（閑塵集・五二）〈一五一〇年成立〉

これらを見ると、「身をし分けねば」とある歌はすべて、その結果として不本意な事態を伴うことが述べられている。

問題になっている歌は、通説的理解では、片桐が行ったように「普段はなかなかお訪ねすることが出来ないのですよ」などと補うのであるが、結局、雪で帰れない今の事態を本望であると歌っていると考えるのである。しかし、それでは余りに歌の流れが屈折していることになる。

「身をし分けねば」とある以上、不本意ながら今は帰らなくてはならないのであり、身は帰らざるを得ないが、心はここに積もりとどまるというのである。しかし、それとて不本意な事態であることに変わりはないのである。

六　歌意とこの章段の理解

一条兼良『伊勢物語愚見抄』には、次のようにある。

此の歌の心は、御子の御もとへ常に詣《まう》でまく思へれど、宮仕へに暇《ひま》無くて、身をし分けねば、思ひたるばかりにてある。その思ひの積もりたるは、今降れる雪の如くなりと詠めるなり。目離《めか》れせぬは、雪の事也。これにて降りこめられたる心はあるなり。

（文明六年〈一四七四〉再稿本系統。片桐洋一『伊勢物語の研究〈資料編〉』〈明治書院、一九六九年〉による）

これを見ると、積もる雪が積もる心の比喩になっているという関係が押さえられていて、そこは現代の諸注とは違っている。しかし、人々は雪によって降りこめられ帰れないのだと考えており、身と心の分裂という点が理解されていないと思われる。

歌の前文には、「雪に降りこめられたり、といふを題にて、歌ありけり」とある。だからといって、一同は雪に降りこめられて帰れなかったのだと考えるのは、単純に過ぎよう。結局帰らなくてはならないのだが、それがいかに不本意なことであるかを言うことが、親王に対する心遣いなのである。

従来の解釈は、前文にある「雪に降りこめられたり」という表現の存在によって規制され、歌の表現そのものの分析を怠ってきたと言えるのではないだろうか。「雪に降りこめられたり」は、飽くまでも一同に与えられた歌題なのである。

［引用論文］

石井文夫・杉谷寿郎［二〇〇六］『〈和歌文学注釈叢書〉大斎院御集全注釈』（新典社）
石田穣二［一九七九］『〈角川文庫〉新版伊勢物語』（角川書店）
片桐洋一［二〇一三］『伊勢物語全読解』（和泉書院）
竹岡正夫［一九八七］『伊勢物語全評釈』（右文書院）
永井和子［二〇〇八］『〈笠間文庫〉伊勢物語』（笠間書院）
増淵恒吉［一九七八］「源氏物語の和歌における連体修飾」（専修国文二三号）
山本登朗［二〇〇一］『伊勢物語論―文体・主題・享受―』（笠間書院）
渡辺　実［一九七六］『〈新潮日本古典集成〉伊勢物語』（新潮社）

第一七章　第一一三段（短き心）

一　問題の所在

第一一三段は、次のように、短い文と一首の和歌から成る章段である。

◎昔、男、やもめにて居て、
長からぬ　命のほどに　忘るるは　いかに短き　心なるらむ
（伊勢物語・一一三段）

極めて簡単な、分かりやすい章段のように見える。初めに〈昔、男が一人暮らしをしていて〉とあって、後は歌があるだけである。しかし、内容的な理解という観点から見て、これまでには正解と言える水準に達していないのではないかと思われるのである。特に、歌の解釈には看過しがたい問題がある。

以下、この段をいかに理解すべきか、考えてみたい。

二　「やもめ」と「短き心」

まず、「やもめ」という語であるが、これは〈独身の人〉という意味で、男にも女にもいう。また、未婚者にも、配偶者を失った者にもいう。ここには、「男」が「やもめ」であると書かれているが、歌の内容から見て、未婚者ということは考えられない。したがって、ある女と別れて、その後に妻はいない状況であると考えてよいだろう。その場合、別れた女とは生別か死別か、という問題がある。

直後に記されている歌が独白歌であれば、死別ということも考えられる。また、女に贈った歌であれば当然、生別ということになる。そのあたりは、歌の読解と関わる問題である。

次に、歌には「短き心」という表現が出て来るが、「心」について「短し」というと、以下のように、二つの使い方があると思われる。

一つは〈心遣いが行き届かない・浅慮である〉の意を表す場合である。

・古歌奉りし時の目録の序《ぞ》の長歌　　貫之

……すべらぎの　仰せ畏《かしこ》み　巻々の　中に尽くすと　伊勢の海の　浦の潮貝　拾ひ集め　採れりとすれど　玉の緒の　短き心　思ひあへず　なほあらたまの　年を経て　大宮にのみ　ひさかたの　昼夜《ひるよる》分《わ》かず　仕ふとて　顧みもせぬ　我が宿の　忍ぶ草生《お》ふる　板間粗《あら》み　降る春雨の　漏りやしぬらむ

［古歌を天皇に奉上した時の目録に序として付けた長歌。貫之。「……天皇の仰せを恐れ多く思って、巻々の中に全ての秀歌を収めようと、伊勢の浦の貝のように、秀歌を拾い集め採り集めたと思ったけれど、（玉

の緒の）浅はかな心では十分考えきることが出来ず、なお（あらたまの）何年にも渡って宮中にとどまって、（ひさかたの）昼夜を分かたず職務に励むというので、顧みもしない我が家の、忍ぶ草が生えている板葺きの屋根の隙間が粗いので、降っている春雨が漏っているのではないか、そして秀歌が漏れているのではないかと、心配している。」］

（古今集・雑体・一〇〇二）

詞書に、「古歌奉りし時」とあるが、これは〈『続万葉集』（＝原古今集）を作って天皇に奉った時〉という意味である。「短き心　思ひあへず」とは、撰者たちが浅慮のために考えが行き届かないということで、それ故に秀歌を漏れなく集めることが出来なかったかも知れない、という危惧につながる表現である。

また、次のような用例もある。

・亭子院の御時、昌泰元年九月十一日、大井川に行幸ありて、紀貫之和歌の仮名序かけり。あはれ我が君の御代、……我ら短き心の、このもかのもと惑ひ、つたなき言の葉、吹く風の空に乱れつつ、草の葉の露《ママ》ともに涙落ち、岩波とともに喜ぼしき心ぞ立ちかへる。……

［宇多上皇の御時、昌泰元年〈八九八〉九月十一日、大井川に行幸が行われて、天皇に奉られた和歌に紀貫之が仮名の序文を書いた。「ああ、我が君の御代、……我々の行き届かない心のためにあれやこれやと惑い、未熟な言の葉は風が吹いて木の葉が空に舞うように乱れて、草の葉の露とともに涙が落ちるが、岩を打つ波が引いてはまた立ち帰るように、喜ばしい心が立ち戻るのだ。……」］

（古今著聞集・一四・四七九）

宇多上皇の大井川行幸の時、紀貫之ら六人の歌人が六三首の歌を奉り、「大井川行幸和歌」としてまとめられたが、それに対して、貫之の付けた序文が「大井川行幸和歌序」である。歌は散逸して残っていないが、序文は『古今著聞集』に引用されて残された。これも〈浅慮である〉の意で使われており、この意味の「短き心」の用例がいずれも貫之の書いたものの中にあるというのは、かなり特殊な使い方であることを示すのかも知れない。

もう一つの使い方は、〈気が変わりやすい・気短だ〉の意に用いるものである。

・**水鶏《くひな》だに　叩けば開《あ》くる　夏の夜を　心短き　人や帰りし**

（古今和歌六帖・六・水鶏・四四九三）

［水鶏が鳴いた場合でさえ、待っていた人が訪ねて来たのかと思って、すぐに戸を開けるこの夏の夜だが、音がするので戸を開けて見たら、もう誰もいない。気短なあの人が、中から戸を開けるのを待ちきれず、帰ってしまったのかしら。］

次の歌は、右の歌と内容的に通ずるものがある。

・**叩くとて　宿の妻戸を　開《あ》けたれば　人もこずゑの　水鶏《くひな》なりけり**

（拾遺集・恋三・八二二）

［家の妻戸を叩いているのだと思ってその戸を開けたところ、待っている人が来たのではなくて、梢にいる水鶏の声だったのだ。］

ともかく、右の「心短き」が〈気短な〉の意であることは間違いあるまい。次の例も同様である。

・春の花いづれとなく、みな開《ひら》け出づる色ごとに、目驚かぬはなきを、心短くうち棄てて散りぬるが、恨めしう思ゆる頃ほひ、

［春の花はどれということなく、それぞれに美しく咲き、人々は皆それを見て目を見張っているのに、花は、その人々の気持にお構いもなく、気短に散ってしまうのが恨めしく思われるこのごろ、］

（源氏物語・藤裏葉・新編全集③四三七ページ）

・もろともに　心短き　身なりせば　忘るる人を　恨みましやは

［あなたも私も両方とも気が変わりやすい人間であったなら、自分のことを忘れてしまった相手を恨むこともなかろうに、自分はそうではないので、相手のことを恨んでしまう。］

（月詣和歌集・恋下・五九一）

問題の歌に出て来る「短き心」は当然、第二の〈気が変わりやすい・気短だ〉の意であろう。

三　従来の解釈

さて、この段の歌を改めて見てみる。

・長からぬ　命のほどに　忘るるは　いかに短き　心なるらむ

この歌が、従来どのように理解されてきたかを知るために、幾つかの注釈書を開いてみる。それらを見ると、次の二つの考え方があることが分かる。

第一は「忘るる」の主体を相手の女（かつての妻）とする考え方で、その場合、「短き心」は、相手の女の心である。

第二は「忘るる」の主体を男自身とする考え方で、その場合、「短き心」は、男自身の心ということになる。

第一の考え方に立つものとして、相手の女が自分（男）を忘れると捉えているものを紹介する。

長くもない一生のあいだに、私を忘れてしまうというのは、どんなに短いあなたの心なのでしょうか（あきれたことだ）。／「長からぬ」の歌は「長し」と「短し」が対応していて、その知的興味によって成りたつ歌であり、古今集の頃の傾向があらわれている。そむいた女をよむのならば、もっと恨みをこめた、深い嘆きの歌がよめそうだのに、これは知的観念をもてあそんでいるような歌で、心に響く実感が希薄である。

（森本茂［一九八二］）

他にも、相手の女が自分を忘れると解しているものは少なくない。

長くもない一生の間に、私を忘れて去ってしまうというのは、なんと短い、変りやすい心なのだろう。／なぜ女に去られたのかは不明だが、独り身のつれづれのなかで、はかなかった夫婦仲をまじまじとみつめているような歌。「長し」と「短し」とが対応する趣向だが、技巧を感じさせない。

（秋山虔［一九九七］）

「忘る」は、相手の女が忘れる意。ただしこれを逆に、男自身と解する一説もあるが、従いがたい。男は今も相手を思うからこそ、この歌も成り立っている。一首は、相手との関係を通して、人の心の不定《ふじょう》なるものを嘆く歌になっている。

（鈴木日出男［二〇一三］）

次は、第一の考え方に属するが、生別より死別と解する方を推す見方である。

「長からぬ命」「短き心」とことばの対を用いながら、契りを忘れて別れて行った妻の心を恨むというよりは嘆いた歌。前段との関連で読めば別れた妻は、夫に背いて新しい男のもとに走ったと解せるが、この段単独で味わえば妻は死んだものとも解せる。妻に先立たれた夫の悲しみの心を、妻をなお愛するがゆえに独り居を続けているとの前書きと併せみるとき、いっそう深いものに感じられる。

（上坂信男〔一九六八〕）

右の文章では前段（一一二段）との関連に触れているが、前段とは「昔、ねむごろに言ひ契りける女の、ことざまになりにければ」と始まる章段である。

なお、次のように述べる注釈書もある。

長からぬ命のほどに忘るゝは＝長くもない人生の間であるのに、私を忘れるというのは。

いかに短き心なるらん＝どんなにか短いあなたのお心なのでしょうか。「短き心」は「短気な心」「こらえ性のない心」「すぐ忘れてしまう心」をいう。……なお、この「短き心」を男自身の心とする説もあるが、やはり「女の心」とすべきであろう。

そもそも「いかに〜らむ」という「らむ」の用い方は自己反省にはふさわしくない語法であると思うのである。

（片桐洋一〔二〇一三〕）

右で、片桐は、第一の考え方に立って、「短き心」は「やはり『女の心』とすべきであろう」と述べた上で、「そもそも『いかに〜らむ』という『らむ』の用い方は自己反省にはふさわしくない語法である」と記している。もしそのようなことが言えれば、この第一の考え方が有利になる。

しかし、片桐の発言はどういう意味であるのか、もう一つ明確でない。もし、「らむ」という現在推量の助動詞が自分のことには使いにくいという意味であるならば、そのようなことはない。「らむ」は、自分のことについて用いる場合もある。たとえば、次のような歌がある。

・**冬河の　上は氷れる　我なれや　下になかれて　恋ひ渡るらむ**

（古今集・恋二・五九一）

［表面は氷が張りつめている冬河のような私だからか、そんなことはないのに、氷の下に水が流れるように、私も心のうちでずっと涙を流し恋し続けているのは、どうしてだろうか。］《「なかれて」は「流れて」と「泣かれて」の掛詞。》

これは、「らむ」を自分の心的状態について用いた例である。ただし、片桐の発言の真意が不明であるので、これ以上の検討は控えておく。

一方、第二の考え方に立つものとして、自分（男）が相手の女を忘れるという意に解しているものを紹介する。この歌は女を恨んだ歌か、自分で自分の心をはかなんだのか、そのところがちょっとわからない。女を恨んでいるとも、どうともとれるが、自分で自分の心をはかなんでいるとしたほうが歌はよくなる。

（折口信夫［一九七〇］）

「長からぬ命」に対して、さらに「短き心」といっている言葉の対比がおもしろい。さてこの「短き心」を女の心とみればごく単純に、「どうせ長くもない人生なのに、そんなにあわてて去って行くこともないだろうに」とあわれむごとく嘆くごとくみつめて、そのままやもめぐらしをしていると見られる。が、やもめぐらしを妻と死別してからつづけている男の歌としてみると、失った妻を思ってみるといつの間にか、いつともなく思いが薄れている、そんな心を省みての自嘲《じちょう》ともとれる。後の自嘲の歌と見る方が、恨みっぽくなくさわやかで、これによるべきかとも思われる。（阿部俊子［一九七九］）

物語地の文に、「やもめにてゐて」と述べていて、「女をいたう恨みて」とか、「つれなき女に」「去りたる女に」などと言っていない事に注目したい。「やもめにてゐて」の男の心境を独白した歌と解するのが、最も素直と思われる。つまり男自身の心を反省して「短き心」と言っているのである。（竹岡正夫［一九八七］）

折口・阿部が断定を避ける口振りであるのは、第一の考え方にも棄てがたいものを感じているからであろう。一方、竹岡は積極的にこの考え方を推している。

また、次の注釈書は、第一の立場にあるが、第二の立場にも配慮した書き方をしている。

〈長くもない命の間に私を忘れてしまうとは、何と短い心であろうか〉自分から離れてそれきりになった妻の心を呆《あき》れた歌。死別とする意見によれば、亡き妻を忘れかけている自分の心を呆れている歌になる。（渡辺実［一九七六］）

さらに、次の注釈書は、第一・第二のいずれにも軍配を上げていない書き方である。

女が男を忘れると見て、女を恨んだ歌と解されるが、男が、女のことを忘れる自分自身の心を嘆いている、とも解くことができる。長、短を対置した歌。（福井貞助［一九九四］）

なお、次の場合はどうか。

長くもない一生の間で、人を忘れてしまうなんて、なんという短気で、愚かな女心であろう。あきれ果てたものだ。（狩野尾義衛・中田武司［一九七二］）

右は、「私」でなくて「人」と訳しており、一般論を言っているようでもあるが、全体の調子から見ると、この「人」は「私」というのと変わりがあるまい。すなわち、第一の考え方に属するものである。

これらを見ると、概して第一の考え方が優勢のようである。しかし、第二の考え方を強く推すものもあり、いずれがよいか断定を避けるものもあって、この問題は未だに決着が付いていないことが分かろう。

四　従来の解釈の問題点

ここで、改めて右の問題を考え直してみることにする。

まず、第二の考え方から取り上げる。これは「忘るる」の主体を男自身と考えた場合であるが、「男、やもめにて居て」とわざわざ言うのは、死別であっても生別であっても、男はかつての妻を忘れていないことを示唆するであろう。鈴木日出男が、上記において、「男は今も相手を思うからこそ、この歌も成り立っている」と述べるのは、当たっている。したがって、〈妻を忘れかけている自分〉という解釈は採りにくい。また、「短き心」を男自身の心と解することは出来ない。

次に、第一の考え方を検討してみる。これは、「忘るる」の主体をかつての妻と考えた場合である。その場合はもとより生別であるが、かつての妻に対して、その命を「長からぬ命」と表現したことになる。果たして、そのようなことが考えられるであろうか。

以下は、和歌において、「長からぬ命」「短き命」「はかなき命」と表現した例であるが、いずれも自分の命、または自分を含んだ人間一般の命を指している。

・**長からぬ　命待つ間の　ほどばかり　憂きこと繁く　嘆かずもがな**
［もともと長くもない命数が尽きるのを待つ間くらいは、つらいことが多いと嘆かずにすませたいものだ。］
（重之女集・一一五）

右の「長からぬ命」は、自分の命を指す。この歌は、目加田さくを［一九六八］の指摘するように、『古今集』の次の歌を借用したものである。

・**ありはてぬ　命待つ間の　ほどばかり　憂きこと繁く　思はずもがな**
［所詮生ききれない命が尽きるのを待つ間くらいは、つらいことが多いと思わずにすませたいものだ。］
（古今集・雑下・九六五）

右に出て来る「ありはてぬ命」というのも、やはり自分の命を指したものである。

・**長からぬ　命とならば　なほいかに　思はむ人に　先立ちなばや**
［どうせ人間の命は長くないということならば、やはり何とかして愛してくれる人よりも早く死にたいことだ。］
（道命阿闍梨集・一五八）

「無常」と題する一首である。この「長からぬ命」は、自分を含んだ人間一般の命である。

・かくしつつ　あらくを良《よ》みぞ　たまきはる　短き命〈短命〉を　長く欲《ほ》りする

［こうして過ごすことが楽しいからこそ、人は（たまきはる）短い命であるのに、その命が長くあれと願うのだ。］

（万葉六・九七五）

これは宴席での歌らしい。この「短き命」は、自分の命であり、人間一般の命でもある。

・我妹子《わぎもこ》に　恋ふるに我《あれ》は　たまきはる　短き命〈美自可伎伊能知〉も　惜しけくもなし

［あなたに恋をしているので、私はこの大事な（たまきはる）短い命をかけても惜しいとは思わない。］

（万葉一五・三七四四）

この場合は、自分の命を「短き命」と表現している。

・年久しく通はし侍りける人につかはしける　　貫之

玉の緒の　絶えて短き　命もて　年月長き　恋もするかな

［長年に渡って手紙だけを通わせ、まだ逢えない女に贈った歌。貫之。「私は（玉の緒の）本当に短い命なのに、何年もかけた恋をすることだなあ。」］

（後撰集・恋二・六四六）

この「絶えて」は、〈非常に〉の意であるが、「絶えて短き命」は自分の命である。

・契恋

あぢきなし　誰《たれ》もはかなき　命もて　頼めば今日の　暮れを頼めよ

［逢う約束をする恋。「何とも仕方ないことだ、誰もがはかない命でありながら、いつか相手との逢瀬があることを頼みにしているのだから、どうか今日の暮れ時にあなたと逢えることをあてにさせて下さい。」］

（拾遺愚草・八五七）

右の「はかなき命」は、自分を含んだ人間一般の命である。

以上を見れば分かるように、いずれの歌をとっても、「長からぬ命」「短き命」などと表現されているのは、自分の命であるか、あるいは自分を含んだ人間一般の命である。特定の相手を念頭に置いて、「長からぬ命」などといった例は見当たらない。これは、自分以外の、ある特定の人間について「短き命」などと表現するのは、呪詛的に響いて、多分に不穏当だからである。

このように見てくると、「忘るる」の主体をかつての妻とする考え方も、重大な欠点を抱えている、と言ってよいのである。

五　この章段はいかに理解すべきか

以上、従来提出されている二つの見方は、いずれも採用しがたいということになったわけである。それではどう解すべきかというに、実は第三の解釈があり得るのである。問題の歌をもう一度掲げてみる。

・長からぬ　命のほどに　忘るるは　いかに短き　心なるらむ

第三の解釈とは、第三句の「忘るるは」を「忘るる人は」と三人称的に捉える案である。すなわち、一首の歌意を、〈長くもない命の間に、愛する相手を忘れるような人は、どんなに変わりやすい心なのだろう〉の意と解する考え方である。それは疑問文の形をとっているが、その実、〈他人はともかく、自分は未だにあなたを忘れていません〉と、相手に自分の愛情の深さを訴えていることになるのである。

なお、この場合「長からぬ命」は自分を含んで人間の命を一般的に表現するものであり、特定の人間の命を指示するわけではないから、呪詛的な表現ということにはならない。

筆者の解釈では、二人は、死別でなく、生別の関係であると考える。また、この歌を相手に贈ったものでなく、独白歌として捉える見方もあるが、その考え方は採らない。男は今も相手の女を思っており、出来たら相手の心を取り戻したいと考えているのであり、この歌は相手に贈られたものと見るのが適切である。

二人の関係は生別か死別か、また、その歌は相手に贈った歌か独白歌か、ということを判断する絶対的根拠は、前文及び歌の中にはない。しかし、この歌は、自己の愛情の強さを歌うのに、他人の心のあり方にまで言及しているという特徴がある。独白歌（死別でも生別でも）だとすれば、瞑想的・客観的な趣を帯びてきて、恋愛歌らしくなくなる。一方、思う相手に贈る歌であるとすれば、それを自分の愛情の強さを相手に訴えるための技巧として捉えることが可能である。したがって、後者の解釈を採るのが穏当であろう。

［引用論文］

秋山　虔［一九九七］『〈新日本古典文学大系〉伊勢物語』（岩波書店）

阿部俊子［一九七九］『〈講談社学術文庫〉伊勢物語全訳注』（講談社）

上坂信男［一九六八］『伊勢物語評解』（有精堂出版）

折口信夫［一九七〇］「伊勢物語」（『折口信夫全集ノート編・第十三巻』、中央公論社）

片桐洋一［二〇一三］『伊勢物語全読解』（和泉書院）

狩野尾義衛・中田武司［一九七二］『伊勢物語新解』（白帝社）

鈴木日出男［二〇一三］『伊勢物語評解』（筑摩書房）

竹岡正夫［一九八七］『伊勢物語全評釈』（右文書院）

福井貞助［一九九四］『〈新編日本古典文学全集〉伊勢物語』（小学館）

目加田さくを［一九八八］『〈私家集全釈叢書〉源重之集・子の僧の集・重之女集全釈』（風間書房）

森本　茂［一九八一］『伊勢物語全釈』（大学堂書店）

渡辺　実［一九七六］『〈新潮日本古典集成〉伊勢物語』（新潮社）

第一八章　第一一四段（芹河行幸）

一　問題の所在

問題としたい第一一四段は、次のように記されている。

◎昔、仁和の帝、芹河《せりかは》に行幸し給ひける時、いまはさること、似気なく思ひけれど、もと就《つ》きにけることなれば、大鷹《おほたか》の鷹飼《たかがひ》にて候《さぶら》はせ給ひける、摺《す》り狩衣《かりぎぬ》の袂《たもと》に書きつけける。

翁さび　人な咎《とが》めそ　狩衣《かりごろも》　今日ばかりとぞ　鶴《たづ》も鳴くなる

おほやけの御気色《けしき》悪《あ》しかりけり。おのが齢《よはひ》を思ひけれど、若からぬ人は聞き負ひけりとや。

［昔、光孝天皇が芹河に行幸なさった時、今は男は年を取ってしまい、そのような役目は似つかわしくないと思ったけれど、以前にその役に就いていたということであったので、大鷹狩の鷹飼として、帝は供をさせなさったのだったが、その時、男が着ていた摺り狩衣の袂に書きつけたのは、次のような歌であった。

「翁さび　人な咎《とが》めそ　狩衣《かりごろも》　今日ばかりとぞ　鶴《たづ》も鳴くなる」

その歌を聞いて、帝はご機嫌が悪かった。男は自分の年齢を考えて歌を詠んだのだったが、若くない人は

それぞれ自分のこととして受け取ったのだということだ。」　（伊勢物語・一一四段）

問題は歌にある。この歌の真意が十分理解されていないと思われるからである。

ところで、『後撰集』によれば、下記に示すように、この歌は在原行平の作だということになっている。

・仁和の帝、嵯峨《さが》の御時の例にて、芹河《せりかは》に行幸《みゆき》し給ひける日　在原行平朝臣

嵯峨の山　行幸絶えにし　芹河の　千世《ちよ》の古道《ふるみち》　跡はありけり

同じ日、鷹飼《たかがひ》にて、狩衣《かりぎぬ》の袂《たもと》に鶴《つる》の形《かた》を縫ひて、書きつけたりける

翁さび　人な咎《とが》めそ　狩衣《かりごろも》　今日ばかりとぞ　鶴《たづ》も鳴くなる

行幸の又の日なむ致仕《ちじ》の表《ひやう》奉りける。

［光孝天皇が、嵯峨天皇の御代を先例として、芹河に行幸なさった日に詠んだ歌。在原行平朝臣。

嵯峨天皇のゆかりの地である芹河には行幸が絶えてしまっていたが、その芹河には千載に続く古道の跡が今もあったのだなあ。

同じ日に、鷹飼の役として、狩衣の袂に鶴の形を刺繍して、その傍らに書きつけた歌。

「翁さび　人な咎《とが》めそ　狩衣《かりごろも》　今日ばかりとぞ　鶴《たづ》も鳴くなる」

行幸の次の日に、行平朝臣は辞表を奉ったのであった。」　（後撰集・雑一・一〇七五／一〇七六）

しかし、『伊勢物語』では主人公の名が明記されていない。他の章段の例から見ると、「男」の歌として語られていると見てよいであろう。

また、『後撰集』では、行平の着ていた狩衣の袂には鶴の刺繍があり、そこに歌が書きつけられていたことになっている。しかし、『伊勢物語』には鶴の刺繍のことは記されていない。さらに、『後撰集』には、もう一首「嵯峨の山……」の歌が載せられており、また、行幸のあった翌日に、行平が「致仕の表」、すなわち辞表を天皇に奉ったことが記されている。しかし、『伊勢物語』にはこれに対応する記事がない。

『伊勢物語』は『伊勢物語』、『後撰集』は『後撰集』であって、それぞれ別の作品、別の文章と考えて読解すべきである。

二　従来の通説的解釈と竹岡説

問題の歌を改めて掲示すると、次のようになっている。

・翁さび　人な咎《とが》めそ　狩衣《かりごろも》　今日ばかりとぞ　鶴《たづ》も鳴くなる

この歌に対して、代表的な注釈書を幾つか取り上げると、それぞれ次のような現代語訳を施している。

年寄りくさい私が摺染の狩衣を着ているのを、人々は咎めて下さるな。獲物になる運命の鶴《つる》も、今日を限りの命と鳴いているのが聞えますが、私が派手にふるまうのも、あれと同じく今日限りのことですから。

（渡辺実〔一九七六〕）

私が老人じみているのを、人々よ、とがめないでください。私が狩衣をはなやかに着飾って狩のお供をするのは、今日かぎりで鷹にとりころされるとないているときこえる狩場の鶴《つる》と同じように、今日が最後と思われますから。（阿部俊子〔一九七九〕）

私が老人ふうなのを、人々おとがめなさるなよ。狩のお供の狩衣を着るのも今日かぎり、狩場《かりば》の鶴《つる》も今日かぎりと鳴いているようだ。（福井貞助〔一九六四〕）

私はいかにも年寄りじみておりますが、皆さんおとがめくださいますな。この狩衣を着用するのも今日が最後と思っておりますと、狩場の鶴もやはり今日限りの命だといって鳴いているのが聞えます。（秋山虔〔一九九七〕）

年寄りじみていると、誰もとがめてくださるな。摺染めの狩衣を着て派手にふるまうのも今日かぎり、同じように今日という日に獲物になってしまう鶴も鳴いている。その声が聞こえることだ。（鈴木日出男〔二〇一三〕）

右の諸注は、どれも似たような解釈をしていることが分かるであろう。

一方、異色を放っているのは、竹岡正夫〔一九八七〕である。

第一の問題は、次のように述べている点である。

「翁さび」は、文法上からいって、次の傍線部と同じく下の「とがめ」の連用修飾語と解するのが、最も妥当である。

◇山高み人もすさめぬ桜花　いたくなわびそ　われ見はやさむ（古今・春上・五〇）

◇わびしらにましらな鳴きそ　あしひきの山のかひある今日にやはあらぬ（同・雑体・一〇六七）

◇身もほろびなむ。かくなせそ。（六五段）

即ち、「人よ、翁さびなとがめそ」と続く格で、「翁さび」も「とがめ」も共に「人」のする事であって、この男のする事ではない。人々よ、私の着ているこの（鶴の大きな紋様のある）摺狩衣を、なんとまあ若々しく派手なこと！　というふうに老人ぶって見とがめて下さるな、と言うのである。

しかし、「翁さび」を「咎《とが》め」と同じく動詞連用形と捉えて、その主語を「人」と考えるのは、無理であろう。文法的には、その解釈も全く不可能というのではないが、この歌では、男が自分の「翁さび」を問題にしていたはずである。後文に「おのがよはひを思ひけれど」とあるとおりである。男が「人」の「翁さび」を問題にするとは考えられない。

一般には、「翁さび」を動詞連用形からの転成名詞と捉え、「私（の）翁さび（を）」の意に解しているが、その見方に対して、竹岡は「この一段のどこに男がさような『翁さび』しているのかが明らかでない」と批判している。しかし、このような花やかな行事にふさわしくないほどに自分が年寄りじみていることを「翁さび」と言っているのである。「いまはさること、似げなく思ひけれど」とあるのと照応する。したがって、竹岡の批判は当たらない。

第二に、右の説明では、「鶴の大きな紋様のある」という文言が補われている。しかし、これは、『伊勢物語』の解釈に当たって、すでに触れた『後撰集』の内容を根拠なく引き入れたものであり、認められない方法である。

第三に、竹岡が次のように述べているのは、注目に値する。

「けふはかり」は、今日までの全ての注釈が、「今日ばかり」と濁って読んで、解している。すると、

○今日だけだと鶴もないているのがきこえる。私が狩衣をきてお供をするのも今日限りのことであり、一方この狩場の鶴も今日限りで鷹に捕まえられて殺されるとないていると聞えます。

（全訳注）

のごとく、随分不吉で意地の悪い歌となってしまう。このように盛大で威儀を整えた、古式豊かな晴の大鷹狩の行事に際して、さように不吉で礼を失した歌を詠むなど、常識から考えても、とてもあり得べき事ではない。

この点は、竹岡が核心に迫っているものと思われる。この場面で、男が「鶴は今日を限りの命と鳴いている」などと、晴れがましい行事に参加している人々の気分を損なうような表現をするとは、到底考えられない。

第四に、竹岡が次のように述べている点も、注意を要する。

ここは、上からの続きでは、「狩衣今日ばかり」即ち年老いた私がこんな摺狩衣を着て奉仕するのも今日限り、の意で続き、下へは、すでに真名本に「今日者狩与社」とあるように、こんな摺狩衣を着ているのは、別して「今日は『狩《かり》』とぞ鶴も鳴くなる」、今日は結構な鷹狩（だから）と、そら、鶴もあんなに鳴いていますよ、と、「けふはかり」が掛詞となって清・濁両様に読まれ、両様に解されるように、意図的に詠まれていると解釈できるのである。

「けふはかり」を「今日ばかり」と「今日は狩」との掛詞と見る点は、正しいものと考えられる。なお、「けふはかり」の部分に、「今日ばかり」と「今日は狩」との掛詞を考える点は、次に示すように、片桐洋一［二〇一三］も同様である。

まさしく翁そのものである私が狩衣を着ることを皆さんお咎めなさるな。この狩衣の袂には、今日は狩だと鶴も鳴いているようです。まさしく今日は記念すべき晴の御狩の日なので登場しましたが、これは今日だけのことです。すぐに退場いたしますよ。

ただし、この点は竹岡の方が先行しており、片桐は竹岡説を受け入れたものと考えられる。

ここで問題なのは、どうして鶴が「今日は狩」あるいは「狩」と鳴いていると聞こえたのか、という点である。このような場合、聞く人の気分によってはそのように聞こえることもあるなどと、無造作に考えるべきではない。和歌において、鳥の鳴き声が掛詞として利用される場合、鳴き声としての側面は、その鳥の鳴き声の伝統的な聞き方として、それなりに納得されるような形である必要が存したのである。そのあたりの事情は、第一〇段（たのむの雁）を扱った第二章ですでに論じたとおりである。

三　鶴の鳴き声

それでは、この歌の場合、鶴の鳴き声との関連はどうなっているであろうか。その点に関して、竹岡は次のように述べている。

この「けふはかり」の「かり」には、折柄の鶴の鳴き声の擬音が掛けられているとも解されよう。鶴の鳴き声の擬音の例は管見になく、「カリ」は専ら、「雁《かり》」の名に寄せた雁の鳴き声になっているが、ここでは狩場の鶴の鳴き声の擬声と解した方が、一段と生きてくる。

（竹岡正夫［一九七］一五〇二ページ）

そして、以下の例歌を挙げている。

・**常ならぬ　身を飽きぬれば　白雲に　飛ぶ鳥さへぞ　かりと音《ね》を鳴く**

〈**不常沼　身緒飽沼礼者　白雲丹　飛鳥佐倍曾　雁砥声緒鳴**〉

［私が常住不変でない仮の身であることに嫌気がさしていたところ、白雲を背にして飛んでいる鳥の雁まで

も「仮」と声に出して鳴いている。」

（新撰万葉集・秋・三六八）

・**秋果てて　落つるもみぢと　大空に　かりてふ音《ね》をば　聞くもかひなし**

［私は、秋が終わって散る紅葉とともに、大空で「仮」と言って鳴いている雁の声を聞いていますが、私自身が飽き果てられた仮の身であるので、聞く甲斐もありません。］

（宇津保物語・菊の宴・新編全集②一〇六ページ）

・**秋ごとに　来れど帰れば　頼まぬを　声に立てつつ　かりとのみ鳴く**

［雁は毎年秋になると来るけれども結局帰ってしまうので、頼りにしてはいないのだが、雁自身も声に出して「仮だ」とばかり鳴いている。］

（後撰集・秋下・三六二）

しかし、これらはいずれも雁が「カリ」と鳴いたという例であって、鶴が「カリ」と鳴いたという例ではない。

工藤重矩［一九九二］は、初めに引用した『後撰集』の同歌（一〇七六番歌）における「けふばかり」に注を加えて、以下のように述べている。

助詞「ばかり」に「今日は狩」を掛け、更に鶴の鳴声「カリ」をも掛ける。

しかし、鶴の鳴き声が「カリ」であったという根拠は示されていない。

竹岡も言うように、鶴の鳴き声を直接に記した文献は、なかなか発見できない。

しかし、次の例はそれと考えてよい。

・**兵部卿の宮より、**

「山彦も　答へぬ空に　鳴く鶴《たづ》は　天の河原に　一人臥すかな
この日ごろ、里住みのかひなさに、内にのみなむ」と聞こえ給へり。あて宮、
「答へ憂く　思ほゆるかな　葦鶴《あしたづ》の　つるてふ名をも　一人鳴かねば」

［兵部卿の宮からは、「山彦さえも答えてくれない空で鳴く鶴は、天の河原に一人さびしく臥していることです。この数日は家にいるのも甲斐のないことなので、宮中にばかりおります。」と申し上げた。それに対して、あて宮は、次のように返歌した。「お答えしにくく思います、葦鶴は、『つる』といふ名をも一人で鳴かずに妻夫《めおと》で鳴くものですから。（あなたもきっとどなたかとご一緒なのでしょうね。）」］

（宇津保物語・春日詣・新編全集①二七九ページ）

「つる（鶴）」は日常語、「たづ（鶴）」は歌語という関係にあるが、「葦鶴《あしたづ》」は、〈葦の生えている水辺に住む鶴〉の意から発して、「たづ（鶴）」と同義に使われる歌語である。その「葦鶴《あしたづ》」が「つる」という名を鳴くと言っているのだから、鶴の鳴き声を「ツル」と聞いていたという文証になるであろう。なお、この「つる」には、歌意から考えて、〈連れ立つ・同行する〉意の動詞「連《つ》る」が掛けられているものと思われる。

また、次の例もそれに該当するであろう。

・**古郷《ふるさと》を　忘れず来鳴く　真鶴《まなづる》は　昔の名をも　名告りけるかな**

［古郷を忘れずに訪れて鳴いている真鶴《まなづる》は、昔と同じ名前を名告ったことだなあ。］

（堀河百首・鶴・一三五一）

右の歌の場合、「真鶴《まなづる》」とは何かが、まず問題になる。現在マナヅルと呼んでいるのは、ツル科の鳥の種類名である。しかし、次のような「まなづる」の例があるから、この場合の「まな」は美称であろう。

・**彼《か》の稲《いね》を白きまなづる咋《くは》へ持ち廻《めぐ》り乍《なが》ら鳴きき。**

〈彼稲白真名鶴咋持廻乍鳴支。〉

（倭姫命世記・中村幸弘［二〇一二］二五五ページ）

マナヅルは、体は概して灰黒色であるが、上記の例では「白き」と形容されているから、今のマナヅルではなさそうである。美称としての「まな」は、「真名鹿《まなか》」（日本書紀・神代上）／「真名井《まなゐ》」（同上）のように用いられている。

その「真鶴《まなづる》」が「昔の名」を「名告《なの》」ったと言うのだから、昔と変わらず「ツル」と鳴いたということになるであろう。

ところで、『大言海』の「つる」の項には、次のように記されている。

声ヲ以テ名トス。古今集注（顕昭）ニ、鶯、郭公、雁、鶴ハ我名ヲ鳴クナリトアリ。

そこで、顕昭『古今集注』を見ると、次のような記述がある。

・ウグヒス

ココロカラ　ハナノシヅクニ　ソボチテハ　ウクヒズトノミ　トリノナクラム

（中略）

オホヨソハ、鶯ハツネニモモヒロトナクトイフヲ、ヤガテウグヒスト鳴トイフ儀アリ。サレバ詩ニモ呼レ友ト作也。ソレヲカクシテウグヒスノ心ニソヘヨメルナリ。鶯・郭公・雁・鶴ハ我名ヲ鳴ナリ。サレバナノルトモ、又友ヲヨブトモイハルルナリ。

［うぐひす。「自分から花の雫に濡れておきながら、困ったことに羽がちっとも乾かないとばかり、あの鳥が鳴いているのは、どうしてだろう。」（中略）一般的には、鶯は常に「モモヒロ（百尋）」と鳴くと言うが、名前のままに「ウグヒス」と鳴くということがある。だから漢詩にも友を呼ぶと表現するのである。それを隠して鶯の心に擬えて詠んでいるのである。鶯・郭公《ほととぎす》・雁・鶴は自分の名を鳴くのである。そういうわけで、「名告る」とも、また「友を呼ぶ」とも言われるのである。］

（古今集注・日本歌学大系・別巻四・二三五ページ）〈一一六五年成立〉

これは、『古今集』（物名）の四二二番歌に対して記された注釈である。ここには、ウグヒス・ホトトギス・カリ・ツルは、自分の名を鳴くものだと書いてある。ウグヒス・ホトトギス・カリという鳥名が、鳴き声に由来するものだということは、すでに第二章で論じた。そこからすれば、ツルという鳥名も、鳴き声に由来するものと考えてよいであろう。

ただし、この顕昭の発言は、真の語源がそうであることを保証するものではない。少なくとも顕昭は（またおそらく当時の人々の多くは）、そう意識していたということである。そして、ここではそれで十分なのである。

なお、右の文中に、「鶯ハツネニモモヒロトナクトイフ」とあるが、鶯が「モモヒロ（百尋）」と鳴くという考え方は、他の文献にも見られる。

・鸎《うぐひす》ガモ、イロトナク、如何。モ、ヒロトナクハ百尋也。立春ノ祝言ヲサイヅル也。

［鶯が「モモイ《（ヒ）》ロ」と鳴くと言うが、それはどういうことか。「モモヒロ」と鳴くというのは、「百尋《ももひろ》（＝はなはだ長いこと）」という意味である。これは、「千尋《ちひろ》の命《いのち》」という言い方があるように、立春の祝いの言葉を囀《さえず》っているのである。］

（名語記・巻九）〈一二七五年成立〉

したがって、これはこれで当時通用の聞き方であったことが分かる。

四　問題の歌の真意

さて、鶴の鳴き声は、当時の聞き方では「ツル」であり、「カリ」だったとは考えにくい。それでは、問題の歌はどのように解釈されるべきか。

・翁さび　人な咎《とが》めそ　狩衣《かりごろも》　今日ばかりとぞ　鶴《たづ》も鳴くなる

この歌は、鶴はいつもなら「ツル」と鳴くのだが、今日は大鷹狩の日なので、雁でもない鶴までも、特別に「カリ（狩）」と鳴くのだと言っているのではないか。「鶴《たづ》も鳴くなる」の「も」も、そのように考えて初めて生きてくるというものである。ここには一種の諧謔が存するであろう。この捉え方が正しければ、歌意は次のようなものになる。

私が（この大鷹狩の場にふさわしくなく）年寄りじみているのを、皆さん咎めないで下さい。私がこんな派手な摺《す》り狩衣《かりぎぬ》を着るのは今日くらいですし、また、雁でもない鶴までも今日だけは「狩だ」と鳴いているのが聞こえます。

以上のように考えることによって、歌の真意についての疑問は、十分に払拭されたことになろう。

〔引用論文〕

秋山　虔〔一九九七〕『〈新日本古典文学大系〉伊勢物語』（岩波書店）
阿部俊子〔一九七九〕『〈講談社学術文庫〉伊勢物語全訳注』（講談社）
片桐洋一〔二〇一三〕『伊勢物語全読解』（和泉書院）
工藤重矩〔一九九二〕『〈和泉古典叢書〉後撰和歌集』（和泉書院）
鈴木日出男〔二〇一三〕『伊勢物語評解』（筑摩書房）
竹岡正夫〔一九八七〕『伊勢物語全評釈』（右文書院）
中村幸弘〔二〇一二〕『『倭姫命世記』研究―付訓と読解―』（新典社）
福井貞助〔一九九四〕『〈新編日本古典文学全集〉伊勢物語』（小学館）
渡辺　実〔一九七六〕『〈新潮日本古典集成〉伊勢物語』（新潮社）

あとがき

本書は、書名にも掲げたとおり、『伊勢物語』の幾つかの章段を選んで、その文章の再解釈を試みたものである。

筆者は、日本語史研究を専攻とし、特に奈良時代・平安時代の日本語に関心をもつものであるが、事柄の性質上、言語資料として古典文学の作品を取り上げることが少なくない。その場合、まずは読解の必要から、一語の語義の考証や文意の解釈にエネルギーを注ぐことになる。ただし、それは作品の文章全体の意味を明らかにすることに目的があるのではなく、飽くまでもその一部を言語資料として利用するという範囲にとどまるのが普通である。その点、今回は、『伊勢物語』の各章段にどのようなことが書いてあるかを明らかにしようというのが目的であるから、これまでの筆者の仕事とは異なる性質をもつものである。

本書成立の直接のきっかけは、明治大学リバティーアカデミー、および聖心女子学院生涯学習センターにおいて、古典文学愛好者のために、『伊勢物語』の講読をするという講座を担当したことにある。なぜ『伊勢物語』を選んだかと言えば、各章段が比較的短く切れておりかつ面白い話が多いという点で、教室で扱いやすいと思ったことによる。しかし、実際に冒頭から詳しく読んでみて分かったことは、従来の注釈書の解釈では納得がいかない箇所があり、それが章段全体の読み取りに関わることが少なくないということであった。そして、それを解決するためには、もっと日本語学的な知見を利用し、また日本語学的な思考を展開することが必要な場合が少なくないと考えるに至ったのである。

このテーマをめぐって、筆者がこれまでに論文の形で発表したのは、次の一編だけである。

『伊勢物語』読解・三題（国語と国文学八九巻二号、二〇一二年二月）

これは右のような問題意識のもとに、三章段を選んで、従来の解釈の問題点を指摘し、筆者なりの解決案を示そうとしたものである。しかし、短い紙幅に多くの事項を詰め込んだために、十分に論旨を展開することが出来なかった憾みがある。

その後、語彙・辞書研究会から講演を依頼された時に、この問題に関わらせて、次の発表を行った。

古典の注釈と辞書の記述—『伊勢物語』の場合—（第四三回研究発表会、二〇一三年六月）

その時、会場におられた三省堂出版局辞書出版部の方々が、この問題に多大の関心をもってくださり、本にしてみないかと勧めてくださったのである。筆者は大いに乗り気になって、その仕事に取りかかったが、考えるべき問題が多く、作業はなかなか思うように進まなかった。ようやくまとめをつけて形にしたのが本書である。

しかし、この本によって、取り上げた問題そのものに決着がついたとは思っていない。当然異論も存するであろう。ただし、従来のように、確たる根拠もなく定説のような扱いを受けている考え方があるという状況は、望ましくない。したがって、筆者が願うのは、本書が議論の端緒になることである。

本書が成るについては、右に触れた講演の後に声をかけてくださった、三省堂の辞書出版部元部長で当時監査役であられた萩原好夫氏をはじめ、三省堂辞書出版部の方々、とりわけ直接の担当をしてくださった木下朗氏には大変お世話になった。また、聖心女子大学教授・小柳智一氏には初校を読んでいただいたが、大小の不備を指摘していただいたお蔭で数々の修正をすることが出来た。まことに感謝に堪えない。さらに、上記の講座に出席し、さまざまの質問や意見を出して、筆者に考え直す機会を与えてくださった諸兄姉には、厚く御礼を申し上げたい。

二〇一七年一一月二一日

山口佳紀

索引

和歌・歌謡索引

本文中で引用した和歌・歌謡の初句と第二句とを、平仮名書きで五十音順に配列した。
初句も第二句も同じくする場合は第三句も示した。
長歌から抜粋して引用した作品は、引用部分の冒頭句を初句とした。

作品名索引

本文中で引用した古典作品の作品名を、章段名・歌番号とともに五十音順に配列した。同一作品から複数箇所を引用している場合には、それぞれ作品の引用箇所の章段・歌番号の順で配列した。

人名・事項索引

本文中で引用・言及した論文や注釈書の筆者の氏名と、本文中で取り上げた特に注意すべき事項とをあわせて、五十音順に配列した。

語句索引

本文中で取り上げた特に注意すべき語句を、五十音順に配列した。

カバー図版　伊勢物語 上
（古活字版、慶長一三年〈一六〇八〉刊、国立国会図書館蔵）
装丁　三省堂デザイン室
本文組版　デジウェイ株式会社

山口佳紀（やまぐち よしのり）

1940年千葉県市川市生まれ。

東京大学文学部卒業、東京大学大学院博士課程中退。文学博士。

東京大学教養学部助手、聖心女子大学教授を経て、現在、聖心女子大学名誉教授。元国語学会代表理事。


【主要著書】『古代日本語文法の成立の研究』（1985年、有精堂出版、新村出賞受賞）、『古代日本文体史論考』（1993年、有精堂出版）、『古事記の表記と訓読』（1995年、有精堂出版）、『新編日本古典文学全集　古事記』（共著、1997年、小学館）、『古事記の表現と解釈』（2005年、風間書房）、『万葉集字余りの研究』（2008年、塙書房）、『古代日本語史論究』（2011年、風間書房）

伊勢物語を読み解く
表現分析に基づく新解釈の試み

2018年2月10日　第1刷発行

著　者　山口佳紀
発行者　株式会社 三省堂
代表者 北口克彦
印刷者　三省堂印刷株式会社
発行所　株式会社 三省堂
〒101-8371
東京都千代田区神田三崎町二丁目22番14号
電話　編集　(03) 3230-9411
営業　(03) 3230-9412
http://www.sanseido.co.jp/

ISBN978-4-385-36165-9　Printed in Japan

落丁本・乱丁本はお取り替えいたします。

〈伊勢物語を読み解く・408pp.〉